超群
법왕전기
Fantastic Oriental Heroes
우독 新무협 판타지 소설

법왕전기 5

우독 新무협 판타지 소설

초판 1쇄 찍은 날 § 2006년 9월 13일
초판 1쇄 펴낸 날 § 2006년 9월 23일

지은이 § 우독
펴낸이 § 서경석

편집장 § 문혜영
편집책임 § 최하나
편집 § 장상수 · 문정흠

펴낸곳 § 도서출판 청어람
등록번호 § 제1081-1-89호
등록일자 § 1999. 5. 31
어람번호 § 제2-1003호

주소 § 경기도 부천시 원미구 심곡1동 350-1 남성B/D 3F (우) 420-011
전화 § 032-656-4452 팩스 § 032-656-4453
http://www.chungeoram.com
E-mail § eoram99@chollian.net

ⓒ 우독, 2006

ISBN 89-251-0306-0 04810
ISBN 89-5831-964-X (SET)

검왕전기

Fantastic Oriental Heroes

우독 新무협 판타지 소설

5 완결

도서출판 청어람

목차

第十九章

여린, 괴어를 낚다

여린, 피어를 낚다

나는 천 년을 인고하여 연자(緣者)를 기다렸다
이제 네게 연이 닿아 오랜 염원을 너에게 맡기게 되었으니
부디 세상을 이롭게 하는 일에 쓰도록 하라

"드디어 우려하던 일이 터졌군."

넓은 평원을 가득 메운 백골 병사들을 응시하며 당상학이 남의 얘기하듯 덤덤하게 말했다. 손과 손에 녹슨 도검을 꼬나 쥔 채 퍼런 안광을 폭사하는 백골 병사들을 바라보는 것만으로도 오금이 저린 청해일로선 당상학의 반응을 이해하기 힘들었다. 혹시나 하는 마음에 그는 힐끗 고갤 돌려 염화수를 보았다. 그녀 역시 덤덤하기는 마찬가지였다.

두 사람의 반응에 청해일은 왠지 안심이 되었다. 아마도 백골염왕이 일으켜 세운 회족의 저 영혼 없는 병사들이 그리 강하지는 않은 모양이라고 추측한 것이다. 갑자기 호승심이 불끈 치솟은 청해일이 협봉검을 세우고 달려나갔다.

"저 떨거지들은 제가 맡지요!"

사실 사문의 멸문 이후 가슴속에 울분이 켜켜이 쌓여 있었지만 너무도 고강한 무공을 지닌 당상학이나 염화수에게 눌려 제대로 칼질 한번 못해 본 그였다. 이번에 염화수에게 얻은 내공의 위력도 시험해 볼 겸 청해일은 전의를 다졌다.

"쯔쯧… 저 아이가 분수를 모르고 나서는군."

미동도 않고 자욱한 살기만 풀풀 풍기는 백골 병사들을 향해 달려가는 청해일의 뒷모습을 보며 염화수가 고갤 절레절레 흔들었다. 그녀나 당상학이 시문이 자랑하는 저 시군들을 얕잡아 보고 있는 건 절대 아니었다. 오히려 너무 벅찬 상대이기에 천천히 안으로 긴장감을 높이고 있었을 뿐이다. 청해일은 그런 두 사람을 오해한 것이다.

"나는 대청성의 장문인 청해일이란 어르신이다! 혼도 없는 시체 주제에 설치지 말고 명부로 돌아가랏, 미물들아!"

퍼억!

퍼억!

청해일의 협봉검이 예전보다 몇 배 강해진 위력을 자랑하며 허공을 갈랐고, 그때마다 백골 병사들의 팔다리가 우수수 부서졌다.

'과연 다르군. 내공이 최소 두 배는 증진됐다.'

단전에서 시작돼 온몸의 혈도를 지나 검병을 쥔 손끝에 전해지는 웅후한 내력을 짜릿하게 느끼며 청해일은 흥분하고 있었다. 이 정도면 사대비문의 수장들을 제외하곤 누구라도 상대할 수 있을 것 같았다. 여기에 이미 자신을 세상에 둘도 없는 친구로 생각하는 묘후에게 환문의 비전절기 몇 수만 전수받는다면…….

"덤벼라! 덤벼! 모조리 덤벼라!"

청해일이 시퍼런 검광을 흩뿌릴 때마다 수십 명의 백골 병사가 쓰러졌다. 너무 흥분한 탓에 청해일은 자신이 백골 병사들이 만든 진 안에 깊숙이 들어와 버렸다는 사실을 깨닫지 못하고 있었다.

"크아아아!"

뒤쪽에서 들려온 섬뜩한 울부짖음에 신나게 칼춤을 추던 청해일이 멈칫했다.

"으헉!"

얼결에 신형을 돌려세운 그는 면전을 향해 날아드는 두 자루의 녹슨 창을 발견하곤 경호성을 뱉었다. 두 명의 시군이 그를 노리고 달려들고 있었던 것이다.

카캉!

"어떻게?"

황급히 검을 휘둘러 창날을 부러뜨린 청해일의 두 눈이 부릅떠졌다. 분명 방금 자신이 지나온 자리에 서 있던 백골 병사들을 모조리 박살내버렸던 것이다. 그의 의문은 곧 풀렸다.

투툭!

투툭!

투투툭!

조각난 백골 병사들의 뼛조각이 마치 자석이 끌어당기듯 서로를 향해 들러붙어 빠르게 원래의 모습을 회복하고 있었다.

"이런 말도 안 되는……?!"

청해일이 질린 표정으로 고갤 설레설레 흔들었다. 하긴 수백 년 전에 이미 원 제국의 말발굽 아래 고혼이 된 회족의 병사들이 다시 살아난다는 것 자체가 말이 되지 않는다. 한 번 되살아난 자들이 두 번 되살아난다고 해서 이상한 일은 아니었다.

"우오오오."

"우오오오."

절그럭절그럭!

처음의 호기는 사라지고 청해일은 이제 자신의 안전을 걱정해야 할 판이었다. 방금 전까지 별 저항 없이 멍하니 서 있던 병사들이 뼈 부딪치는 소리를 내며 자신을 향해 사방에서 밀려들고 있었기 때문이다.

"죽어라, 사악한 괴물들아!"

청해일의 협봉검이 다시 춤을 추었다. 백골 병사들의 몸이 풀썩풀썩 먼지를 피워 올리며 흩어졌지만 이내 다시 뭉쳐져 부러진 도검을 휘두르며 덤벼들었다.

파앗!

"으윽!"

백골 병사의 녹슨 칼날이 청해일의 옆구리를 베고 지나갔다.

"이런 젠장할……."

벌건 속살이 내비치며 핏물이 주르륵 흘렀다. 악에 받친 청해일이 더욱 흉포하게 검을 찌르고 휘둘렀지만 이내 백골 병사들에 의해 완전히 포위당하고 말았다.

"우와악!"

온몸이 땀범벅이 된 청해일은 초식 따윈 완전히 잊고 마구잡이로 검을 휘둘러 백골 병사들을 부수기 시작했다. 하지만 포위망은 점점 좁혀져 이제 머지않아 그는 병사들의 칼이 아닌 발에 밟혀 죽을 지경이 되었다. 청해일은 비로소 당상학이 말한 소사청의 진짜 무서움을 절감하였다.

사대비문.

전설처럼 떠돌던 그 가공할 신비 가문의 무서움을 온몸으로 절절이 깨우치고 있는 청해일이었다.

"물러서라, 멍청아!"

청해일을 구해낸 사람은 묘후 염화수였다. 그녀는 오 장 높이까지 솟구쳐 올라 청해일 앞으로 떨어져 내림과 동시에 양팔을 바람개비처럼 휘둘러 수십의 백골 병사들을 순식간에 날려 버렸다.

"소사청과 그 일당은 이미 멀리 도주했소! 이 해골바가지들을 신속히 처리해야 할 거요, 묘후!"

당상학도 장검을 찌르며 뛰어들었다.

당상학이 강맹한 내공이 실린 검을 휘두를 때마다 서넛씩의 백골 병사들이 한꺼번에 허리가 동강났다. 나란히 서서 양손과 검을 휘둘러 백골 병사들을 박살 내며 전진하는 염화수와 당상학의 머리 위로 수많은 뼛조각들이 분분히 흩날렸다.

파죽지세!

노도와 같이 백골 병사들을 밀어붙이는 두 전대 고수를 바라보며 청해일은 단 한 단어를 떠올릴 수밖에 없었다. 장강의 앞 물결은 뒷물결에 밀린다는 고사는 아무래도 헛소리 같았다.

하지만 당상학과 염화수의 가공할 신위에 곧 전멸할 것 같던 백골 병사들은 끈질기게 버티고 있었다. 흩어졌다 다시 모이고, 흩어졌다 또 모이는 모기 떼처럼 그들은 가루가 되어 흩어졌다가도 이내 원형을 회복하곤 참으로 끈질기게 덤벼들었다.

언제나 냉철함을 유지하던 당상학의 얼굴에도 마침내 초조함이 묻어나기 시작했다.

당상학이 염화수를 돌아보며 다급히 소리쳤다.

"아무래도 합공을 해야겠소, 묘후! 내가 저놈들을 조각 낼 테니, 그때 묘후가 화공을 가해 놈들을 녹여 버리시오!"

"알았어."

당상학이 잠시 공세를 멈추고 양손으로 잡은 검신을 눈앞으로 세웠다.

끼우우웅.

순식간에 공력을 끌어올리자 그의 의복이 깃발처럼 펄럭이기 시작했다. 당상학의 발끝에서부터 전신을 훑으며 눈부신 신광이 번져 나가는가 싶더니 그 휘황한 빛이 그대로 검신에 맺혔다.

"타합!"

짧은 기합과 함께 당상학이 검을 쭉 내뻗자 십여 가닥의 검강이 살처럼 쏘아졌다.

퍼퍼퍼퍼퍽!

열 가닥의 검광이 횡대 대형을 갖추고 달려들던 열 명의 백골 병사를 박살 내며 지나갔다. 그 뒤를 빠르게 쫓으며 염화수가 새끼손가락을 와득, 깨물었다. 핏물이 흩날리며 염화수가 허공중에 '화(火)' 자를 적었다. 환문의 가공할 독문무공인 혈지환영이었다.

화르르륵!

순간 열 가닥의 시뻘건 불기둥이 방금 가슴이 쪼개진 백골 병사들을 향해 날아갔다.

지직!

지지직!

"꾸워억!"

"꾸웨에엑!"

막 하나로 합쳐지려던 뼛조각들이 지옥의 염화처럼 뜨거운 열기에 녹아내리자 비로소 백골 병사들의 입에서 고통에 찬 비명이 터져 나왔다. 당상학의 검강이 숱한 병사들을 박살 내며 계속 쏟아졌고, 염화수가 내쏜 불기둥은 그 뒤를 쫓으며 다시 합쳐지려는 병사들을 지져 버렸다. 교교한 달빛 아래서 수백, 수천을 헤아리는 백골 병사들 사이를 누비는 당상학과 염화수. 두 전대 고수의 신위는 강맹함을 넘어 아름답기까지 했다.

입을 헤벌린 채 그들을 바라보던 청해일은 자신이 지금 초절정을 넘어 입신의 언저리에 다다른 고수들을 마주하고 있음을 깨달았다. 청해일이 갑자기 주먹을 불끈 쥐었다. 자신도 저렇게 되고 싶다는 강렬한 투지가 가슴 밑바닥에서 꿈틀거렸다.

그처럼 강한 당상학과 염화수가 혼신을 다해 협공을 가했음에도 백골 병사들을 모조리 쓰러뜨리는 데까지는 꽤 많은 시간이 소요되었다.

운남의 밀림 한복판 널찍한 공지가 온통 백골 병사들의 반쯤 그을린 뼛조각과 매캐한 연기로 가득 찼을 때는 이미 동녘 하늘이 뿌옇게 밝아오는 여명이었다.

"서두릅시다. 그들은 이미 꽤 멀어졌소."

당상학이 가쁜 숨을 고를 새도 없이 밀림을 헤치고 달려나갔다. 염화수와 청해일이 황급히 당상학을 뒤쫓았다.

"이상하다. 어허, 그것참, 이상하다."

벌써 한 시진째 같은 말을 중얼거리는 소사청의 얼굴을 곽기풍이 가재 눈을 하고 흘겨보았다.

"이상해, 정말 이상해."

소사청, 곽기풍, 여린, 하우영, 장숙, 반철심, 막여청, 그리고 세 강시는 새벽이 뿌옇게 밝아올 때까지 밀림을 헤매는 중이었다. 곽기풍이 더 이상 참지 못하고 폭발했다.

"아, 같은 말을 몇 번이나 하는 거요? 벌써 같은 장소를 한 시진 넘게 맴돌고 있잖소?"

"이놈아, 같은 장소인지 아닌지 네가 어찌 알아?"

소사청도 지지 않고 맞받아쳤다. 하지만 곽기풍에겐 명백한 증거가 있었다.

곽기풍이 저 앞에 서 있는 거대한 기형목을 가리키며 실소를 흘렸다.

"저 기형목을 보시오. 저 나무를 본 게 벌써 열 번째란 말요, 열 번."

그것은 수령이 천 년은 됨직한 거대한 무화과나무였다. 둘레만 해도 오 장이 넘고, 굵디굵은 나뭇가지가 수백 개나 뻗쳐 있는 그 나무는 무게를 견디지 못해 허리 부분이 거의 직각으로 휘어져 있어 하늘이 아니라 땅을 향해 자라고 있었다. 어둠 속에서 보면 마치 거대한 거인이 팔베개를 하고 드러누운 것처럼 보이는, 그야말로 기형적인 모습이었다.

"끄응~"

할 말이 없어진 소사청이 침음을 흘렸다. 그런다고 순순히 물러설 그도 아니었다. 소사청이 갑자기 곽기풍의 콧구멍을 찌를 듯 삿대질을 하기 시작했다.

"이놈아! 우리가 이 꼴이 된 게 다 누구 때문인데 그래? 네놈이 쥐새끼처럼 육포를 훔쳐 먹다 걸리지만 않았어도 지금쯤 환문의 조사동에 들어가 아침잠을 즐기고 있을 것이다, 이 천하의 족제비 같은 놈아!"

"끄응~"

이번엔 곽기풍이 침음을 흘렸다.

이쯤에서 두 사람의 지겨운 싸움이 끝나기를 간절히 바라는 여린이 황급히 나섰다.

"자자, 진정들 하십시오. 지금은 우리끼리 싸울 때가 아니잖습니까? 보십시오. 곧 날이 밝을 겁니다."

여린이 걱정스런 눈으로 이미 훤하게 밝아오는 하늘을 보았다.

"날이 밝으면 당 사부님이 우릴 찾기가 훨씬 수월해질 겁니다."

"이놈아, 너는 아직도 검마, 그놈의 이름 끝에 사부 자를 붙이느냐?"

괜히 심통이 치민 소사청이 뾰족하게 쏘아붙였다.

"죄송합니다. 버릇이 된지라……."

낯빛이 어두워지며 여린이 말끝을 흐렸다. 그렇지 않아도 기회만 엿보고 있던 곽기풍이 여린을 거들고 나섰다.

"십수년 넘게 사부로 모셔온 작자를 그럼 뭐라고 불러요? 당장 이놈저놈 할까요? 입장을 바꿔놓고 생각해 보라 이 말입니다. 여 줍포가 만약 그 정도 인간성밖에 안 되는 위인이라면 소 영감님은 좋겠어요? 나중에 사제 관계가 틀어지고 나서 여린이 소 영감님을 이놈저놈 하고 다니면 좋겠냐고요?"

곽기풍이 고갤 돌려 외면하며 나직이 혀를 찼다.

"끌끌, 백 살도 넘게 살았다는 영감탱이가 어찌 저리 한 치 앞도 못

내다보누? 나이를 똥구멍으로 처먹은 모양일세."

"뭐야, 이놈아?"

격분한 소사청이 곽기풍의 뺨을 치겠다고 덤비는 통에 여린과 일행은 두 사람을 뜯어말리려 또 한바탕 난리법석을 피워야 했다.

소사청을 간신히 진정시킨 후 여린이 급박하게 말했다.

"이제 정말 조사동 입구를 찾아야 합니다. 더 이상은 도망가고 싶어도 도망갈 힘이 없습니다."

그러면서 여린은 뒤쪽에 서 있는 일행들의 면면을 훑어보았다. 어느 정도 내력을 갖춘 하우영이나 장숙은 그나마 사정이 나은 편이었다. 하지만 반철심과 막여청은 이미 볼이 홀쭉해지고 두 눈이 퀭해질 만큼 기진해 있었다. 신기한 건 곽기풍이 소사청과 입씨름을 할 정도로 비교적 생생하다는 것이었는데, 아마도 다른 사람이 굶을 때 육포를 몰래 먹고, 소사청을 제외하곤 가장 연장자임을 내세워 줄곧 용마의 등에 올라타고 온 덕분인 듯했다.

소사청이 입맛을 쩝쩝 다시며 기형목 쪽으로 다가갔다.

"나도 이상하단 말이다. 분명 이 근처가 맞긴 맞거든. 내가 나이는 많이 처먹었어도 기억력 하나만큼은 젊은 놈 못지않게 또렷해요."

소사청이 오른손으로 기형목을 짚었다.

"분명히 이 기형목과 비슷하게 생긴 벼락 맞은 고목나무가 있었고, 그 고목나무 아래가 바로 환문으로 통하는 비밀 입구였어. 그런데 그놈의 고목나무가 감쪽같이 사라져 버렸으니 찾을 수가 있나."

"혹시 지금 짚고 계시는 그 나무가 아닐까요?"

"엥?"

여린의 목소리에 소사청이 눈을 동그랗게 뜨고 기형목을 올려다보았다. 한동안 찬찬히 기형목을 살피던 소사청이 그럴 리가 없다는 표정으로 여린을 돌아보았다.

"에이~ 죽은 고목나무였다니까. 이 나무는 가지와 잎이 울창하지 않느냐?"

여린이 소사청 앞으로 걸어오며 차분하게 물었다.

"사부님께선 일생에 딱 한 번 환문의 조사동에 와보셨다고 했지요?"

"그랬지."

"그게 몇 년 전입니까?"

"으음, 가만있어 봐라. 하도 오래된 일인지라 기억이 잘 안 나는구나."

한동안 염소수염을 쓰다듬으며 고민하던 소사청이 열 손가락을 모두 헤아리고 나서야 손뼉을 마주치며 소리쳤다.

"정확히 백 년하고도 일 년 육 개월 전이었다."

여린이 썰렁하게 웃으며 말했다.

"백 년이 넘는 시간이 흘렀다면 고목에 씨가 뿌려지고, 다시 꽃을 피울 수도 있는 시간이 아닐까요?"

"에이, 설마!"

소사청이 휘휘 손사래를 치는데, 반철심이 나섰다.

"가능한 일입니다. 요즘 북경의 권문세가들 사이에선 일부러 고목으로 만든 나무토막 위에 씨를 뿌리고 꽃을 피워 관상용으로 키우는 것이 유행이라고 들었습니다."

"사실이냐?"

"분명한 사실입니다."

눈을 끔뻑끔뻑하고 있는 소사청을 향해 곽기풍이 타박을 주었다.

"어이구~ 내가 못 살아요. 그럼 환문의 입구를 눈앞에 두고 생고생을 했다는 거잖아?"

"아직 몰라, 인마!"

소사청이 버럭 소릴 지르며 기형목을 향해 돌아섰다.

"어디 한번 해보자. 끙차~"

양팔로 엄청난 굵기의 기형목을 단단히 끌어안은 소사청이 갑자기 힘을 쓰기 시작했다.

"끄으으으……."

이를 악물고 용을 쓰는 폼이 마치 기형목을 회전시키려는 것 같았다.

"저건 또 뭐 하는 발광이지? 설마 저 거대한 나무를 풍차 돌리듯 돌려보겠다는 건 아니겠지? 만약 저 나무가 돌아간다면 내 지금 이 시간부터 소 영감을 하루 왼종일 등에 업고 돌아다닐 테니, 두고 보라고."

쿠쿠쿠쿠쿠!

곽기풍의 말이 끝나기 무섭게 웅후한 진동음과 함께 기형목이 천천히 회전하기 시작했다.

"끄으으으!"

사력을 다하는 듯 괴성을 내지르며 소사청이 양팔로 끌어안은 기형목을 왼쪽으로 천천히 돌리고 있었다.

"딸꾹~"

놀란 곽기풍이 몰래 먹은 떡이 목에 걸린 사람처럼 딸꾹질을 했다.

크르르르······!

뒤쪽에서 또 다른 굉음이 들려오자 여린과 일행들이 흠칫흠칫 돌아보았다. 열 걸음 정도 떨어진 땅바닥이 서서히 밀려나면서 직사각형 모양의 비밀 통로가 드러나고 있었다. 아마도 소사청이 돌린 기형목은 통로와 연결된 기관 장치인 듯했다.

여린과 곽기풍을 비롯한 일행들이 재빨리 통로 앞으로 달려가 아래쪽을 들여다보았다. 어둑한 지하로 끝도 보이지 않는 긴 돌계단이 이어져 있었다.

"업어라."

갑작스런 음성에 곽기풍이 핵 고갤 돌리자 회심의 미소를 짓고 서있는 소사청이 보였다.

"동정심이라곤 모기 눈꼽만큼도 없는 영감탱이. 헥헥! 어떻게 반 시진이 넘도록 사람 등에 업혀 내려올 줄을 모르냐? 그따위로 심보를 쓰니까 백 살이 넘도록 장가도 못 갔지."

땀을 뻘뻘 흘리면서도 곽기풍은 쉴 새 없이 쫑알거리고 있었다. 그의 등에는 느긋한 표정의 소사청이 업혀 있었다. 소사청이 손바닥으로 곽기풍의 머리통을 탁탁, 두드리며 약을 올렸다.

"내가 장가 못 가는 데 네놈이 보태준 거 있냐? 그래, 잘난 네놈은 장가간 덕분에 장가 못 간 늙은이 업고 다녀서 좋겠다, 응?"

"아, 사람 좀 그만 괴롭히고 내려와요!"

"싫다, 이놈아. 환문 조사동의 중심부인 흑지(黑淵)에 다다를 때까진 절대 내려가지 않을 테다."

"그 시커먼 연못에 다다르려면 얼마나 남았는데?"

소사청이 콧구멍을 후비적후비적하며 아주 얄밉게 내뱉었다.

"글쎄다. 네놈의 소 같은 걸음으로 가면 한 시진은 족히 걸릴 게 다."

"거짓말! 뭔 놈의 지하 동부가 그렇게 넓어?"

"명색이 환문의 조사동이다, 이놈아. 사천성만큼 넓다 해도 이상할 게 없다."

소사청의 말대로 환문의 조사동은 참으로 넓었다. 벌써 꽤 많은 시간을 걸었음에도 사방의 벽에 붉은 벽돌을 붙여 만든 복도는 끝도 없이 이어지고 있었다. 가끔씩 벽에 붙은 야명주가 어둑한 실내를 횃불 없이 돌아다닐 수 있을 정도의 빛을 던져 주고 있었다.

호기심 많은 반철심이 벽을 쓰다듬으며 물었다.

"짐작하건대 조사동의 규모가 진시황이 지었다는 아방궁 못지않은 것 같습니다. 누가 이런 대역사를 완수해 냈을까요?"

"회족."

소사청이 대수롭지 않게 말했다.

"회족이 왜 환문의 조사동을 짓습니까?"

"회족은 환문을 신성시했다. 천여 년 전부터 운남의 밀림지대에 웅지를 튼 환문은 온갖 신비한 환술을 이용해 변방의 거친 이민족인 회족을 자신의 수족처럼 부리는 데 성공했지. 수천에 이르는 회족들이 자발적으로 이 대역사에 참여했다."

"으음, 그들의 눈엔 환문의 환술이 신이 부리는 조화쯤으로 보였겠군요."

반철심이 수긍하듯 고갤 끄덕끄덕했다. 곽기풍의 불만에 찬 목소리가 다시 들려온 건 이때였다.

"헹! 나는 그런 말 하나도 안 믿는다."

따악!

"뭘 믿지 못하겠다는 거냐, 이놈아? 회족이 아니면 이 무덥고 울창한 수림 속에 누가 있어 이만한 조사동을 만들어?"

소사청이 다시 곽기풍의 머리통을 쥐어박으며 면박을 줬다.

"이 지랄 맞은 지하 동부가 환문의 조사동이란 말 자체를 못 믿겠다는 거요."

"웬 개 풀 뜯어 먹는 소리야?"

곽기풍이 혓바닥으로 입술 주위를 한 번 핥고는 씩씩거리며 말을 이었다.

"생각해 보시오. 자고로 웬만한 사문의 조사동이라고 하면 범 같은 번초들이 번을 서는 것은 물론 온갖 괴이막측한 기관과 함정으로 외부의 침입을 막는 게 상식이오. 그런데 우리가 이곳에 들어온 이후 그런걸 본 적이 있소? 그래서 난 이곳이 환문의 조사동이란 것 자체를 못 믿겠다는 거요."

소사청의 성격을 잘 알고 있는 여린이나 원래 우직하여 감정 표현을 잘 안 하는 하우영은 묵묵히 있었지만 막여청과 장숙은 조금 달랐다.

두 사람이 나직한 목소리로 대화를 주고받았다.

"곽 총관님의 말도 일리가 있지 않습니까?"

"막 포사, 너도 그렇게 생각해? 실은 나도 왠지 이곳이 천하 사대비문 중 일문인 환문의 조사동으로 보이진 않는구나."

두 사람은 자신들의 목소리가 소사청의 귀에 들어갈까 봐 나름대로 조심했다. 그러나 초절정고수의 귀를 속일 수 있을 정도는 아니었다.

괜한 의심을 받자 울화가 치민 소사청이 곽기풍의 머리통을 북처럼 두들기며 소리쳤다.

"미련 곰탱이 같은 놈아! 기관이 괜히 작동하지 않은 줄 아니? 이 몸이 다 알아서 안전한 길로만 너희들을 이끄니까 얌전히 있는 게야. 그러지 않았으면 너흰 벌써 독화살에 꿰인 고슴도치 꼴이 됐어."

자꾸 머리를 얻어맞자 격분한 곽기풍이 소사청을 패대기쳐 버렸다.

"왜 자꾸 남의 머리통을 때려요? 나도 벌모레면 환갑이오!"

"어이쿠! 이놈이 늙은이 잡네!"

"헹! 늙은이가 늙은이다워야 대접을 하지. 이거야 원, 마음 씀씀이가 세 살박이 어린애만도 못하니."

"이놈이 보자보자 하니까!"

소사청이 곽기풍의 뺨을 때리려는 듯 손바닥을 쳐들었다. 그런 소사청을 여린과 하우영이 가까스로 붙잡았다.

"빽 하면 주먹이나 휘두르고! 나원, 더러워서!"

뻐억!

곽기풍도 곽기풍 나름대로 성이 치밀어 복도 한켠으로 다가가 벽을 힘껏 걷어찼다.

"으악!"

동시에 소사청의 입에서 경호성이 터져 나왔다.

"왜 그러십니까, 사부님?"

"저놈… 저 웬수 같은 놈이 기어이 사고를……."

의아한 표정으로 여린이 묻자 소사청이 벌벌 떨리는 손가락으로 곽기풍을 겨누며 숨넘어가는 소릴 내뱉었다.

곽기풍은 그런 소사청을 향해 오히려 성을 냈다.

"아, 벽 한 번 찼다고 이 넓은 조사동이 무너집니까? 나잇값도 못하고 웬 호들갑이오?"

"무너진다, 이놈아! 내가 빈말을 한 줄 알아? 기관이 작동하지 않은 건 내가 안전한 길로만 너희들을 이끌었기 때문이라고 하질 않았냐, 식충이 같은 놈아!"

비로소 일이 심상치 않게 돌아감을 깨달으며 곽기풍과 여린 등이 흠칫흠칫 복도의 높은 천장을 올려다보았다.

쿠르르르릉…….

투툭… 투투툭…….

켜켜이 쌓인 흙먼지를 떨구며 천장이 천천히 내려오는 게 보였다.

"어어……."

"저놈의 천장이 왜 저래?"

"우리들 머리 위로 내려오는 거 같은데?"

그때까지만 해도 여린 등은 아직 사태의 심각성을 깨닫지 못하고 있었다. 소사청의 비명에 가까운 고함 소리가 그들의 위기감을 일깨웠다.

"앞만 보고 뛰어, 머저리들아! 까딱하면 눌린 명태포가 된다!"

소사청이 달리자 나머지 일행들도 뒤쫓아 내달리기 시작했다. 끝도 없이 이어진 복도를 달리며 여린은 소사청의 말이 결코 허언이 아니었음을 깨달았다. 처음엔 천천히 내려오던 천장이 점점 빠른 속도로 내려와 복도 끝에 다다를 무렵에는 머리털을 스칠 듯했던 것이다.

쿠아앙!

"으악!"

"우와악!"

"사람 살려!"

소사청과 여린과 곽기풍 등이 널찍한 석실 안으로 붕붕 몸을 날리는 것과 동시에 천장이 완전히 내려앉아 지금껏 일행들이 걸어온 복도를 완전히 막아버리고 말았다.

"헉헉, 간신히 살았다."

이마에 맺힌 땀을 닦으며 곽기풍이 전방을 바라보았다.

"엥?"

안도하던 그의 표정이 대번에 해쓱해졌다. 그럴 것이, 석실의 맞은 편 벽에 뚫려 있는 세 개의 통로 역시 천장이 서서히 내려오고 있었던 것이다. 이대로 있다간 좁은 석실 안에 완전히 갇혀 버릴 게 분명했다.

"어떡하죠?"

여린이 소사청을 돌아보며 황급히 물었다.

"어떡하긴 뭘 어떡해? 아무거나 골라서 무조건 뛰어!"

소사청이 가운데 통로를 향해 바람처럼 내달리자 제일 먼저 용마가 뒤따랐다. 뒤를 이어 여린, 곽기풍, 하우영, 장숙, 반철심, 막여청 등이 통로 안으로 몸을 날렸다.

그때부터 정신없는 질주가 시작되었다. 조사동 안의 모든 통로의 천 장이 내려앉고 있었고, 그런 통로를 사력을 다해 달려 여린과 일행은 활로를 찾았다.

"헉헉, 이제 더 이상은……."

"힘을 내시오, 반 병참수!"

현기증을 느끼며 쓰러지려던 반철심의 뒷덜미를 여린이 재빨리 낚

아챘다. 여린이 쓰러지려는 반철심을 억지로 끌며 허리를 숙이지 않으면 통과할 수 없는 통로를 죽을힘을 다해 달렸다.

"어헉!"

푸히힝~

제일 먼저 통로 밖으로 몸을 날렸던 소사청과 용마의 입에서 동시에 경호성이 터져 나왔다. 갑자기 바닥이 푹 꺼지면서 까마득한 낭떠러지 아래로 추락하고 만 것이다. 소사청과 용마의 뒤를 이어 여린과 나머지 일행들도 줄줄이 추락했다.

쿵! 쿠쿵!

"악!"

"으악!"

"꾸웩!"

일행들은 차례로 어둑한 바닥으로 떨어졌다. 경신법을 공부한 사람이 아니라면 중상을 면하기 힘든 높이였지만 소사청과 여린과 하우영이 재빨리 움직여 막여청과 반철심과 곽기풍을 받아냈다.

"여기서부턴 자연 동굴인 것 같군요."

여린이 긴장된 눈초리로 종유석이 고드름처럼 늘어진 어둑한 동굴을 쳐다보았다. 그에 소사청이 수긍했다.

"그런 듯싶구나."

성질 급한 곽기풍이 불쑥 끼어들었다.

"여긴 대체 어디쯤이오? 여기서 그 흑지란 곳까진 얼마나 걸립니까? 흑지에 가면 먹을 건 좀 있나요?"

"으이그……."

소사청이 와락 움켜쥔 주먹을 부르르 떨었다. 누구 때문에 이 꼴이 됐는데 먹을 것 타령이나 하는 곽기풍이 미워도 너무 미웠던 것이다.

소사청이 간신히 화를 억누르며 말했다.

"사실 지금은 흑지까지 갈 수 있을지조차 모르겠다. 정신없이 달리다 나도 그만 길을 잃었다. 길을 알면 쉬우나 일단 길을 잃으면 이곳은 미로처럼 변한다. 수백 갈래의 길과 함정, 위험한 기관 장치들이 우릴 침입자로 간주해 죽이려 들 것이다."

"굶어 죽는단 말입니까? 싫소. 다른 건 몰라도 굶어 죽는 건 못 참아요."

"굶어 죽기 전에 당 사부와 묘후의 손에 죽임을 당할 것 같군요."

여린이 씁쓸히 웃으며 말하자 소사청이 수긍하듯 고갤 끄덕였다.

"여린의 말이 옳다. 우리는 앞으로도 한참을 헤매게 될 것이고, 그사이 결국 당상학 등에게 따라잡히고 말 것이다."

쿠우웅……!

순간 소사청의 말을 반증이라도 하듯 저 멀리서 둔중한 진동음이 들려왔다. 여린과 소사청 등이 불안한 표정으로 시커먼 천장을 올려다보는데 쿵쿵거리는 진동음이 연이어 들리며 흙먼지가 우수수 떨어졌다.

소사청이 다급히 말했다.

"서두르자. 검마와 묘후가 기관을 아예 박살 내며 쫓아오는 것 같구나."

여린과 나머지 일행들이 서둘러 걸음을 옮겼다.

한번 길을 잃자 환문 조사동은 난마처럼 얽힌 미로였다. 어둑한 동굴 안을 몇 시진 동안 헤매는지도 모른 채 일행은 계속 앞으로 나아갔다. 곽기풍조차 더 이상 배고프다고 투정을 부리지 않았다. 뒤를 바싹 쫓아오는 진동음에 심각한 위기감을 느끼고 있었기 때문이다.

"망할!"

좁은 동굴의 막다른 벽을 발견하고 소사청이 신음을 내뱉었다. 또다시 길을 잃은 것이다. 한동안 막힌 벽을 노려보던 소사청이 활짝 펼친 오른손을 내질러 시커먼 장력을 폭출했다.

쿠아앙!

장력이 쑤셔 박히며 맹렬한 폭음과 함께 돌가루가 솟구쳤다.

"망할! 망할! 망할!"

쾅쾅쾅쾅쾅!

소사청이 연달아 쌍장을 내질러 벽을 마구 때렸다.

"그만 하십시오. 이럴 때일수록 침착해야 합니다."

여린이 소사청의 허리를 와락 끌어안을 때까지 소사청의 분노는 계속되었다.

"허억… 허억… 허억……."

"소 사부님께선 최선을 다하셨습니다. 저나 다른 친구들 모두 그걸 잘 압니다."

여린이 부드럽게 위로하며 소사청의 어깨를 두드려 주었다. 소사청의 눈가에 문득 물기가 맺혔다.

"자그마치 백 년이다, 백 년. 배신자란 누명을 쓴 채 사랑하는 여자까지 잃고 미친개처럼 천하를 떠돈 게 백 년이야. 당상학, 그 사갈 같은 놈은 너무 강해져 버려 내 힘만으론 도저히 당해낼 수가 없는지라 어렵게 얻은 제자 놈을 통해 꿈을 이루려고 했는데, 이제 그 모든 염원이 물거품이 되게 생겼단 말이다."

"지성이면 감천이라고 했습니다. 사부님의 선한 마음과 오랜 염원을 하늘도 모르진 않을 테니, 반드시 소원을 이루어줄 것입니다. 제자는 그렇게 믿습니다."

소사청이 손등으로 눈가를 슥슥 문지르며 여린을 보았다.

"넌 참 볼수록 신기한 녀석이다. 네 녀석이 어떻게 복수에 미쳐 그런 악착을 떨었는지 모르겠어. 내가 제자를 잘 얻긴 한 것 같은데⋯⋯."

그러면서 소사청은 말꼬리를 흐렸다.

소사청이 여린에게 얼굴을 바싹 들이밀며 물었다.

"너, 그거 기억하지?"

"뭘 말입니까?"

"널 살려준 대가로 내 부탁 한 가지를 들어주겠다는 약속 말이다."

"물론입니다. 하나가 아니라 열 개라도 들어드려야죠."

여린이 씨익 웃으며 대답했다. 하지만 소사청은 웃지 않았다.

"아니, 열 개는 필요없다. 딱 한 가지면 된다. 그리고 만약 그 부탁이란 것이 너의 성격이나 가치관에 비추어 절대 수긍할 수 없는 것이라고 해도 따라야 한다. 알겠지?"

이번엔 여린의 얼굴에서 웃음기가 싹 가셨다. 여린은 비로소 얼마 전 화인산 화전민촌에서도 소사청이 똑같은 소릴 했던 기억을 떠올렸다. 왠지 불길했다. 여린은 어쩌면 소사청이 불문곡지 자신의 목숨을 요구할지도 모른다는 생각을 했다.

'그렇더라도 어쩔 수 없지.'

여린은 혼자만 알 수 있도록 미미하게 고갤 끄덕였다. 어차피 소사청 덕분에 살아난 목숨이었다. 그가 다시 거둬간다고 억울할 일은 아니었다. 여기까지 생각한 여린의 입가에 다시 미소가 걸렸다.

"똑똑히 기억하고 있으니 걱정 마십시오. 그 어떤 부탁이든 반드시 들어드리겠습니다."

"오냐… 오냐. 내 너를 믿겠다. 천하에 하나뿐인 제자를 못 믿으면 누굴 믿겠니?"

이때 하우영이 불쑥 오른손을 쳐들어 두 사람의 대화를 중단시켰다.

"잠깐!"

"왜 그럽니까, 하 포두님?"

"들리지 않아."

"뭐가 말입니까?"

의아한 듯 되묻는 여린의 얼굴을 들여다보며 하우영이 긴장된 표정으로 중얼거렸다.

"우릴 쫓아오던 작자들의 소리가 뚝 끊어졌다."

"……!"

여린과 소사청이 흠칫흠칫 동굴 바깥쪽을 돌아보았다. 귀를 세우고 주위를 기울였지만 하우영의 말처럼 둔중한 진동음은 더 이상 들려오지 않았다. 소사청의 얼굴이 절망적으로 굳어졌다.

"놈들이 우리가 처음 떨어진 종유석 동굴까지 다다른 것 같다."

비교적 여유있던 여린의 얼굴마저 굳어졌다.

"어떡하죠? 이대로 동굴을 돌아나가다간 십중팔구 조우하게 될 텐데요."

"으음……."

소사청이 턱을 어루만지며 한동안 작은 눈알을 불안하게 굴렸다.

"방법은 하나뿐이다."

소사청이 고갤 번쩍 쳐들며 결연한 얼굴로 내뱉었다.

"어떤 방법입니까?"

"여기서 두 갈래로 흩어지자."

"그건 안 됩니다. 우린 살아도 같이 살고, 죽어도 같이 죽습니다."

여린이 완강히 고갤 가로저었다. 소사청이 그런 여린의 턱 밑에 얼굴을 들이밀고 쏘아붙였다.

"한데 뭉쳐서 움직이면 다 죽지만, 갈라지면 살아날 확률이 오 할은 된다."

"그래도 안 됩니다."

콰악!

"정신 차려, 이놈아! 네가 천년영과를 먹고 공력을 엄청나게 불려서 당상학과 염화수를 동시에 무릎 꿇리는 게 우리가 살 수 있는 유일한 길이야! 이 얽히고설킨 동굴 안에서 그 방법이 아니고선 저 독사 같은 당상학을 따돌릴 수 없단 말이다!"

"하지만……."

흥분하여 씩씩거리는 소사청의 얼굴을 여린이 참담한 표정으로 바라보았다.

"그렇게 하십시다, 죽포님."

놀랍게도 제일 먼저 소사청에게 동조하고 나선 사람은 곽기풍이었다.

곽기풍이 한쪽 콧구멍을 막은 채 코를 팽, 풀며 내뱉었다.

"어차피 이래 죽으나 저래 죽으나 죽는 건 마찬가지 아니오. 그렇다면 할 수 있는 만큼은 다 해보고 죽어야 여한이 없지요. 안 그렇습니까?"

"곽 총관님."

"저도 같은 생각입니다. 일단은 살아야 복수도 가능합니다."

곽기풍의 옆으로 나서며 고갤 끄덕끄덕하는 사람은 하우영이었다.

"저도 소 영감님 말에 찬성합니다. 전 하루빨리 현청 병참간으로 돌아가 쇳덩이를 주물럭거리고 싶어요. 그러려면 일단 이 망할 동굴에서 살아서 나가야죠."

반철심도 하우영의 옆으로 나섰다.

"저도요."

"나도 찬성."

연이어 막여청과 장숙까지 소사청의 의견을 따르자고 나섰다. 이렇게 되니 여린도 더 이상은 막을 수 없었다.

여린이 마지못한 표정으로 일행들을 보고 말했다.

"여러분의 뜻이 정 그렇다면 좋습니다. 일단 저와 곽 총관님, 하 포두님과 반 병참수가 함께 가고, 소 사부님과 장 포두님, 그리고 막 포사가 함께 가도록 합시다."

"안 된다."

소사청이 다시 제동을 걸고 나섰다.

"왜요?"

"넌 지금 무공이 약한 사람과 강한 사람을 적당히 섞어 약한 사람을 보호하려고 한다. 그렇지?"

"당연한 일 아닙니까?"

"그래 봤자 어차피 당가 놈과 조우하면 죽게 돼 있어. 그러느니 차라리 약한 놈들은 약한 놈들끼리 묶어 당가 놈을 유인하고, 여린이 너와 나, 그리고 하 포두 저놈이 한 조가 돼서 가는 게 확률이 높아진 다."

"나머지 사람들은 희생양으로 삼겠다는 겁니까? 그것만은 절대 안 됩니다!"

"그렇게 하세요, 즙포님. 어차피 어느 쪽이 재수가 없어 저들과 조우할지 모르는 일 아닙니까?"

막여청이 설득해 보았지만 여린은 완강했다.

"안 된다면 안 되는 줄 알아! 그럴 바엔 차라리 모두 함께 간다!"

결국 여린의 뜻대로 일행은 둘로 나뉘어 출발하게 되었다.

여린이 앞장서 걸었고, 그 뒤를 하우영과 곽기풍과 반철심이 따랐다. 지하 동부의 세 갈래로 갈라지는 길에서 여린과 소사청은 각각의 무리를 이끌고 갈라졌다. 그 이후 여린은 또 몇 번인가의 갈림길을 지나 지금의 널찍한 동굴을 걷고 있었다.

아직 격투음 같은 것이 들리지 않는 것으로 보아 소사청 일행도 당상학을 만난 것 같진 않았다. 다행이라면 다행이었지만 이 난마처럼 얽힌 미로가 문제였다. 두 개의 동굴을 지나왔나 싶으면 다시 세 개의 동굴이 나타나고, 세 개의 동굴을 지나왔나 싶으면 또 여섯 개의 동굴이 나타나는 식이었다.

이대로 가다간 도무지 끝이 없을 것만 같았다. 다람쥐 쳇바퀴 돌 듯 같은 길을 맴도는 일은 사람을 지치게 만든다. 무료함과 피곤함, 그리고 알 수 없는 절망감이 발목을 붙잡고 늘어지기 때문이다. 제일 먼저 지쳐 버린 사람은 무공이 전무한 반철심이었다.

"왜?"

반철심이 그 자리에 우뚝 멈춰 서자 곽기풍이 의아한 눈으로 돌아보았다. 여린도 곽기풍을 따라 반철심을 돌아보았다. 아무 말도 않고 있었지만 어깨를 들썩이며 숨을 몰아쉬는 것으로 보아 퍽이나 지친 것 같았다.

"많이 힘들죠?"

여린이 반철심의 앞으로 다가서며 걱정스럽게 물었다. 처음엔 반말을 했지만 근래에 들어 나이가 너댓 살 많은 그에게 꼬박꼬박 존대하는 여린이었다.

반철심이 애써 웃으며 고개를 저었다.

"아니요. 견딜 만합니다. 그런데 이놈의 발이⋯⋯."

반철심이 손가락으로 자신의 왼발을 가리켰다.

반철심의 발은 괴상하게 생긴 장화코를 뚫고 나올 정도로 퉁퉁 부어 있었다.

"심하게 부었군요. 이 지경이 되도록 왜 말하지 않았습니까?"

여린이 반철심을 앉히고 재빨리 장화를 벗겼다. 그러자 흉측하게 변한 발이 드러났다. 며칠간 계속된 강행군으로 온통 껍질이 벗겨지고, 진물이 줄줄 흐르는 그것은 발이 아니라 익다 못해 썩어가는 홍시 같았다. 뒷머리를 긁적이며 반철심이 어색하게 웃었다.

"아무래도 운동 부족인 모양입니다. 평소 병참간에 틀어박혀 쇳덩이만 두드리다 보니 이처럼 약골이 돼버렸지 뭡니까?"

"약골이라니요? 저 역시 다리가 후들거리긴 마찬가집니다. 지금까지 꾹 참고 온 것만 해도 대단한 일이지요."

여린은 하우영에게서 얻은 금창약을 반철심의 왼발에 발라주고는 헝겊을 조심스럽게 감아주었다. 그리고 다시 장화를 신기려는데, 한번 벗긴 장화는 쉽게 신어지지 않았다.

"응?"

여린이 한참 장화를 신겨보려고 애쓸 때, 하우영이 문득 미간을 찌푸리며 방금 자신들이 지나온 동굴 저쪽을 노려보았다. 곽기풍이 그런 하우영을 불안하게 쳐다보았다.

"왜에?"

"안 들립니까?"

"뭐가?"

"발자국 소리. 누군가 이쪽으로 빠르게 접근하고 있습니다."

여린과 반철심도 흠칫흠칫 동굴 바깥쪽을 보았다. 네 사람 중 무공이 가장 높은 하우영의 말이니 틀림없는 사실일 것이다.

"혹시 소 영감 등이 아닐까?"

곽기풍이 잔뜩 겁먹은 표정으로 물었지만 여린은 천천히 고갤 가로저었다. 그들은 아까 전혀 다른 방향으로 갈라졌고, 그렇다면 지금 뒤를 바싹 쫓아오고 있는 발자국의 주인공은 당상학 등일 가능성이 높았다.

장화 신기기를 포기한 여린이 반철심에게로 등을 내밀었다.

"업혀요."

"난 여기서 좀 쉬어야겠소."

"무슨 소리요?"

놀란 눈으로 돌아보는 여린을 향해 반철심이 씨익 웃어 보였다.

"우린 지금 많이 지쳤는데, 추적자들은 원기왕성합니다. 또한 그들은 무공까지 월등하지요. 여기에 나까지 여 즙포님에게 업힌다면 아마도 우린 머지않아 따라잡히게 될 겁니다. 그러니 누군가 남아서 시간을 끌어야지요."

"말도 안 되는 소리! 반 병참수가 무슨 재주로 그들을 막아요?"

"너무 무시하지 마십시오. 이래 봬도 근접전에선 이 반철심을 당할 자가 드물다고 자부합니다."

반철심이 빙긋 웃으며 장포 앞섶을 열어젖히자 가슴팍에 줄줄이 매어진 십여 개의 폭구가 보였다.

"그래도 안 됩니다. 무조건 같이 갑시다."

여린의 고집에 반철심의 얼굴이 딱딱하게 굳어졌다.

"그게 정말 동료들을 위하는 일이라고 생각합니까?"

"무슨……?"

반철심이 정색을 하자 여린은 당황했다.

반철심이 성난 눈으로 여린을 쏘아보며 또박또박 말했다.

"사실 여 줍포님이 하도 완강해서 말은 못했지만, 나는 아까 우리가 소 영감님의 말대로 갈라졌어야 한다고 생각합니다. 모두가 살 수 없다면 몇몇이라도 살아남을 수 있도록 가능성을 높이는 게 최선이라는 소 영감님의 말에 전적으로 동감합니다. 사실 줍포님의 행동은 모두 함께 죽자는 것으로밖엔 보이지 않아요. 난 젊습니다. 젊은 나이에 덧없이 죽고 싶진 않아요. 그렇게 때문에 조금이라도 살 수 있는 확률이 높은 쪽에 모든 걸 걸어보고 싶다, 이겁니다."

반철심이 잠시 말을 끊고 형형한 눈으로 하우영과 곽기풍을 보았다.

"만약 나를 제치고 당상학이 다시 여 줍포님을 따라붙는다면 두 분은 어찌할 겁니까?"

"그야 당연히……."

"우리도 자네와 똑같은 결단을 내릴 수밖에 없겠지."

하우영과 곽기풍이 무겁게 고갤 끄덕였다. 여린이 두 사람을 돌아보며 항의했다.

"내가 언제 날 지켜달라고 했습니까? 지금까지 받은 것만도 부담스러우니 제발 이러지들 말아요!"

"이런 답답한 위인을 봤나?"

벌컥 성질을 낸 사람은 곽기풍이었다. 곽기풍이 손가락으로 여린의 얼굴을 겨누며 고래고래 소릴 질러댔다.

"귓구녕은 장식으로 달고 다니냐? 방금 철심이가 한 말 못 들었어? 여 줍포를 위해서가 아니라 우리를 위해서라고 말했잖아. 조금이라도 더 살아날 확률을 높여보려는 몸부림이라고 말야. 그러니까 괜한 똥고집 부리지 말고 시키는 대로 해."

"싫소. 죽어도 그렇게는……."

퍽!

자릴 박차고 일어서던 여린은 둔탁한 타격음과 함께 뒤통수에서 강렬한 통증을 느꼈다.

"당신… 미쳤어?"

뒤통수를 감싸 쥔 채 질린 눈으로 돌아보자 도끼를 거꾸로 꼬나 쥐고 있는 하우영의 무덤덤한 얼굴이 보였다.

하우영이 짧게 말했다.

"고집을 피우는 아이에겐 매가 약이라고 배웠어."

"으응……."

풀썩!

앞쪽으로 힘없이 쓰러지는 여린을 하우영이 번쩍 안아 들었다.

"몸조심해."

"어서 가십시오. 곧 다시 만나게 될 테니 작별 인사 따윈 필요없습니다."

눈인사를 건네는 하우영과 곽기풍을 향해 반철심이 싱긋 웃었다.

"으흑! 철심아, 난 네가 이렇게 좋은 녀석인지 예전엔 미처 몰랐다. 꼭 살아야 한다. 우리 같이 살아서 남은 세월 술친구, 이야기 친구하며 보내자, 응?"

곽기풍이 반철심을 와락 끌어안으며 눈물을 글썽였다.

"날 살리고 싶으면 여 즙포님을 살리십시오. 여 즙포님이야말로 우리의 마지막 희망이 아닙니까?"

반철심이 곽기풍을 억지로 떨어뜨리며 짐짓 밝게 웃었다.

"오냐… 오냐."

"부디 몸조심해라."

어린을 등에 업은 채 멀어지는 하우영과 곽기풍의 뒷모습을 반철심이 웃음을 머금은 채 하염없이 바라보았다. 세 사람의 모습이 시야에서 완전히 사라지자 그의 얼굴에 남아 있는 웃음의 흔적도 깨끗이 지워졌다.

반철심이 긴장된 눈으로 동굴 바깥쪽을 보았다. 다급한 발자국 소리는 이제 그의 귀에까지 똑똑히 들려오고 있었다.

"망할, 서둘러야겠군."

반철심은 즉시 자신의 계획을 실행에 옮겼다. 열 개의 폭구를 동굴 벽 구석구석의 균열에 끼워 넣은 것이다. 그리고 만약의 경우를 대비해 늘 품고 다니던 기다란 뇌관으로 연결한 후 격발 장치를 달아 손에 쥐었다. 이제 마음만 먹으면 언제든 폭구들을 일시에 터뜨릴 수 있고, 그 정도 폭발력이라면 동굴을 송두리째 무너뜨릴 수 있다는 것이 반철심의 계산이었다. 또한 반철심은 하나의 야명탄(夜明彈)과 하나의 폭신탄(暴辛彈)을 각각 언제든지 던질 수 있도록 준비했다. 야명탄은 폭구 안에 발광 물질을 넣어 터지는 순간 강한 빛이 쏟아져 나와 상대방의 눈을 순간적으로 멀게 하는 무기였고, 폭신탄은 폭구 안에 맵기로 유명한 광동의 고추와 후춧가루를 잔뜩 넣어 후각을 마비시키는 무기였다. 모두가 반철심이 화인산 화전민촌에 머무는 동안 심심풀이 삼아 만든 무기였다. 반철심은 천상 발명에 살고 발명에 죽는 병참수였던 것이다.

반철심이 자신의 신무기를 시험해 볼 기회는 의외로 빨리 찾아왔다. 그가 여린을 위한 최후의 방어 준비를 끝내자마자 눈앞에 당상학이 나타난 것이다. 늘 깨끗한 풍모를 유지하던 당상학의 머리와 어깨 위에는 먼지가 수북히 쌓여 있었다. 아마도 기관 장치들을 깨부수며 달려오느라 외모를 돌볼 여유가 없었던 것이리라. 당상학의 뒤쪽으로 소풍이라도 나온 듯한 얼굴의 염화수와 소풍 나온 조카를 따라나온 삼촌처럼 찰싹 달라붙어 있는 청해일이 보였다.

당상학의 이글거리는 눈을 마주한 반철심은 심장이 오그라드는 것 같았지만 이내 마음을 다잡았다. 이미 죽기를 각오한 몸이었다.

'진정해라, 반철심. 목숨을 내던질 각오가 돼 있는데 무엇이 두려우랴?'

반철심은 가슴을 쭉 펴며 스스로를 달랬다.

당상학이 짧고 단호한 음성으로 반철심을 향해 물었다.

"나머지 놈들은 어디 있느냐?"

반철심이 입술 한 귀퉁이를 일그러뜨리며 비릿하게 웃었다.

"그걸 왜 나한테 물어보냐, 재수없는 영감아? 죽어 지옥에 가거든

염왕에게나 물어보거라."

당상학의 얼굴이 성난 범처럼 변하는 것을 보며 반철심은 일단 계획이 성공하고 있다는 걸 알았다. 원래 반철심은 인간성 자체가 남을 화나게 하는 일과는 거리가 멀었다. 그래서 반철심은 최대한 곽기풍과 소사청의 표정을 떠올렸다. 그 두 사람이 사사건건 서로를 헐뜯고, 화를 돋우며 싸우는 광경을 지켜보면서 그도 어떻게 하면 상대방을 화나게 할 수 있는지 나름대로 터득한 것이었다.

"네놈에겐 더 이상 묻지 않겠다! 어차피 흔적을 찾은 이상 곧 잡게 돼 있으니까!"

격분한 당상학이 반철심의 얼굴을 노리고 갈고리 같은 오른손을 내뻗으며 덮쳐들었다. 일체의 수비식을 배제한 자신감에 가득 찬 동작이었다. 당상학은 직감적으로 반철심에게 무공이 전무하다는 걸 느끼고 있었다. 반철심 따위를 상대하면서 조심까지 할 필요는 없었던 것이다.

퍼엉!

"윽!"

순간 반철심의 오른손에 쥐어져 있던 야명탄이 작렬했다. 이미 반철심의 목전까지 다다라 있던 당상학은 눈알이 빠져 버릴 것 같은 통증을 느끼며 반사적으로 고갤 틀었다. 눈앞이 캄캄했다. 순간적으로 시력을 상실한 것이다.

"쥐새끼 같은 놈!"

벼락같은 폭갈음을 내지르며 당상학이 반철심을 향해 주먹을 내질렀다. 그대로 머리통을 부숴 버릴 작정이었다. 눈은 안 보였지만 감각은 살아 있었다. 덕분에 당상학의 주먹은 정확히 뒷걸음질을 치고 있는 반철심의 얼굴을 향해 날아들었다.

퍼어엉!

"우욱!"

동시에 반철심의 왼손에 쥐어져 있던 폭신탄이 터졌다. 매캐한 연기
가 눈과 코와 입으로 밀려들자 당상학이 주먹을 거두며 손바닥으로 재
빨리 입을 틀어막았다. 당상학 정도의 고수라면 고춧가루가 아니라 맹
독이라도 호흡법만으로 충분히 제어할 수 있다. 하지만 그건 미리 대
비했을 때만 가능한 일이다. 지금처럼 분노한 상태에서 무방비로 공격
을 퍼부을 때는 아무리 초절정을 넘어 입신의 경지에 발을 들여놓은
초고수라 할지라도 타격을 입기 마련이었다.

"병신 같은 영감이 그깟 백면서생 하나를 처리하지 못하는군!"

한심한 눈으로 지켜보던 염화수가 더 이상 참지 못하고 반딧불 같은
경기가 맺힌 열 손가락을 치켜세우고 달려나왔다. 반철심은 바로 이
순간을 기다렸다. 당상학이나 염화수 한 사람에게만 타격을 주어서는
여린에게 활로를 열어줄 수 없었다. 어떻게든 두 고수 모두에게 타격
을 주겠다는 것이 반철심의 계획이었고, 야명탄과 폭신탄을 이용한 그
의 계획은 멋지게 들어맞았다.

"이제 곧 뒈질 놈이 웃긴 왜 웃어?"

"돌아와요! 함정입니다!"

콰아앙!

염화수가 회심의 미소를 짓고 있는 반철심의 얼굴을 노리고 손바닥
을 휘두른 것과 뭔가 심상치 않은 느낌을 받은 청해일이 다급히 소리
친 것과 동굴 양쪽 벽에 숨겨져 있던 열 개의 폭구가 터져 오른 것은
거의 동시에 일어난 일이었다.

콰콰콰쾅!

우르르르르!

"으악!"

"꺄악!"

"크아아!"

연쇄 폭발과 함께 동굴이 통째로 무너져 내렸다. 그 충격으로 당상학, 염화수, 청해일 세 사람도 실 끊긴 연처럼 너울너울 날아갔다.

"모두 공력을 최대치로 끌어올려 방어기막(防禦氣幕)을 만들어야 한다!"

당상학이 양발로 힘차게 땅바닥을 밟고 서며 순식간에 내공을 끌어올렸고, 뒤이어 염화수와 청해일도 내력을 최대치로 끌어올렸다. 세 사람 주변으로 거대한 기막이 풍선처럼 부풀어오르며 동굴의 붕괴로부터 세 사람을 지켰다.

후우우우…….

잠시 후 동굴의 붕괴가 멎고 자욱한 포연이 피어올랐다.

"이런 빌어먹을……!"

당상학이 어금니가 으스러지도록 갈아붙이며 돌무더기에 꽉 막혀버린 동굴을 바라보았다. 동굴을 이 지경으로 만든 장본인인 반철심은 이미 돌무더기에 파묻혀 보이지 않았다. 살아 있긴 힘들 거라고 생각했지만 반철심의 죽음 따윈 당상학에겐 일말의 위로도 되지 않았다. 그는 지금 자신에게 화를 내고 있는 것이다. 자신의 경솔함, 평소답지 않은 조급함, 그리고 상대를 얕본 안이함까지.

상대가 죽음을 각오했다는 것쯤은 간파했어야 옳았다. 쥐도 구석에 몰리면 고양이를 무는 법. 순간의 방심이 다 잡은 대어를 놓쳤다고 생각하자 가슴이 부글부글 끓어올랐다.

"병신."

뒤쪽에서 들려온 차가운 음성에 당상학의 얼굴이 씰룩했다. 홱액 돌아보자 노골적인 비웃음을 흘리고 있는 염화수가 보였다.

"네가 일을 다 망쳐 놓았잖아. 이제 어떻게 할 거야?"

염화수의 얼굴은 높게 잡아도 대략 열서너 살 정도로밖에 보이지 않았다. 그 어린 얼굴과 노골적인 비웃음이 당상학의 노화에 불을 질렀다.

"감히!"

"참으십시오! 철이 없어서 그럽니다!"

당상학이 살기를 가득 담은 오른손을 화악 쳐드는 순간 청해일이 재빨리 팔을 벌려 염화수의 앞을 가로막았다.

"놔둬봐. 어떻게 하나 보게. 쳐봐! 쳐봐, 영감탱이야!"

염화수가 정말 어린아이처럼 팔짝팔짝 뛰며 당상학을 자극했다. 입술을 질끈 깨물고 간신히 화를 억누르던 당상학이 엄한 청해일에게 화풀이를 했다.

"똑바로 해, 자식아!"

철썩!

"크헉!"

당상학에게 뺨을 제대로 얻어맞은 청해일이 부웅 날아갔다. 정신없이 바닥을 구르는 청해일을 염화수가 핏발 선 눈으로 쳐다보았다.

"왜 때려? 네깟 놈이 뭔데 우리 해일이를 때려?"

후우우웅!

분노한 염화수의 두 눈이 독 오른 살쾡이처럼 빛나며 긴 머리카락이

분분히 솟구쳤다. 일전을 불사할 태세였다. 여기서 두 사람이 싸우게
되면 둘 중 하나는 반드시 죽고, 천년영과는 영영 소사청의 몫이 되리
라. 여기까지 생각이 미친 당상학이 재빨리 살기를 거두며 염화수를
향해 손을 내뻗었다.

"아아, 진정하시오, 화수. 내가 잠시 흥분했던 듯싶소."

"그럼 사과해."

염화수가 공력을 거두지 않고 툭, 내뱉었다.

"사과?"

"해일이를 때리는 건 나를 때리는 것과 같아. 그러니까 어서 해일이
에게 정식으로 사과하라고."

당상학이 벙찐 눈으로 청해일을 보았다. 아마도 염화수에게 과거의
기억 따윈 완전히 사라져 버린 듯싶었다. 그녀는 이제 오직 청해일만
믿고, 의지하고 있었다. 청해일은 염화수에게 있어 세상과 통하는 유
일한 끈처럼 보였다.

당상학이 어금니를 지그시 물며 막 털고 일어서는 청해일을 향해 고
개를 숙였다.

"미안하다. 내가 잘못했다."

"이, 이러실 필요까지는……."

당황하는 것은 오히려 청해일 쪽이었다.

"됐소?"

그런 청해일을 싹 무시하고 당상학이 염화수에게 물었다.

"앞으론 조심해."

"자, 이제 갑시다. 놈들과의 거리가 또 벌어지고 말았소."

당상학이 찬바람을 일으키며 돌아섰다. 그런 당상학을 뒤따르며 청

해일이 힐끗 염화수를 보았다. 왠지 든든했다. 청해일에게 있어서도 염화수는 자신은 물론 사문의 미래까지 책임져 줄 고마운 존재였던 것이다.

여린은 질린 듯 부릅뜬 눈으로 자신들이 지나온 동굴 저쪽의 시커먼 어둠 속을 응시했다. 하우영이나 곽기풍도 그런 여린에게 빨리 가자고 재촉하지 못했다. 그들도 폭구가 터지는 소리와 동굴이 무너지는 소리를 똑똑히 들었던 것이다. 아마도 반철심이 동료들의 활로를 열어주기 위해 최후의 선택을 했음이 분명했다.

"반 병참수가… 반 병참수가……."

"시간이 없소. 반 병참수가 죽었다면 그의 죽음을 헛되지 않게 하는 것이 여 줍포님의 임무요."

하우영이 재빨리 여린의 감정을 차단하고 나섰다. 여기서 더 지체했다간 반철심이 목숨을 던져 만든 기회를 놓칠 수도 있었기 때문이다.

"갑시다."

여린이 묵묵히 걸음을 옮기기 시작했다. 당장 반철심에게 돌아가겠다며 고집을 부릴 줄 알았던 곽기풍과 하우영은 의외라는 듯 서로의 얼굴을 마주 보며 여린을 뒤따랐다. 입술을 지그시 깨물고 걸어가는 여린은 따로 생각하는 것이 있었다.

천년영과.

그 신비한 영과는 이미 죽은 사람도 저승 문턱으로부터 불러내어 이승으로 돌아올 수 있게 만든다고 했다.

'조금만 기다리시오, 반 병참수. 당신이 만약 살아 있다면… 아니, 이미 죽었다고 해도 내가 반드시 천년영과를 얻어 살려내고 말 거요.'

다짐에 다짐을 거듭하며 여린은 걸음을 재촉했다.

"이, 이게 뭐야?"

좁은 동굴 밖으로 나오던 곽기풍이 입을 쩍 벌리며 신음처럼 중얼거렸다. 놀란 표정을 짓기는 여린과 하우영도 마찬가지였다. 동굴을 나서면 또 다른 동부나 동굴이 나올 줄 알았는데 세 사람의 눈앞에는 전혀 엉뚱한 풍광이 펼쳐진 것이다.

이름을 알 수 없는 형형색색의 아름다운 꽃이 지천으로 피어 있는 널찍한 초원이 그들을 맞이했다.

"거의 다 온 것 같군."

여린이 약간 긴장된 표정으로 말했다. 새삼 소사청의 설명이 떠오른 것이다.

"흑지 근처에 이르면 난마처럼 얽힌 동굴이 끝나고, 탁 트인 초원이 펼쳐진다. 그 초원을 지나면 곧장 흑지다. 그 흑빛 연못 아래 전설의 천년영과가 피어 있지."

"누군가 오고 있다!"

하우영의 다급한 음성에 상념에 빠져 있던 여린이 흠칫 정신을 차렸다. 방금 자신들이 지나온 동굴 입구 쪽을 가리키며 곽기풍이 호들갑을 떨었다.

"당가 놈이다! 당가 놈이 쫓아오는 게 분명해!"

"일단 뛰어요!"

여린이 곽기풍과 하우영을 이끌고 무작정 형형색색의 기화이초(奇花

異草)가 피어 있는 초원을 달리기 시작했다.

"그런데 이 초원, 좀 이상하지 않습니까?"

황급히 달리며 여린이 하우영을 힐끗 돌아보았다.

"뭐가?"

"꽃은 있는데 나비나 벌이 한 마리도 안 보입니다."

"그렇군."

"게다가 향기가 없어요. 이렇게 넓은 꽃밭에서 꽃향기가 맡아지지 않는다는 게 이상하지 않습니까?"

"맞아, 정말 향기라곤 없어."

하우영도 이상한 듯 고갤 갸웃했다.

"아, 지금이 한가하게 꽃 타령이나 하고 있을 때야? 빨리 뛰기나 해, 웬수들아!"

곽기풍이 버럭 고함을 내지르며 두 사람을 앞질러 달리기 시작했다. 덕분에 여린과 하우영도 이 이상한 꽃밭에 대한 생각을 지울 수밖에 없었고, 곽기풍의 충고는 적절한 것이었다. 오래지 않아 뒤쪽에서 당상학의 노호성이 들려왔기 때문이다.

"서라! 서지 않으면 사지를 갈가리 찢어 죽일 테다!"

여린이 힐끗 고갤 돌려 풀잎을 분분히 흩날리며 허공을 밟듯이 달려오는 당상학과 뒤쫓아오는 염화수, 청해일을 보았다. 평소 단정하게 빗어 넘겼던 머리카락은 어지럽게 헝클어지고, 두 눈으로 시퍼런 안광을 폭사하는 것으로 보아 당상학은 단단히 화가 난 듯했다.

"으음……."

여린이 침음을 흘리며 바로 옆에서 달리는 곽기풍을 돌아보았다. 무공이 약한 이 늙은 총관이 걱정이었다. 아마도 곽기풍 때문에 머지않아 세 사람 모두 당상학에게 따라잡히게 되리라. 그리고 그 결과는 불을 보듯 뻔했다.

순간 곽기풍이 자신을 돌아보며 히쭉 웃자 여린이 흠칫했다.

"왜 웃습니까?"

"그거 생각나쇼, 즙포님?"

"뭐가 말입니까?"

"즙포님이 처음 부임했을 때 갈산악 등과 함께 만화루에서 술을 마시던 밤 말입니다."

여린의 입가에도 미소가 번졌다.

"기억하다마다요."

곽기풍이 큭큭 웃었다.

"즙포님이 술상을 들어엎어 버리자 갈산악, 그놈 얼굴이 꼭 썩은 된장처럼 누렇게 변했지요."

여린도 새삼 과거의 기억이 떠올라 빙그레 웃었다.

곽기풍이 여린을 향해 정색하고 물었다.

"예전부터 궁금했던 게 있습니다. 처음부터 날 찍은 거요, 아님 그날 밤 나를 즙포님이 꾸미고 있는 그 끔찍한 계획에 끌어들이기로 우연히 결정한 거요?"

"그날 밤 결심했습니다. 언뜻 보기에도 철기방과 확고한 유착 관계를 맺고 있는 총관님이 내게 꼭 필요한 조력자로 보였거든요."

"망할! 역시 그날 밤 술자리를 만드는 게 아니었어. 그랬으면 이런 생고생도 안 할 수 있었으련만."

곽기풍이 허허롭게 웃으며 우뚝 멈춰 섰다. 놀란 여린이 따라 멈추며 곽기풍을 향해 물었다.

"왜 멈춥니까? 계속 달려요!"

"먼저 가쇼."

품속에서 오안수포를 뽑아 드는 곽기풍은 더 이상 웃고 있지 않았다.

"왜요?"

"어차피 내가 있으면 다 잡힙니다. 그러니까 가쇼."

"미쳤소? 죽어도 함께 죽고, 살아도 함께 삽니다!"

"제발 어리광 좀 부리지 마!"

꽈악!

곽기풍이 갑자기 여린의 멱살을 와락 움켜잡으며 눈을 치떴다.

"네 마음대로 와서 네 마음대로 일은 다 저질러 놓고 이제 와서 웬 성인군자 행세야? 어차피 죽을 바엔 최소한의 가능성이라도 남겨놔야 하잖아! 그 망할 놈의 천년영과인가 뭔가만 있으면 죽어 시체가 된 놈도 벌떡 일으켜 세울 수 있다며? 넌 끝까지 살아서 천년영과를 얻어! 그걸로 나와 철심이를 살려내란 말이다!"

"하지만… 하지만……."

여린의 눈에서 굵은 눈물이 뚝뚝 흘렀다. 그의 눈앞으로 곽기풍과 부대끼며 지내왔던 지난날들이 주마등처럼 스치고 지나갔다. 여린은 목적을 위해서 여러 사람을 이용했다. 그들을 하나의 인격체로 보지 않고 도구로 생각했다. 그런데도 그들은 여린을 원망하지 않고 그를 위해 기꺼이 목숨을 내던지고 있었다.

"너는 살아. 그게 나와 이미 죽은 다른 놈들에게 보답하는 길이다."

"곽 총관님……."

곽기풍이 하우영을 향해 버럭 소리쳤다.

"아, 뭘 멍청히 보고 있어? 어서 이 심약한 놈을 데려가지 않고!"

하우영이 여린의 팔을 잡아끌었다.

"갑시다, 줍포님. 시간이 없소."

"꼭 살아 계십시오, 곽 총관님. 제가 곧 구하러 오겠습니다. 하늘이 무너진다 해도, 아니, 그 무너진 하늘을 뚫고서라도 꼭 구하러 올 테니 살아만 계셔주십시오."

하우영에게 끌려 저만큼 멀어지는 여린의 모습이 눈물 때문에 뿌옇게 보였다. 곽기풍이 오안수포를 쥔 손을 흔들어 여린을 배웅했다. 아마도 다시는 못 만나게 되리라. 세상에 죽은 사람을 되살릴 수 있는 영약이 어디 있으랴. 곽기풍은 애당초 천년영과의 효용을 믿지 않았다. 다만 여린이 끝끝내 고집을 피울까 봐 천년영과에 모든 것을 걸고 있노라고 말했을 뿐이다.

"어차피 한 번은 죽는 목숨!"

어금니를 질끈 사려물며 곽기풍이 돌아섰다. 어차피 아내와 두 자식이 죽었을 때 삶을 포기했던 몸이다. 시간이 조금 늦어졌을 뿐, 이제와 죽는다고 억울할 건 없었다.

'와라, 상놈의 새끼들.'

두 눈을 치뜨고 노려보는 곽기풍의 시야에 바로 앞으로 내려서는 당상학과 염화수와 청해일이 보였다.

곽기풍이 별 동요도 없이 조용히 오른손에 쥔 오안수포로 당상학의 얼굴을 겨누었다. 그런 곽기풍을 지켜보는 당상학의 얼굴이 얼음덩이처럼 차가워졌다.

"너희 놈들은 정말이지 이해하기 힘들구나. 뻔히 죽을 줄 알면서도 어찌 달아나지 않고 동도를 위해 목숨을 던지겠다고 앞 다퉈 나서는 것이냐? 죽음이 별게 아니라고 생각하느냐? 죽으면 모든 게 끝이다. 죽고 나면 해도, 달도, 별도, 우주도 모두 끝이란 말이다, 이 하루살이 같은 놈들아!"

"지랄!"

타앙—!

아무런 망설임 없이 곽기풍이 오안수포의 방아쇠를 당겼다. 살처럼 날아간 대못이 고갤 살짝 비트는 당삭학의 뺨에 가는 혈선을 그으며 스치고 지나갔다.

"이놈이……!"

당상학의 눈이 범처럼 치켜떠졌다. 얼마 전 저 괴상한 쇳덩이에 당했던 불쾌한 기억이 떠오른 것이다. 당상학이 땅을 차고 날아올라 곽기풍을 향해 짓쳐 나갔다.

"심장을 끄집어내 들개에게 던져 주리라!"

탕! 탕! 탕탕! 타아앙!

곽기풍이 빠르게 뒷걸음질을 치며 목전을 향해 날아드는 당상학의 얼굴을 노리고 남은 다섯 발을 연사했다. 가까운 거리였지만 당상학은 가볍게 몸을 흔드는 것만으로 다섯 개의 대못을 모조리 피해 냈다.

와드득!

"끄흐흡!"

당상학의 손이 오안수포를 잡은 곽기풍의 오른 손목을 으스러뜨렸지만 곽기풍은 용케 비명을 삼켰다.

뻐버버벅!

"크흐흑!"

연이어 당상학의 주먹이 쇳덩이처럼 묵직하게 가슴을 두드리자 곽기풍은 입과 코로 검붉은 핏물을 게워내며 부웅 튕겨 나갔다. 꽃밭 위를 정신없이 나뒹굴면서도 곽기풍은 결코 눈을 감지 않았다. 핏발선 그의 눈으로 자신을 단숨에 밟아 죽이려 달려오는 당상학이 보였다.

'조금만 더… 조금만 더 가까이…….'

곽기풍이 어금니를 사려물었다. 그에겐 아직 최후의 한 수가 남아 있었다. 하늘을 향해 벌러덩 드러누운 그가 오른발 장화코를 위쪽으로 향했다.

십보살화, 유능한 병참수 반철심이 만들어준 살상용 장화. 새삼 반철심이 보고 싶다는 생각을 하며 곽기풍이 자신의 가슴을 향해 오른발을 내리찍으며 떨어져 내리는 당상학을 노리고 장화 뒷꿈치를 힘차게 땅바닥에 찧었다.

퍼억!

"어억!"

곽기풍이 생을 포기했다고 판단한 당상학은 방심했다. 그래서 곽기풍의 최후 무기라 생각한 오안수포가 무력화되는 순간 더 이상의 꿍수는 없을 것이라 판단했고, 그것이 결국 곽기풍에게 불가능할 듯 보였던 기회를 제공했다. 십보살화의 장화코를 뚫고 쏘아진 가는 은침이 정확히 당상학의 살갗을 뚫고 심장에 박힌 것이다.

은침에는 맹독이 발라져 있었다. 운남의 밀림을 뚫고 오는 길에 곽기풍은 우연히 등에 해바라기 모양의 알록달록한 반점이 박힌 큼직한 거미 한 마리를 발견했다. 그 거미가 맹독을 지닌 홍화독주(紅花毒蛛)

라는 사실을 알려준 사람은 소사청이었다. 소사청은 친절하게도 홍화독주에서 독을 채취하는 법까지 알려주었고, 곽기풍은 혹시나 하는 마음에 은침에 그 독을 발라두었다. 그리고 그 독은 전혀 뜻하지 않은 장소에서 뜻하지 않은 상대에게 제대로 사용되었다.

"이놈…… 은침에 독을 발랐구나……."

"큭큭큭! 맛이 어때? 따끔하지?"

당상학이 가슴을 움켜쥔 채 무서운 눈으로 내려다보자 곽기풍이 피묻은 입 언저리를 일그러뜨리며 득의롭게 웃었다.

"죽어라!"

"우웩!"

격분한 당상학이 발을 힘껏 내려쳐 가슴뼈를 으스러뜨리자 곽기풍이 고갤 번쩍 쳐들며 검붉은 핏덩이를 왈칵 토했다.

"이놈! 이놈! 이 벌레 같은 놈! 이놈!"

뻑뻑뻑뻑뻑!

이미 축 늘어진 곽기풍의 가슴을 당상학이 계속 내려쳤고, 그때마다 곽기풍은 삶의 마지막을 아쉬워하는 듯 덜컥덜컥 전신이 진동했다. 마침내 곽기풍이 축 늘어졌다.

"후우우… 후우우… 후우우……."

아직도 분이 풀리지 않는 듯 사나운 눈초리로 곽기풍을 내려다보며 당상학이 가쁜 숨을 몰아쉬었다. 안색이 백짓장처럼 창백하고 연신 식은땀을 줄줄 흘리는 것으로 보아 독이 퍼지고 있음이 분명했다.

그런 당상학을 보며 청해일은 왠지 안심이 되었다.

사실 청해일은 내내 불안했던 것이다. 이미 신의 경지에 들어서 버린 것이 아닌가 의심스러울 정도의 가공할 무공에 도무지 그 깊이를 알 수 없는 독랄한 심계. 당상학이란 인물은 그로서는 듣도 보도 못한 천하의 간웅이었다. 그리고 언젠가 자신은 물론 염화수까지 저 무서운 간웅의 야심을 충족시키기 위한 도구로써 희생당하는 것이 아닌가 늘 불안했던 것이다. 청해일이 힐끗 눈을 돌려 염화수를 보았다. 그녀는 주변 상황 따위엔 아랑곳하지 않고 예쁜 꽃들을 어루만지며 정말 열대여섯 살의 소녀처럼 마냥 즐겁게 웃고만 있었다.

'지켜줄게. 너만은 꼭 지키줄게.'

청해일은 이제 두 가지 목표를 갖게 되었다. 하나는 멸문한 사문을 일으키는 것이고, 또 하나는 죽은 아내를 빼닮은 저 여자를 지켜내는 것이었다. 그 목표를 이루기 위해서도 당상학은 어느 정도는 약해질 필요가 있었다.

"가자."

당상학이 말을 툭 내뱉으며 걸음을 떼었다.

"운기조식으로 독기를 몰아내야 하지 않습니까?"

청해일이 당상학을 뒤쫓으며 다급히 물었다.

콰아악!

"감히!"

"끄흑!"

순간 당상학이 홱 돌아서며 오른손으로 청해일의 목줄기를 움켜잡았다. 당상학의 손아귀에 무지막지한 힘이 불어넣어지며 청해일이 가쁜 숨을 토했다.

"켁켁… 왜, 왜 이러십니까? 전 단지 걱정이 되어…….."

"누가 네놈 따위보고 본좌를 걱정해 달라고 했나? 본좌는 천하제일의 고수다. 버러지만도 못한 네놈이 그런 본좌를 걱정하는 게 가당키

나 하다고 생각하느냐?"

"제… 제발……."

눈앞이 캄캄해짐을 느낀 청해일은 양손으로 자신의 목을 잡은 당상학의 손을 떼어내려 애썼다. 하지만 태산처럼 꿈쩍도 하지 않아 청해일의 안색은 점점 더 시퍼렇게 물들어갔다. 이대로 몇 초만 더 지나도 목숨이 끊어질 판국이었다.

"그만 해."

이때 염화수의 차가운 음성이 들려왔다. 당상학이 살기 어린 눈으로 스윽 돌아보자 어느새 일어나 자신을 노려보고 있는 염화수가 보였다. 당상학의 눈가에 어린 살광이 순간적으로 조금 더 짙어졌다. 여차하면 염화수를 향해서까지 살수를 펼칠 기세였다.

"그만 하라고 했어."

후우우웅!

위기의식을 느낀 탓일까? 염화수는 긴 머리채를 사자의 갈기처럼 뻗쳐 올리며 전신으로 강력한 기세를 피워 올렸다. 한동안 두 고수는 일촉즉발의 긴장감 속에 서로를 죽일 듯 노려보았다.

"우와악!"

갑자기 당상학이 청해일을 땅바닥에 패대기쳐 버렸다.

"콜록콜록콜록!"

청해일이 양손으로 목을 감싸 쥔 채 가쁜 기침을 토했다. 동시에 염화수도 끌어올렸던 공력을 거두었다. 당상학이 다시 신형을 돌려세워 여린이 사라진 방향으로 걸음을 옮기기 시작했다.

"일단 독이 더 이상 번지는 것을 막았으니 놈들을 쫓자. 해독은 천년영과를 얻은 이후에 해도 늦지 않아."

'두고 보자, 사갈 같은 영감탱이……!'

당상학의 뒷모습을 노려보며 청해일이 이를 갈아붙였다.

여린과 하우영은 더 이상 기화이초가 핀 초원에 있지 않았다. 그렇다고 흑지에 다다른 것도 아니었다. 그들은 전혀 엉뚱한 장소에서 엉뚱한 상황을 맞이하고 있었다.

"여기는 혹시……?"

여린이 자신의 생각을 차마 입 밖으로 내뱉지 못하고 불안한 눈으로 하우영을 돌아보았다. 그가 하고 싶은 말을 하우영이 대신 해주었다.

"여긴 사하현 현청이로군."

정신없이 초원을 달리던 두 사람은 오안수포의 총성을 듣고 멈춰 섰다. 곽기풍에게 돌아가겠다는 여린을 하우영이 붙잡고 옥신각신하고 있는데, 갑자기 주변 풍경이 확 바뀌면서 두 사람은 밤안개가 자욱히 깔린 현청 마당 한복판에 서 있게 되었다.

"우리가 꿈을 꾸고 있는 겁니까, 하 포두님?"

"꿈은 아닌 것 같고, 환영을 보고 있는 것 같군."

"환영?"

"아무런 향기도 나지 않는 그 꽃이 아무래도 수상해."

"그러고 보니 그 꽃밭은 조사동의 또 다른 함정이었던 것 같군요."

"어떻게 빠져나가지? 여기서 시간을 더 지체했다간 당가 일당에게 따라잡히고 말 텐데."

"으음……."

여린이 턱을 어루만지며 한동안 심각하게 자욱한 안개에 휩싸인 현청의 안쪽을 쳐다보았다. 칠흑 같은 어둠과 안개에 휩싸인 현청에서 유일하게 불을 환하게 밝히고 있는 오층짜리 누각의 본관이 보였다.

여린이 본관 쪽으로 걸음을 옮기며 말했다.

"일단 가봅시다. 어떤 상황이 기다리고 있든 부딪쳐 보지 않고서는 이곳을 빠져나갈 방법이 없을 것 같군요."

"그러자고."

하우영이 오른손으로 움켜쥔 혈부를 붕붕 휘두르며 여린을 뒤따랐다.

"어억!"

본관의 일층 대전으로 들어서던 하우영이 저도 모르게 경호성을 내질렀다. 그 흔한 탁자 하나 놓여 있지 않은 넓은 대전 한복판엔 한 사람이 무릎 꿇려 있고, 다른 한 사람이 그 앞에 서 있었다. 처연한 표정으로 무릎 꿇려 있는 사람은 하우영의 연인 유진영이었고, 오른손에 시퍼렇게 날 선 검을 꼬나 쥐고 서서 비릿하게 웃고 있는 사람은 한때 철기방의 장로였던 백옥수 소화영이다.

하우영의 참혹한 얼굴을 보지 않아도 여린은 이 기이한 상황이 무엇을 뜻하는지 충분히 알 수 있었다. 하우영의 연인 유진영이 소화영에게 처참히 살해당하던 그날 밤으로 두 사람은 돌아와 있었던 것이다.

"진정하세요. 이건 어디까지나 환영일 뿐입니다."

여린이 하우영의 앞을 가로막으며 빠르게 말했다.

환영 자체가 사람을 해치진 못한다. 그럼에도 환영은 극히 위험한 살인 도구 중 하나였다. 환영에 빠진 사람에게 가장 무서운, 혹은 가장 끔찍한 기억을 떠올려 그 안에서 홀로 몸부림치다가 지쳐 죽게 만들기 때문이다. 하지만 하우영은 이미 환영에 빠져들고 말았다.

"비켜."

여린을 거칠게 밀치며 하우영이 성큼 걸음을 옮겼다.

"안 됩니다! 환영은 환영일 뿐이에요! 하 포두님의 정인도 죽었고, 소화영 역시 당신의 손에 죽지 않았습니까?"

여린이 필사적으로 하우영의 허릴 붙잡고 늘어지며 소리쳤다. 여린의 절박한 외침이 효과가 있었는지 하우영이 우뚝 멈추었다.

"허억… 허억… 허억……."

범처럼 눈을 치뜨고 거친 숨을 몰아쉬고 있었지만 하우영은 용케 감정을 다스리는 중이었다. 안도의 한숨을 내쉬며 여린이 하우영의 어깨를 가볍게 두드렸다.

"잘 참았습니다, 하 포두님."

"과연 그럴까?"

순간 소화영이 여린과 하우영 쪽을 돌아보며 히쭉 웃었다. 유진영의 얼굴을 노리고 검을 화악 치켜드는 소화영을 향해 하우영이 도끼를 쥔 외팔을 내뻗으며 맹수처럼 포효했다.

"안 돼에에에―!"

퍼어억!

소화영의 검이 가차없이 떨어지는 순간 유진영의 목이 튀어올랐다. 천장에 닿을 듯 드높이 날아올랐던 그녀의 목이 하우영의 발밑까지 날아와 떨어졌다. 머리통만 남은 채 하우영을 올려다보는 유진영의 두 눈에서 피눈물이 주르륵 흘렀다. 한동안 사지를 벌벌 떨며 정인의 얼굴을 내려다보던 하우영의 입에서 처절한 괴성이 터져 나왔다.

"끄아아아아악!"

하나뿐인 혈부를 휘두르며 돌진하는 하우영을 여린은 막지 않았다. 아니, 막을 수 없었다. 지금 그를 막았다간 자신의 머리에 도끼날을 쑤셔 박을지도 몰랐기 때문이다.

콰앙!

하우영의 도끼와 소화영의 검이 충돌하자 맹렬한 폭음이 터져 나왔다.

쾅쾅쾅쾅!

"죽어! 죽어! 죽어!"

시퍼런 경기가 비산하는 가운데 하우영과 소화영이 계속 맞부딪쳤다. 살기에 눈이 뒤집힌 하우영은 사력을 다하고 있는 반면, 소화영은 히쭉히쭉 웃으며 검을 휘두르면서 뒷걸음질을 쳤다. 소화영이 너무도 쉽게 하우영의 도끼날을 막아낼 수 있는 것은 아마도 그녀가 실체가 없는 환영 때문인 것 같았다. 여린의 눈에는 그것이 똑똑히 보였다. 하지만 흥분한 하우영은 여린이 본 것을 보지 못하고 있었다. 이대로 시간이 좀 더 흐르면 정말 당상학 등에게 따라잡히고 말 것이었다.

"그만 하십시오, 하 포두님! 그 여자는 실체가 아닙니다! 허상이에요!"

하우영을 제지하러 달려나가던 여린이 순간적으로 멈칫했다. 질린 듯 부릅뜬 눈으로 돌아보는 여린의 시야에 낯익은 젊은 여자와 그 뒤에 서 있는 도사풍 노인의 모습이 들어왔다.

"소소……."

젊은 여인은 북소소였고, 그 뒤에 협봉검 한 자루를 꼬나 쥐고 서 있는 초로의 노인은 분명 벽산 진인이었다. 북소소가 여린을 향해 서글프게 웃었다.

"안 돼… 안 돼……."

여린이 북소소를 향해 천천히 걸음을 옮겼다. 여린의 눈에 북소소의 어깨 너머에서 잔혹하게 웃고 있는 벽산 진인의 얼굴이 똑똑히 보였다.

"안 돼, 이 망할 놈의 영감탱이야!"

푸우욱!

여린이 북소소를 향해 신형을 날리는 것과 동시에 벽산 진인의 검이 북소소의 심장 부분을 뚫고 나왔다.

"으아아아!"

힘없이 쓰러지는 북소소를 와락 끌어안으며 여린 역시 하우영처럼 절규했다.

"으아아아아! 으아아아아!"

가슴에서 피를 펑펑 쏟아내는 북소소를 끌어안은 채 여린이 상처 입은 짐승처럼 울부짖었다. 애써 잊고 있던 아픔이 밀려들면서 심장이 갈가리 찢어지는 것 같았다. 아픔이 지나가자 불덩이 같은 분노가 솟구쳤다. 여린이 살기로 번들거리는 눈으로 벽산 진인을 노려보았다. 벽산 진인은 북소소의 피가 묻은 검날을 눈앞에서 핑글핑글 휘돌리며 여린을 도발하고 있었다.

사람이란 동물은 얼마나 어리석은가? 아주 작은 자극만 주어져도 사람은 자신들을 동물과 구별시켜 주는 이성을 내던지고 야성으로 돌아갈 준비가 되어 있었다. 여린도 미치고 싶었다. 하우영처럼 미쳐 광포하게 날뛰고 싶었다. 그러나 피가 배어 나오도록 입술을 깨물며 여린은 참고 또 참았다. 이대로 미쳐 목표를 포기하기엔 여기까지 오는 동안의 희생이 너무 컸다. 자신 때문에 죽은 사람들의 얼굴이 떠올랐다. 그들은 모두 환하게 웃는 얼굴들이었다. 그 웃음이 여린으로 하여금 초인적인 인내심을 발휘하도록 해주었다.

"미안하다… 미안하다. 힘들게 해서 미안하고, 지켜주지 못해서 미안하고, 네가 있는 곳에 함께 있어주지 못해서 미안하다. 날 용서해라, 소소."

벽산 진인에 대한 분노를 폭발시키는 대신 여린이 북소소의 머리를 부드럽게 쓰다듬으며 조용히 눈물을 흘렸다. 뜨거운 눈물이 눈을 꼭 감고 있는 북소소의 창백한 뺨 위로 뚝뚝 떨어졌다.

이때 누군가의 커다란 손이 여린의 어깨를 잡았다. 스윽 돌아보자 땀범벅의 얼굴로 다가와 서 있는 하우영이 보였다. 엷은 미소를 머금은 그의 얼굴은 어느새 평정을 되찾고 있었다. 여린의 눈물이 하우영의 분노와 흥분을 가라앉혀 준 것이다.

츠츠츠츠츠

순간 여린의 품에 안겨 있던 북소소의 시체가 먼지처럼 천천히 흩어지기 시작했다. 뒤이어 벽산 진인과 소화영도 천천히 사라져 갔다.

잠시 후 여린과 하우영은 초원의 끝, 거대한 산을 칼로 싹둑 잘라놓은 듯한 절벽 앞에 서 있었다. 절벽 아랫부분에 한 사람이 간신히 통과할 수 있을 정도의 좁은 동굴 입구가 보였다. 여린은 직감적으로 저 동굴이 흑지의 입구임을 느꼈다.

"가십시다."

여린과 하우영이 동굴 안으로 들어갔다.

좁은 입구와는 달리 동굴 안쪽은 거대한 동부였다. 족히 천 명은 들어앉을 수 있을 정도로 넓은 동부 한복판엔 온통 시커먼 물이 찰랑찰랑하는 널찍한 연못이 자리하고 있었다.

"이게 흑지로군."

여린이 질린 듯 중얼거렸다.

"그런데 천년영과는 어디 있지?"

하우영이 고갤 갸웃했다. 여린은 재빨리 연못과 연못 주변을 둘러보았다. 하지만 천년영과는 고사하고 잡초 한 뿌리 발견할 수 없었다.

하우영이 분통을 터뜨렸다.

"이게 뭐야? 흑지 한복판에 천년영과가 피어 있다고 소 영감이 분명히 말했잖아!"

"호수 한복판?"

순간 여린의 머리 속으로 어떤 생각이 번갯불처럼 스치고 지나갔다.

"이놈의 영감탱이, 잡히기만 하면 주리를 틀어서……."

"잠깐!"

여린이 손을 뻗어 하우영의 말을 막았다.

"왜?"

"소 사부께서 말씀하시길, 분명 호수 위가 아니라 한복판이라고 했었죠?"

"그랬지."

"그렇다면 천년영과는 혹시 호수 안에 피어 있는 게 아닐까요?"

"무슨 꽃이 물속에서 피어? 그런 얘기는 들어본 적도 없어."

"천년영과는 천 년 환문의 보물입니다. 호수 밑이 아니라 얼음덩이 속에서 피어난다 해도 하나도 이상할 게 없습니다."

"아무리 그래도……."

"제가 들어가 보겠습니다. 하 포두님은 이곳에 남아 저를 지켜주십시오."

"이, 이봐!"

풍덩!

하우영이 말릴 틈도 없이 여린은 시커먼 연못 속으로 뛰어들었다.

연못 속은 깊고도 깊었지만 생각처럼 어둡지는 않았다. 물 자체가 검다기보단 주변의 흙과 돌이 검어서 물빛이 더욱 검게 보이는 듯했다. 그리고 밑으로 내려갈수록 점점 넓어져서 마치 전혀 다른 세계로 통하는 입구가 아닐까 하는 생각까지 들었다. 숨을 참고 한참을 내려가던 여린은 저 아래 호수의 밑바닥에 피어 있는 붉은 꽃 한 송이를 발견했다. 여덟 장의 붉은 꽃잎 사이로 다소곳이 맺혀 푸르스름한 신광을 뿌리는 열매가 눈에 들어왔다.

'저것이 천년영과로군.'

여린이 푸른색 열매를 향해 빠르게 헤엄쳐 갔다. 천년영과로 추정되는 열매는 연못 바닥의 넓고 완만한 구릉 위에 홀로 피어 있었다. 막 천년영과를 향해 손을 내뻗던 여린이 순간적으로 멈칫했다.

쿠르르르르.

연못 바닥을 거의 뒤덮고 있는 구릉이 지진이라도 난 듯 갑자기 요동치기 시작했기 때문이다.

"어헉!"

영문을 몰라 구릉을 살펴보던 여린이 숨을 훅 들이마셨다. 구릉 저 앞쪽에서 갑자기 시뻘건 불덩이 두 개가 떠오른 것이다. 처음 여린은 그 불덩이가 분출을 앞둔 심해 화산의 입구라고 생각했다. 하지만 하나가 아니라 두 개라는 게 이상했다. 게다가 불덩이들이 자신을 뚫어지게 노려보는 것 같다는 느낌까지 들었다.

쿠쿠쿠쿠쿠쿠……

구릉이 더욱 심하게 요동치고, 두 개의 커다란 불덩이는 여린을 향해 빠르게 다가오고 있었다.

"어억!"

순간 여린은 다시 한 번 숨을 들이마셔야 했다. 그때서야 비로소 연못 바닥을 뒤덮고 있던 구릉은 괴물의 몸통이고, 두 개의 불덩이는 괴물의 눈이란 사실을 알아차렸다.

끼에에에에엑―!

천지간을 쓸어버릴 듯 포효성을 내지르는 괴물의 정체는 전설상에서만 등장하는 곤(崑) 같은 일종의 물고기였다. 솥뚜껑만 한 검은색 비늘로 전신이 뒤덮이고, 두 눈이 불덩이처럼 이글거리며, 이마에 기다란 뿔이 달린 괴어(怪魚)는 길이만 해도 십 장이 훨씬 넘어 보였다. 여린은 고막이 터져 버릴 것만 같아 양손으로 귀를 틀어막았다.

여린을 한입에 집어삼킬 듯 괴어가 굴혈 같은 아가리를 쫘악 벌리고 덮쳐들었다. 여린이 재빨리 몸을 날려 괴어의 아가리를 피했다.

촤아아아!

그러자 이번엔 괴물의 꼬리가 날아들었다.

터엉!

"으악!"

엄청난 힘이 실린 꼬리에 얻어맞은 여린이 부웅 튕겨 나갔다. 잠시의 틈도 주지 않고 괴어가 다시 여린에게로 덮쳐들었다. 여린은 수면 위로 올라가길 포기하고 연못 밑바닥에 넙죽 엎드렸다. 그러자 괴어가 순간적으로 여린의 행적을 놓쳐 시뻘건 눈알을 뒤룩거리며 사방을 두리번거렸다. 그걸 본 여린은 괴어의 시력이 굉장히 나쁘다는 사실을 깨달았다. 바닥을 훑던 여린의 눈에 쇠꼬챙이 하나가 들어왔다. 집어 들고 보니 쇠꼬챙이는 물고기의 뼈였다. 괴어뿐 아니라 괴어의 먹잇감도 엄청난 크기인 모양이라고 생각하며 여린은 끝이 뾰족한 뼈를 창처럼 단단히 움켜쥐었다.

조용히 헤엄치며 여린이 괴어의 등짝으로 다가갔다. 숨이 차오르고 있었다. 이번 공격이 성공하지 못할 경우 숨이 막혀 죽거나, 괴어의 먹잇감이 되어 죽거나 둘 중 하나일 거라고 생각하며 어금니를 사려물었다.

괴어는 여전히 여린을 찾아 두리번거리는 중이었다.

쿠웅!

여린이 두 발로 힘차게 자신의 머리통을 짓밟자 괴물이 홱액 고갤 들었다. 그 순간을 놓치지 않고 여린이 양손으로 잡은 뼈를 괴물의 오른쪽 눈을 향해 내리찍었다.

푸욱!

끼에에에엑!

뼈끝이 눈알을 뚫고 깊숙이 쑤셔 박히자 괴어가 몸부림치며 고통에 찬 비명을 내질렀다. 그러자 연못 바닥이 요동치며 한 치 앞도 분간하기 힘들 정도로 흙탕물이 번졌다. 하지만 그건 오히려 여린이 몸을 숨기는 데 도움이 되었다. 분노에 찬 괴성을 내지르며 연못 바닥에 쿵쿵 이마를 짓찧는 괴어를 한동안 이리저리 피해 다니던 여린이 마지막 힘을 쥐어짜 괴어의 왼쪽 눈을 향해 뼈를 내찌르며 달려들었다.

푸우욱!

두 번째 공격도 제대로 성공했다. 그러나 괴어는 역시 괴어였다. 고통으로 몸부림치는 와중에도 꼬리를 힘껏 휘둘러 여린의 아랫배를 후려쳐 버린 것이다. 내장이 갈가리 찢기는 듯한 극심한 고통을 느끼며 여린이 수면 쪽으로 부웅 튕겨 올랐다.

촤아아악!

수면을 뚫고 튀어오르는 여린의 신형을 발견한 하우영이 경호성을 내질렀다.

"어떻게 된 일이야?"

코피를 줄줄 흘리며 떨어지는 여린을 받아 든 하우영이 연못가로 사뿐히 착지했다.

여린이 수면 쪽을 돌아보며 간신히 중얼거렸다.

"괴어는… 천년영과는……."

부글부글부글부글!

간신히 고갤 돌려 바라보는 여린의 눈에 정말 용암이라도 터진 듯 자욱한 수증기를 피워 올리며 마구 끓어오르는 수면이 보였다. 여린을 안은 하우영도 놀라 눈을 부릅떴다.

"저, 저건 무슨 조화지?"

"괴어가… 괴어가 죽어가는 것 같습니다."

하우영의 부축을 받아 힘겹게 일어서며 여린이 말했다.

촤아아아악!

바로 순간 수면을 박차고 괴어가 솟구쳤다. 거대한 물고기의 두 눈에서 줄줄 흐르는 핏물이 똑똑히 보였다. 드높은 천장에 닿을 듯 튀어올랐던 괴어가 허공중에서 잠시 멈칫하는가 싶더니 빠른 속도로 떨어졌다.

퍼어엉!

어마어마한 물보라를 일으키며 괴어가 수면에 처박혔다. 여린과 하우영은 물보라를 얻어맞고 흠씬 젖어버렸다.

"……!"

한동안 할 말을 잃은 채 두 사람은 수면 위에 등을 보이며 둥둥 떠 있는 괴어의 시체를 바라보았다. 괴어의 등짝에서 피어난 작은 천년영과 열매가 더욱 파랗게 빛나고 있었다. 하우영이 여린의 등을 슬쩍 밀었다.

"어서 가봐."

"같이 가죠."

"아니, 왠지 저 열매는 너 혼자 따야 할 것 같다는 생각이 들어. 신성한 물건일수록 여러 사람의 손을 타면 효험이 떨어진다고들 하잖아. 어서 가, 어서."

하우영의 재촉에 여린이 천천히 괴어의 등 위로 올랐다.

가까이서 들여다보니 천년영과는 파랗다 못해 거무스름한 빛까지 맴돌고 있었다. 반질거리는 영과의 표면은 과실이라기보단 무슨 보석처럼 보였다. 그 안에 녹아 있는 신성한 기운과 천 년을 인고한 세월의 깊이가 절로 느껴졌다. 아마도 그 때문이었을 것이다. 영과를 향해 천천히 다가가는 여린의 손이 가늘게 떨리고 있었던 것은.

뚜욱.

후아아아앙—

여린이 천년영과를 따는 순간 줄기와 잎에서 휘황한 빛이 쏟아졌다. 그 빛은 너무도 강렬해서 똑바로 바라보다간 눈이 멀어버릴 정도였다. 팔등으로 얼굴을 가리고 있는 여린의 귓가에 사람인지 선인인지 분간하기 힘든 목소리가 들려왔다.

—나는 천 년을 인고하며 연자(緣者)를 기다렸다. 이제 네게 연이 닿

아 오랜 염원을 너에게 맡기게 되었으니 부디 세상을 이롭게 하는 일에 쓰도록 하라.

그 목소리에 화답하듯 여린이 천년영과를 머리 위로 높이 쳐들었다. 더욱 강렬한 빛을 뿜어내던 천년영과가 서서히 안으로 빛을 갈무리하더니 평범한 열매의 모습으로 돌아갔다.

"키히히히! 드디어 성공했구나! 환문의 보물인 천년영과를 손에 넣는 행운을 움켜잡았어!"

갑작스런 목소리에 여린이 흠칫 고갤 돌렸다. 어느새 하우영의 옆에 서 있는 소사청과 장숙과 막여청이 보였다.

"무사하셨군요, 사부님!"

여린이 반색하며 소사청에게 달려갔다.

"오냐, 오냐. 그런데 그놈의 과실, 참으로 먹음직스럽게 생겼다."

감격스런 여린의 표정과는 달리 소사청은 침을 꼴딱꼴딱 삼키며 여린의 손에 쥐어진 천년영과를 뚫어져라 들여다보았다. 백여 년 동안을 찾아 헤매던 보물이었으니 당연한 반응이라 할 수 있었다. 그런 소사청의 얼굴을 물끄러미 들여다보던 여린이 불쑥 영과를 내밀었다.

"사부님께서 드십시오."

"엥? 뭔 소리야?"

"이건 어차피 사부님의 보물 아닙니까? 사부님께서 드시는 게 당연합니다."

"이놈아, 그런 식으로 원주인을 따지자면 이 물건은 당연히 염화수의 것이지. 어차피 훔쳐 먹는 주제에 네것 내것이 어딨어? 잔말 말고 너나 처먹어. 이 나이에 내가 살면 얼마나 산다고 그 귀한 걸 넬름 삼키겠냐?"

"하지만……."

"고목나무에 물 뿌린다고 새싹이 돋는다더냐? 고목나무에 거름 준다고 열매가 열려? 다 부질없는 짓이다."

소사청이 휘휘 손사래를 치며 여린의 말을 막았다.

"그럼……."

마지못해 천년영과를 입으로 가져가던 여린이 순간 멈칫했다.

작은 사과만 한 크기의 천년영과를 내려놓으며 여린이 말했다.

"큰일날 뻔했습니다. 아주 중요한 사실을 잊고 있었어요."

"또 뭘?"

"우리가 흑지까지 무사히 도착하도록 하기 위해 희생한 곽 총관님과 반 병참수를 잊고 있었어요. 이 천년영과만 있으면 그들을 되살릴 수 있습니다. 그렇지 않습니까?"

떨떠름한 표정으로 소사청이 고갤 끄덕였다.

"확실히 숨이 끊긴 지 반나절이 지나지 않은 시체라면 천년영과를 한입만 베어 먹어도 되살아날 수 있다고 알려져 있다. 하지만 안 될 말이다."

"왜 안 됩니까?"

"이 천년영과를 다 먹으면 넌 삼 갑자의 내공이 생긴다. 그 정도 내공에 내가 전수해 준 구천십팔로라면 당가 놈과 한판 자웅을 겨룰 수 있을 게다. 하지만 천년영과를 쪼갠다면 내공도 쪼개지고, 그걸로는 결코 당상학을 이길 수 없다."

"그래도 나눠 줄 겁니다."

"당상학한테 못 이긴다니까."

"절 위해 목숨을 던진 사람들입니다. 그들이 없으면 저도 없습니다."

"고집불통 같으니! 더 이상 얘기해 봤자 입만 아플 테니 너 알아서 하거라!"

소사청이 포기한 듯 휘휘 손사래를 쳤다. 말로는 천년영과를 독차지하라고 떠벌리고 있었지만 여린의 성격을 이제 누구보다 잘 알고 있는 터라 더 이상 강하게 만류할 수 없었다.

영과의 힘은 실로 놀라웠다. 핏물을 흥건히 뒤집어쓰고 누워 있던 곽기풍과 반철심이 천년영과를 한입씩 베어 먹자 상처가 씻은 듯 사라지며 되살아난 것이다.

꽈아악!

"후우우."

마치 저승 입구까지 갔던 사람이 이승으로 돌아가는 마지막 구명줄을 움켜잡듯 여린의 팔을 우왁스럽게 잡으며 곽기풍과 반철심은 깊은 숨을 토해냈다.

"정신이 듭니까?"

한동안 눈을 껌뻑껌뻑하며 여린의 얼굴을 올려다보던 곽기풍과 반철심이 벌떡벌떡 상반신을 일으켰다.

"모두 살아났군."

"무사해서 정말 다행이야."

여린은 물론 하우영, 장숙, 막여청까지 감격의 눈물을 글썽였다. 말은 안 했지만 그들 모두 자신들만 살아남았다는 자책감에 시달리고 있었던 것이다. 여린과 동도들은 마치 수십 년간 헤어졌던 가족을 재회한 사람들처럼 서로를 와락 끌어안고 펄쩍펄쩍 뛰며 기뻐했다. 축제 분위기에 찬물을 끼얹은 사람은 언제나 그렇듯 소사청이었다.

"시간 없으니까 어서 남은 천년영과를 처먹고, 이 망할 놈의 동부를 빠져나가자. 당상학도 당상학이지만 내가 알기론 천년영과가 사라지면 이 지하 동부는 통째로 무너지게 설계돼 있어."

"그건 누구한테 들은 소리요?"

곽기풍이 약간은 의심스럽다는 듯 묻자 소사청이 곽기풍의 이마를 쿡쿡 찌르며 면박을 주었다.

"환문의 수장인 염화수한테 직접 들었다. 너란 놈은 어째 죽었다 살아왔는 데도 하나도 반갑지가 않냐? 의심이 많아서 평소 먹고 싶은 것도 많겠다, 응?"

"왜 사람을 쿡쿡 찌르고 지랄이세요?"

"지랄? 너 방금 지랄이라고 했니?"

또 한판 붙으려는 두 사람을 여린과 하우영이 뜯어말렸다.

그리고 여린은 소사청을 비롯한 일행들 모두가 기대 반, 걱정 반의 시선으로 지켜보는 가운데 천천히 반 정도 남은 천년영과를 우물우물 씹어먹었다.

꾸울꺽~

여린이 목울대를 울리며 천년영과를 삼키자 나머지 사람들도 꼭 자신이 영과를 먹은 것처럼 침 넘어가는 소릴 냈다.

소사청이 호기심 많은 어린아이처럼 눈을 반짝이며 물었다.

"어때? 효과가 있는 것 같으냐?"

"글쎄요. 잘 모르겠는데요?"

여린이 양팔을 벌려 아무 변화도 없는 자신의 몸을 내려다보며 대답했다.

"앗! 여 즙포님의 이마!"

막여청이 갑자기 여린의 이마를 가리키며 소리치자 나머지 사람들도 이마를 주시했다. 여린의 이마엔 전에 없던 굵은 핏줄 몇 가닥이 툭툭 불거져 있었다. 이마뿐이 아니었다. 푸른 핏줄은 여린의 얼굴에서 목으로, 목에서 가슴으로, 그리고 전신으로 빠르게 번져 나갔다. 잠시 후 여린은 뱀처럼 꿈틀꿈틀 하는 굵은 핏줄에 완전히 뒤덮인 흉측한 몰골이 되었다.

"제 몸이 왜 이러죠?"

"천년영과가 효력을 발휘하기 시작한 것이다. 네 몸 구석구석에 자신의 힘을 실어보내기 위해 새로운 길을 뚫고 있다고나 할까? 이제 곧 극심한 고통이 몰아닥칠 것이다. 인간으로선 상상하기조차 힘든 고통일 테지. 그래도 참아라. 네 인생 중에 가장 고통스럽고 치욕스러웠던 기억을 떠올리며 참아. 지금의 고통보단 과거의 고통이 크고 깊기 마련이니, 과거를 떠올리는 것만으로도 현재의 고통을 견디는 데 많은 도움이 될 것이다."

"끄아아악!"

소사청의 예언은 머지않아 증명되었다. 허리를 활처럼 젖힌 여린이 끔찍한 비명을 내질렀던 것이다.

꾸물럭꾸물럭~

고통의 원인은 아마도 전신을 뒤덮은 핏줄 같았다. 여린의 굵은 핏줄을 타고 핏물이 무서운 속도로 질주하는 것이 다른 사람들의 눈에도 확연히 보였다.

"으아아아아!"

여린이 바닥을 데굴데굴 나뒹굴었다. 전신이 식은땀에 절고 흰자위를 허옇게 까뒤집은 채 푸들푸들 경련을 일으키고 있는 여린을 소사청과 일행들이 질린 듯 내려다보았다.

"두고 볼 수만은 없잖습니까? 제가 진원진기라도 불어넣어 보겠습니다."

"동작 그만!"

여린을 향해 다가가는 하우영을 소사청이 벼락같은 고함으로 제지했다.

"저놈은 지금 전신의 혈도가 새로운 길을 뚫고, 홍수에 쓸려간 대갓집 곳간처럼 텅 빈 하단전에 사력을 다해 공력을 쌓는 중이야. 도와주지는 못할망정 방해는 말아야지."

"으음……."

턱을 어루만지며 한동안 고민하던 곽기풍이 느슨해진 소사청의 감시를 피해 여린을 향해 재빨리 손을 내뻗어 어깨를 슬며시 잡아 보았다. 어떻게든 도와주고 싶었던 것이다.

"앗, 뜨뜨뜨!"

순간 곽기풍은 불에 데인 사람처럼 황급히 손을 떼내야 했다. 손바닥을 들여다보니 불에 달군 쇠판을 만진 듯 벌겋게 부어 있었다.

소사청이 히쭉 웃으며 말했다.

"내공을 수련해 본 놈은 알겠지만, 힘이란 결코 공짜로 얻어지는 법이 없다. 토납법 등을 통해 아주 조금씩 쌓는 방법도 있지만 시간이 너무 걸려서 고수의 반열에 오르려면 최소 십 년의 세월이 걸린다. 여린, 저놈은 지금 그 시간의 간극을 단숨에 뛰어넘고자 하는 것이다. 어찌

산통이 없겠느냐? 놈이 죽든 살든 그저 옆에서 조용히 지켜보는 수밖
에 없느니라."

"끄으으으."

고통을 이기지 못하고 벌떡 상반신을 일으키는 여린의 가슴을 소사
청이 찍어눌렀다.

휘류류류류~

여린의 몸에서 희미한 수증기 같은 기류가 뻗쳐 오르기 시작했다.

"이건 또 뭡니까?"

"몸의 체질이 근본적으로 바뀌는 중이다. 몸 안에 있던 불순한 독기
들이 모조리 빠져나오는 중이지."

"윽! 그러고 보니 냄새가 고약하네."

곽기풍이 코를 틀어막으며 인상을 찌푸리자 소사청이 키득거렸다.

"배설과 비슷한 원리다. 몸 안에 남은 유해한 노폐물이 스물스물 빠
져나오면서 악취가 풍기는 것이지."

후우우웅—

소사청의 설명이 끝나는 순간 여린의 신형이 휘황한 빛무리에 휩싸
이며 좌중의 머리 위로 천천히 떠올랐다.

하우영이 여린을 손가락으로 가리키며 단말마의 외침을 내질렀다.

"저건 또 왜 저럽니까?"

"입 닥치고 조용히 지켜보기나 해, 이놈들아! 드디어 마지막 단계로
접어들었다!"

여린을 감싸고 있는 빛무리는 점점 짙어져서 마치 꼬치 속에 박힌
번데기처럼 형태만 흐릿하게 보였다. 한동안 그렇게 눈부신 신광을 내
뿜으며 여린은 허공중에 둥둥 떠 있었다.

파아아앗!

잠시 후 빛무리가 폭발하며 눈을 아리게 하는 빛의 파편이 쏟아지자 소사청과 나머지 일행들은 모두 얼굴을 가리며 주춤주춤 물러서야 했다. 빛이 완전히 사라지고도 여린은 계속 공중에 떠 있었다.

쩌적… 쩌적… 쩌저적……

여린의 피부가 마치 오랜 가뭄 끝에 논바닥이 갈라지듯 서서히 갈라지기 시작했다. 균열은 점점 심해져 곽기풍 등은 여린의 몸뚱이가 먼지처럼 산산이 흩어져 버리는 것이 아닌가 걱정하기에 이르렀다. 곽기풍의 예상이 아주 틀린 것은 아니었다. 몸뚱이가 흩어지진 않았지만 피부는 흩어지고 있었다. 마치 매미가 허물을 벗듯 잘게 갈라진 피부의 각질들이 풀풀 흩날리더니 먼지처럼 우수수 떨어졌다.

소사청이 그런 여린을 올려다보며 득의롭게 웃었다.

"흐흐! 드디어 오기조원(五氣朝元)의 경지에 다다른 모양이구나."

"오기조원이요?"

하우영과 장숙이 동시에 고갤 갸웃했다. 오기조원. 분명 듣긴 들어본 이름이다. 소사청의 설명이 이어졌다.

"우리가 살고 있는 이 세상에 존재하는 다섯 가지의 순정한 기운, 즉 청(靑), 적(赤), 흑(黑), 황(黃), 백(白)이 하나로 합쳐져 사람의 몸 안에서 완벽하게 조화를 이룬 상태를 의미한다. 이 경지에 이르면 눈이 밝아지고 몸은 새털처럼 가벼워지며, 손짓 한 번만으로 산을 들어 옮길 수 있는 신력을 갖게 된다고 알려져 있다. 한마디로 여린, 저 억세게 운 좋은 놈이 하루아침에 나나 당상학 못지않은 내력을 갖게 되었다는 뜻이다."

곽기풍이 다짐을 받듯 물었다.

"한마디로 여 줍포가 엄청 강해졌다는 뜻이지요?"

"그래. 무진장 강해졌다는 뜻이다, 이놈아."

"흐흐흐."

마치 오랫동안 공을 들여온 젊은 기녀를 발가벗겨 놓은 사람처럼 음흉하게 웃는 곽기풍을 보며 소사청이 고갤 갸웃했다.

"왜 그렇게 웃어?"

"그냥 좋아서요."

"뭐가 좋은데?"

"변두리 현청에 초절정의 줍포가 있다고 생각해 보십시오. 그 동네 무뢰배들이나 인근의 산적 놈들 운명이 어찌 되겠습니까? 그야말로 범 앞의 하룻강아지요, 고양이 앞발에 눌린 새앙쥐 꼴이 될 것 아닙니까? 그놈들의 한심한 미래를 생각하니 절로 웃음이 나옵니다."

"끌끌~ 네놈은 천상 관원 나부랭이로구나. 어찌 생각하는 게 그리 단순하냐?"

소사청이 곽기풍에게 면박을 줄 때 여린의 신형이 천천히 바닥으로 내려앉았다. 소사청과 일행들이 여린의 주변으로 우르르 몰려들었다. 여린의 몸에서 특별한 변화는 발견할 수 없었으나 예전에 비해 피부가 훨씬 깨끗해졌다. 이제 막 엄마의 뱃속에서 태어난 갓난아기 같다고나 할까?

"오기조원에 이르면 체내의 모든 노폐물이 빠져나가기 때문에 피부가 해맑아지는 법이다. 반박귀진이니 반로환동이니 하는 말도 다 그래서 생겨난 것이지. 그런데……."

설명을 덧붙이던 소사청이 찜찜한 표정으로 고갤 갸웃했다.

"왜요?"

곽기풍이 묻자 소사청이 낮은 한숨을 내뱉으며 말했다.

"만족할 만한 수준이 아니다. 완벽하게 오기조원의 경지에 이르렀다면 굳이 내공을 끌어올리지 않아도 잠을 잘 때도 온몸에 은은한 서광이 어려 있어야 하거늘, 그게 보이질 않아."

죄도 없는 곽기풍과 반철심을 향해 소사청이 눈을 부라렸다.

"이게 다 너희들 때문이다."

"잘되면 영감 탓이고, 안 되면 우리 탓이오? 우리가 뭘 어쨌다고 그러시오?"

곽기풍이 발끈했다. 하지만 이어진 소사청의 설명에 그만 할 말을 잃고 입을 닫아버리고 말았다.

"천년영과는 일인용이야. 그걸 셋이 쪼개 먹었는데 어떻게 제대로 된 효과를 기대할 수 있겠어? 큰일이다, 큰일. 이 정도로는 당상학, 그 마물 같은 놈을 당해내기 힘들어. 게다가 놈의 옆에는 환문의 수장인 묘후 염화수마저 찰싹 달라붙어 있지 않느냐?"

"철심이와 내가 여 줍포를 힘껏 도울 테니 너무 걱정 마십쇼."

곽기풍이 주먹으로 가슴을 쿵쿵 두드리며 호기롭게 말했다. 곽기풍이 문득 멈칫하며 양팔을 벌려 제 몸뚱이를 내려다보았다.

"내가 천년영과를 먹긴 먹은 거야? 그런데 왜 난 아무 변화가 없지?"

스스스스슷.

그 말이 끝나기 무섭게 곽기풍의 전신에서 자욱한 수증기 같은 기류가 뿜어지기 시작했다. 뒤이어 반철심의 몸에서도 똑같은 기류가 뿜어져 나왔다.

"어어, 내 몸에서도 연기가 나네."

"네놈의 악취는 특히 심하구나. 하긴 오십 년 가까이 주색에 푹 절어 있었으니 켜켜이 쌓인 불순물이 오죽할까?"

소사청이 코를 틀어막으며 눈살을 찌푸렸다. 하지만 곽기풍과 반철심은 대꾸할 여력조차 없었다. 얼굴이 벌겋게 달아오르며 가슴 저 밑바닥에서 뜨거운 불덩이 같은 열기가 치솟아 숨조차 쉬기 곤란했던 것이다.

퍼억!

"호흡을 똑바로 해, 이놈아! 잘못하면 내장이 모두 타버리고 말아!"

소사청이 정신이 가물가물해지는 곽기풍의 뒤통수를 힘껏 후려쳤다.

"오오, 힘! 힘! 힘이 느껴진다!"

퍼뜩 정신을 차린 곽기풍이 갑자기 두 주먹을 불끈 쥐었다. 야리야리하던 팔뚝에 근육이 툭툭 불거지고 두 눈에선 심상치 않은 예광이 뻗쳐 나오는 폼이 일류 고수 못지않았다. 반철심은 가만히 양 손바닥을 들여다보고 있었는데, 평생 정이나 망치를 쥐었던 손에서 미증유의 힘이 느껴지고 있었다.

소사청이 두 사람을 보며 떨떠름하게 말했다.

"너희 둘 다 이젠 내공만으로 강호의 일류 고수 못지않는 수준이 됐을 것이다. 부지런히 수련한다면 어디 가서 맞고 다니지는 않을 게야."

툭툭!

"그러면 뭐 해? 고만고만한 놈 열보다 확실하게 센 놈 하나가 더 큰 힘을 발휘하는 게 무공의 순리인데."

여전히 불만스런 표정으로 소사청이 여린의 옆구리를 두어 번 가볍게 찼다. 순간 여린이 번쩍 눈을 부릅떴다.

"무슨 일이 있었습니까?"

자신을 뚫어져라 응시하는 사람들이 이상한 듯 고갤 갸웃하며 여린이 일어섰다. 그런 여린의 손에 소사청이 기다란 나뭇가지 하나를 쥐어주었다.

"자, 이걸로 구천십팔로를 한번 펼쳐 보거라."

"구천십팔로를 말씀입니까?"

"그래, 이놈아. 네가 얼마나 강해졌는지 확인해 봐야 할 것 아냐?"

여린이 오른손에 나뭇가지를 쥐고 조용히 혹지 한복판에 둥둥 떠 있는 괴어의 사체를 바라보았다. 소사청과 일행들이 숨을 죽이고 그런 여린을 주시했다.

약간은 서글픈 눈으로 괴어를 바라보며 여린이 나직이 중얼거렸다.

"천 년 동안 영과를 목숨처럼 지켜왔는데 뜻하지 않은 불청객 때문에 결국 모든 걸 잃게 되었구나. 너도 알고 보면 가여운 존재다. 사체가 썩기 전에 성불할 수 있도록 다비식이라도 치러주마."

쑤아아아앙―!

여린이 가볍게 날아오르며 나뭇가지를 쭉 내뻗자 정확히 열여덟 가닥의 시뻘건 검광이 폭멸하듯 터져 나와 괴어를 향해 날아갔다.

퍼퍼퍼퍼퍼퍽!

검광이 모조리 몸통에 틀어박혔지만 괴어는 아무런 변화도 보이지 않았다.

화르르르륵―!

잠시 후, 괴어의 거대한 몸통 전체로 푸르고 붉은 불길이 번져 나가는가 싶더니 살과 뼈가 천천히 녹아내리기 시작했다. 짧은 순간 괴어의 몸은 재조차 남기지 않고 한 줌 연기가 되어 떠올랐다. 작별 인사라도 고하듯 여린의 머리 위를 한 바퀴 맴돈 연기가 천장에 난 작은 구멍을 통해 완전히 사라졌다.

나뭇가지를 늘어뜨린 여린이 조용히 바닥으로 내려섰다. 한동안 숨 막히는 침묵 속에 여린의 뒷등을 바라보고 있던 일행들의 입에서 탄성이 터져 나왔다.

"오오, 대단하군!"

"정말 굉장한 검법이었어!"

"저 정도면 당가 놈을 피떡으로 만드는 것도 시간문제야!"

소사청이 퉁퉁 부은 얼굴로 일행들의 기대와 흥분에 찬물을 화악 끼얹었다.

"턱도 없는 소리! 내가 보기에 당가 놈과 맞붙으면 백 합 이내에 여린, 저놈의 가슴에 바람구멍이 나고 말 게다."

여린 등이 흑지를 떠난 이후 정확히 반각 만에 당상학이 염화수와 청해일을 거느리고 나타났다.

"이런… 이런 빌어먹을!"

흑지 밑바닥을 샅샅이 훑고 돌아온 당상학이 무서운 얼굴로 이빨을 갈아붙였다. 주먹을 움켜쥐고 부들부들 떠는 그의 뒷등에서 가닥가닥 뿜어지는 살기가 너무 강렬해 청해일은 저도 모르게 숨을 혹 들이마셔야 했다. 오히려 원래 주인인 염화수는 덤덤한 눈으로 흑지를 둘러볼 뿐이었다.

염화수가 꿈꾸는 듯한 얼굴로 중얼거렸다.

"여긴 전에도 와본 적이 있는 것 같아. 분명 기억이 나."

"입 좀 닥치고 있어! 너 때문에 도무지 생각이란 걸 할 수가 없잖아!"

당상학이 염화수를 홱 돌아보며 으르렁거렸다. 그러거나 말거나 염화수는 동부의 벽을 찬찬히 쓰다듬으며 과거의 기억을 떠올리고 있었다. 그런 염화수를 노려보는 당상학의 눈에 진한 살기가 어리는 것을 발견하곤 청해일이 다급히 나섰다.

"지금이라도 늦지 않았습니다. 서둘러 추적한다면……."

"그러기엔 내 몸 상태가 좋지 않다."

당상학이 차갑게 청해일의 말꼬리를 잘랐다. 청해일이 새삼 당상학의 안색을 찬찬히 살폈다. 아닌 게 아니라 독기 때문인 듯 당상학의 안면은 푸르스름하게 변해 있었고, 두 눈에서 흐르던 정광도 많이 탁해진 것 같았다.

"왜 그런 눈으로 보느냐?"

당상학의 차가운 음성에 청해일이 움찔했다.

"그, 그냥……."

"왜? 내가 힘을 아예 못 쓰는 것 같으면 등 뒤에 그 잘난 협봉검이라도 찔러 넣으려는 게냐?"

당상학의 입가에 악귀 같은 미소가 번지는 것을 보며 청해일은 부르르 진저리를 쳤다.

"그, 그럴 리가 있겠습니까? 제가 어찌 감히……."

"조심하거라. 나는 뒤통수에도 눈이 달려 있다는 걸 잊지 마라, 쥐새끼 같은 놈아."

당상학이 청해일의 뺨을 툭툭 두드리며 살벌하게 웃었다. 얼음처럼 굳어 있는 청해일을 뒤로하고 당상학이 신형을 돌려세웠다.

"일단 놈들을 쫓는 건 포기한다. 이대로 독기를 치료하면서 사하현으로 돌아가자. 어차피 날아간 새는 둥지로 돌아오게 돼 있어."

第二十章

여린, 돌아오다

여린, 돌아오다

지금 네가 황제를 죽이고 영왕을 옹립하는 데 일조한다면,
넌 이 나라 최고의 개국공신이 될 수 있다

여린 일행이 사천성 초입인 곡성에 다다랐을 때는 이미 계절이 여름
에서 가을로 접어들고 있었다. 신록은 조금씩 푸른빛에서 붉은 빛깔의
옷으로 갈아입는 중이었고, 논과 밭에서는 누렇게 익은 곡물을 추수하
는 농민들의 손길이 분주했다.

"아아… 그놈의 하늘, 청명하기도 하지."

작은 마을 곡성의 저잣거리로 들어서며 곽기풍이 한층 높아진 하늘
을 올려다보며 감탄조로 말했다.

"왜 또 술 생각이 나냐?"

"내가 뭐 매일 술타령이나 하는 주정뱅이인 줄 아시오?"

모처럼의 감상을 깨뜨린 소사청이 얄미워 곽기풍이 뾰족한 목소리
로 응수했다.

소사청이 곱지 않은 눈초리로 곽기풍을 돌아보며 말했다.

"다리가 아파서 한잔, 옛 생각이 나서 한잔, 비가 와서 한잔, 날이 좋아서 한잔… 여기까지 오는 동안 내내 그러지 않았어?"

"알았습니다, 알았다고요. 소 영감님은 내가 하는 일은 무조건 마음에 들지 않지요? 예, 예. 저는 그냥 입을 꾹 처닫고 있겠습니다요."

"그러면 나야 좋지."

여린과 하우영도 이제 더 이상 두 사람을 말리지 않았다. 얼굴만 맞댔다 하면 티격태격하는 두 사람이었지만 이제는 서로를 힐난하는 말투 속에 풋풋한 정감이 어려 있다는 걸 알고 있었기 때문이다.

그러고 보니 지난 한 달간 운남에서 이곳 사천의 접경 지대까지 오는 동안 여린과 일행들은 한층 친근해지고 또 한층 건강해져 있었다. 사천성을 달아나듯 빠져나갈 때만 해도 그들 모두는 깊은 상처를 입고 있었다. 하지만 세월이란 묘약 덕분에 상처는 어느 정도 치유돼 있었고, 숱한 위기를 겪으면서 그들은 육체적으로나 정신적으로나 많이 강해졌다. 검게 그을린 얼굴이 그런 사실을 대변해 주고 있었다.

그중에서도 특히 여린과 곽기풍과 반철심의 변화가 두드러졌는데, 천년영과를 나눠 먹은 세 사람의 내공이 놀라울 정도로 증진된 것이 원인이라고 할 수 있었다. 여린은 소사청에게 전수받은 구천십팔로를 거의 극성까지 연마했고, 곽기풍과 반철심도 하우영으로부터 내공에 걸맞는 기초 무공을 배우는 중이었다.

사대비문의 수장이자 전대의 초고수인 소사청을 필두로 여린, 곽기풍, 하우영, 장숙, 반철심, 그리고 유일하게 내공이 없어 내내 용마에 올라타고 온 막여청, 거기에 세 명의 강시로 이루어진 일행의 힘은 이제 한 방파에 필적할 만큼 거대한 것이었다.

"저기 객잔이 있군요."

여린이 저자 한 귀퉁이에 있는 허름한 객잔을 발견했다. 일행은 일단 저곳에서 짐을 풀고 사하현으로 들어가기 전의 계획을 세우기로 했다.

텅 빈 객잔의 탁자에 둘러앉아 일행은 죽엽청을 곁들여 간단한 식사를 하고 있었다. 여린이 조금은 심각한 얼굴로 입을 열었다.

"어떻게 하면 좋겠습니까?"

정신없이 허기진 배를 채우던 일행이 일제히 멈칫멈칫했다.

소사청이 소면 국물을 후루룩 들이키며 대수롭지 않게 물었다.

"뭘 어떡해?"

탕탕!

"사하현으로 돌아가면 어찌해야 하나, 이 말입니다."

곽기풍이 손바닥으로 탁자를 두드리며 언성을 높였다.

"어찌하긴 뭘 어찌해? 당가, 그놈을 잡아서 목을 따야지."

"그 다음에는요?"

"그 다음이라니?"

곽기풍의 목소리가 조금 더 높아졌다.

"사실 황사 당상학이야 소 영감님의 원수 아닙니까? 우리야 소 영감님 덕분에 더럽게 엮여서 어쩔 수 없이 싸워야 하는 처지라 이겁니다. 우리의 원수는 따로 있어요."

"철기방인가 하는 놈들 말이구나. 당상학을 죽인 다음, 그놈들도 싹 쓸어버리면 되잖아."

"철기방마저 쓸어버린 다음에는요?"

막여청이 음울한 표정으로 물었다.

"철기방마저 쓸어버린 다음에 우리는 어찌 되는 겁니까?"

무슨 말인지 도통 모르겠다는 표정으로 소사청은 눈을 껌뻑껌뻑하며 막여청의 얼굴을 바라보았다. 그러고 보니 소사청을 제외한 일행의 얼굴은 어느새 어두워져 있었다. 지금껏 잊고 있었지만 그들은 삶의 지표를 잃어버린 사람들이었다. 타의에 의해 사랑하는 가족이나 정인을 잃고 부평초처럼 변방을 떠돌던 몸이다. 그들이 잃은 사람은 단순히 가족이나 정인이 아니라 인생 그 자체와도 같은 존재들이었다. 과연 복수를 한다고 해서 인생의 목표와 삶의 의욕이 다시 생겨날 것인가? 그들은 그걸 두려워하고 있었다.

일행의 마음을 누구보다 잘 알고 있는 여린이 조용히 입을 열었다.

"저는 그렇게 생각합니다."

모두의 시선이 여린에게로 쏠렸다. 여린은 이제 그들을 이끄는 영도자 같은 존재였고, 그들은 여린이야말로 자신들의 의문에 해답을 줄 수 있는 장본인이라 믿고 있었다.

"모든 일을 끝내고 나서 우리는 우리의 자리로 돌아가야 합니다."

"우리의 자리라면……?"

곽기풍이 조심스럽게 물었다.

"곽 총관님은 사하현 현청으로 돌아가고, 저는 즙포로 돌아가고, 하 포두님과 장 포두님은 포두로 돌아가고, 반 병참수는 병참수로, 막 포사는 포사로 돌아가는 겁니다. 오랜 여행 중에 저는 나름대로 깨달은 바가 있습니다. 사람에게 가장 중요한 것은 결국 평범한 일상이란 걸 말입니다. 아침에 일어나면 툇마루에 앉아 매일 같은 반찬뿐인 조반을 먹고, 일터로 나가 매일 보는 사람들과 부대끼며 하루를 보내고, 저녁이면 그들과 어울려 탁주라도 한 사발 기울이는 겁니다. 이게 바로 사는 맛이고 재미지요. 그리고 그런 일상은 아마도 우리들 가슴에 깊게 베인 상처를 치유하는 데 도움이 될 겁니다. 물론 흉터까지 사라지진 않겠지만 적어도 상처가 아물게는 해주겠지요. 저는 그렇게 믿고 있습니다."

"……."

여린의 말이 끝나고도 좌중은 한동안 침묵했다. 여린의 말이 그들의 가슴에 잔잔한 감동을 주었기 때문이다. 사실 그들은 자신들이 감당하기 버거운 상대들을 대상으로 한 복수가 두려운 것이 아니었다. 정말 두려운 것은 복수 이후다. 지금껏 감당하기 힘든 아픔을 잊게 해주었던 복수라는 치열한 목표가 사라진 이후에는 어떻게 될까? 자신들의 삶은 영영 자책과 망각 속에 묻혀 버리는 것은 아닐까?

그런 그들에게 여린은 그들이 돌아가야 할 길을 일러주었다. 일상. 그들은 결국 일상을 잃은 사람들이었고, 그 일상을 되찾아야 삶도 되찾을 수 있는 사람들이었다. 여린이 길을 일러주었고, 이젠 애써 발견한 길을 잃지 않고 똑바로 걸어가기만 하면 된다. 일행들의 얼굴에 안도의 미소가 번졌다.

"웃음이 나오냐, 이놈들아? 일상이라고? 하핫! 고작 일상? 내 살다 살다 일상을 얻기 위해 목숨을 내던지는 멍청한 놈들을 다 보는구나."

소사청이 기가 막히다는 눈으로 여린 등에게 면박을 주었다. 그러나 소사청의 속내는 달랐다. 그 자신 똑같이 품고 있던 의문에 대해 여린은 참으로 명쾌한 답을 주었던 것이다. 일상이라, 일상. 실은 그것을 잃으면서 모든 걸 잃었다. 무언가 아주 중요한 것을 잃어버리고 살아 왔다고 어렴풋이 느끼고 있었으나 꼭 집어 말할 수 없던 것을 그는 오늘에서야 확실히 알게 되었다.

소사청이 새삼스런 눈으로 여린을 보았다.

'내가 늘그막에 복이 터졌지.'

참으로 든든한 제자였다. 저승 갈 날짜가 얼마 안 남은 마당에 저런 제자를 얻은 건 홍복이라 아니할 수 없었다. 그러나 이내 낮은 한숨을 내쉬는 소사청이었다.

'저 착한 놈에게 어찌 그런 모진 부탁을 하누?'

그 자신이 여린에게 열 번도 넘게 했던 다짐. 즉, 자신의 부탁 한 가지를 무엇이든 들어줘야 한다는 다짐이 떠올랐다. 하긴 저렇게 착하고 신실한 제자이기에 자신의 목적을 완벽하게 이뤄줄 수 있을 것이라고 자위하며 소사청은 단숨에 술잔을 비웠다.

"야, 이 상놈의 새끼야! 여기 술과 오리구이 가져오란 말이야!"

갑작스런 외침 소리에 막 목구멍으로 술을 넘기고 있던 소사청이 움찔했다. 술이 목에 걸렸는지 소사청이 가쁜 기침을 토해냈다.

"콜록콜록콜록!"

소사청이 성난 눈을 치뜨고 소리난 쪽을 돌아보았다.

"어떤 시러배 잡놈이?"

"술 줘! 술을 주란 말야!"

탕탕탕!

거기에 웬 거지처럼 생긴 깡마른 노인 하나가 보였다. 군데군데 기운 흔적이 역력하고, 음식 찌꺼기가 덕지덕지 묻은 마의를 걸친 노인이 객잔 구석 자리에 앉아 텅 빈 탁자를 신경질적으로 두드려 대고 있었다. 노인의 얼굴은 오랜 병을 앓은 듯 창백하고 광대뼈가 툭 튀어나와 강팍하게 보였다.

"저놈의 영감탱이를 그냥!"

소사청이 팔소매를 걷어붙이고 나서려는데 뚱뚱보 주인장이 한발 앞섰다.

"이 거렁뱅이 늙은이가 어디서 행패야? 복날 개처럼 두들겨 맞고 싶지 않으면 썩 꺼지거라!"

"아야야야! 젊은 놈이 늙은이 잡는다아!"

주인장이 노인의 귓불을 틀어잡고 억지로 끌어내려 하자 노인의 입에서 다급한 비명이 터져 나왔다.

"노인장에게 죽엽청 한 병과 오리구이를 주시오."

땡강!

여린이 탁자 위에 은전 한 냥을 던져 놓으며 툭 내뱉었다. 소사청이 그런 여린을 향해 끌끌 혀를 찼다.

"또 나왔구만, 또 나왔어. 그놈의 성인군자 기질이 또 나와 버렸어. 사내놈이 저리 모질지 못해서 어찌 큰일을 하누?"

뚱뚱보 주인장이 여린 앞으로 다가와 재차 확인을 했다.

"정말 저 거지에게 술과 음식을 내줘요?"

"예."

"혹시 저 거지와 안면이 있습니까?"

"아뇨."

"그럼 일가친척 중에 혹시 비슷한 업종에 종사하는 사람이 있습니까?"

"그것도 아닌데요."

"그런데 왜 도와줍니까?"

"그냥요."

"그냥?"

"그렇소."

"세상이 어수선하니까 사람들도 미쳐 돌아가는군. 하긴 자기 돈 자기가 쓰겠다는데 내가 상관할 바는 아니지."

비아냥거리면서도 주인장은 탁자에 놓인 동전을 재빨리 챙겼다. 주인장의 투덜거림 덕분에 여린은 잠시 그 어수선하다는 세상사에 대해 잠시 생각하게 되었다. 영왕의 반란은 이미 돌이킬 수 없는 사실이 돼버린 것 같았다. 이곳 곡성까지 오는 동안 들르는 고을과 도시마다 온통 영왕의 얘기뿐이었다. 영왕의 대군이 이미 남경을 떠나 산동성의 경계를 넘어 북경 황궁을 향해 진격 중이라는 풍문이었는데, 그런 반란의 흉흉한 소식을 전하는 사람들의 표정은 전혀 흉흉하지 않았다. 그들의 얼굴에는 어떤 기대감마저 어려 있는 것이, 현 황제인 정덕제의 실정에 대한 누적된 불만 탓이었다.

여러 소문 중에서도 가장 여린의 귀를 솔깃하게 했던 것은 황제와 영왕이 극비리에 사천성으로 향하고 있다는 소문이었다. 두 사람이 사천성의 모처에서 은밀히 만나 정치적 타협을 시도할 것이라는 게 소문의 요지였다. 타협의 장소가 하필이면 왜 북경이나 남경으로부터 수만 리 떨어진 사천성인지는 설명이 붙지 않았다. 그러나 소문이 사실이라면 여린은 모든 일을 꾸민 장본인이 바로 당상학일 것이라고 추측했다.

자세히는 모르지만 여린은 오래전부터 당상학이 무언가 거대한 음모를 꾸미고 있다는 느낌을 받아왔다. 그는 황사의 스승을 맡을 정도로 황제와 황실에 충성을 다하는 듯 보였지만, 가끔씩 그의 모든 충성이 거짓처럼 느껴질 때가 있었다. 여린은 자신의 예상처럼 어떤 음모가 실제로 벌어진다면, 그 장소는 작금의 중원을 격동 속으로 몰아넣고 있는 두 주인공인 황제와 영왕이 만나는 사천성 영내일 것이라고 확신했다.

"얘야, 너 이리 좀 와봐라."

상념에 잠겨 있던 여린을 깨어나게 한 사람은 여린이 방금 동정을 베푼 거지 노인이었다. 여린이 의아한 눈으로 노인 쪽을 보았다.

"저 말입니까?"

"그래, 바로 너. 희멀건하게 생긴 놈."

"무슨 일이십니까?"

"어른이 오라면 냉큼 달려올 것이지 웬 말이 많아, 인마?"

소사청이 노인을 쏘아보며 퉁명스럽게 내뱉었다.

"거지새끼 주제에 애 어른 따지기는. 가지 마라. 살짝 맛이 간 늙탱이가 분명하다."

"이놈의 늙탱이야! 너 몇 살이야? 언뜻 보기에도 내가 너댓 살은 많아 보이는데 어디서 반말을 찍찍 싸지르는 거야, 앙?"

발끈한 노인이 소사청을 손가락질하며 악을 써댔다.

"저놈의 주둥이를 그냥 확!"

"진정하십시오. 제가 가보겠습니다."

흥분하여 박차고 일어서는 소사청을 억지로 주저앉힌 여린이 노인 쪽으로 다가갔다.

여린이 노인에게 가볍게 머릴 숙이며 말했다.

"무슨 용무로 절 부르셨습니까?"

"내가 먼저 묻자. 넌 무슨 이유로 내게 동정을 베풀었니?"

"동정이 아니라 그냥 선의라고 해두십시오."

"선의? 이놈 보게, 이거. 어린놈이 벌써 말장난일세. 동정이면 그냥 동정이라고 해. 아냐?"

여린이 한동안 말없이 노인의 얼굴을 살폈다. 눈빛이 탁하고, 눈 밑에 검은 그림자가 선명한 것으로 보아 노인은 중병을 앓고 있는 듯했다. 몸은 늙고, 병은 깊어지고. 노인으로서도 강퍅해질 수밖에 없었겠다고 생각하며 여린이 고갤 끄덕였다.

"노인장의 말씀을 듣고 보니 동정이 맞는 것 같군요."

"그것 봐라. 날 속이려고 하면 안 돼. 이래 봬도 내가 꽤 영특한 사람이거든. 어쨌든 다시 묻자. 왜 내게 동정을 베풀었니?"

"그냥입니다."

"그냥?"

"예."

노인이 눈을 표독스럽게 치떴다.

"너, 이제 보니 아주 나쁜 놈이구나."

여린이 고갤 갸웃했다.

"동정을 베푸는 것이 나쁜 일입니까?"

"당연하지."

"어째서 그렇습니까?"

"지금부턴 내가 하는 말을 잘 들어보거라. 너희 집 처마에 제비 새끼 두 마리가 알을 까고 나왔다고 치자. 그중 한 마리는 튼실한데 한 마리는 영 비실비실한 거라. 너는 이 비실비실한 놈이 불쌍해서 아침이면 밥알을 조금씩 넣어주었다. 그렇게 시간이 흐르자 튼튼한 놈은 저 혼자서도 훌륭하게 먹이를 찾아 먹는 어른 제비로 성장했고, 비실비실한 놈은 눈앞에 있는 먹이도 찾아 먹지 못해 첫 겨울을 넘기지도 못하고 얼어죽고 말았다. 자, 그렇다면 너의 동정이 죽은 제비에게 도움이 된 것이냐, 해가 된 것이냐?"

"으음……."

노인의 말에 수긍할 부분이 있다는 듯 여린이 심각하게 고갤 주억주억했다.

"그러니까 노인장의 말씀은 섣부른 동정은 오히려 동정을 받는 사람에게 해가 될 수도 있다는 뜻이군요."

"바로 그것이다."

노인이 손바닥으로 무릎을 쳤다.

"한마디로, 네가 생각하는 좋은 일이 꼭 좋은 일만은 아니란 것이지. 누군가에게 좋은 일을 하기 전에 과연 이 일이 저 사람을 진정으로 위하는 길인지 진지하게 고민해 봐야 한다는 것이다."

"그렇다면 전 고민할 필요가 없을 것 같군요."

"이건 또 뭔 소리야?"

"저도 묻겠습니다. 노인장께서는 동정이 타인을 위한 것이라 생각하십니까, 아니면 자기 자신을 위한 것이라고 생각하십니까?"

"그야 남을 위한 것이지."

노인이 그것도 모르느냐는 얼굴로 말했다. 그러나 노인의 기대와는 달리 여린은 고갤 가로저었다.

"아닙니다. 내가 누군가를 동정했다면 그건 바로 자기 자신을 위해서입니다. 길가에 앉아 있는 거지에게 적선할 때 그 거지가 오늘 밤 어디서 잠을 잘지, 저녁이나 제대로 먹을지 걱정하는 사람은 없습니다. 그저 동전 한 문이라는 싼 가격으로 내가 오늘 그래도 좋은 일 한

가지는 했구나, 알고 보면 나도 그렇게 나쁜 인간은 아니구나 하는 식으로 스스로를 위로하기 위해 동정을 베푸는 겁니다. 제가 방금 노인장에게 술과 음식을 드려야겠다고 생각한 것도 같은 이유에서입니다."

"흐음, 동정이란 결국 타인이 아니라 자신을 위한 것이다?"

"그렇습니다."

"네놈도 너 자신을 위해 내게 동정을 베풀었다?"

"그 역시 맞습니다."

"여기 죽엽청과 방금 구워낸 따끈따끈한 오리구이 대령했습니다요."

이때 마침 술과 오리구이가 담긴 쟁반을 받쳐 든 주인장이 탁자 앞으로 다가왔다.

노인이 손을 내뻗어 주인장을 제지했다.

"나 안 먹어. 날 위해 시켜준 것도 아니고 제 놈을 위해 시켰다는데 자존심 상해서 어찌 먹어?"

"그럼 이 죽엽청과 오리구이를 저희 탁자로 옮겨주십시오."

여린이 원하는 대로 해주겠다는 듯 턱짓으로 소사청이 등이 이쪽을 뚫어져라 쳐다보고 있는 탁자를 가리켰다.

"이거 왜 이러시나?"

노인이 갑자기 여린의 손을 잡았다. 그리고는 참으로 비굴하게 웃었다.

"미안하이. 늙은이가 주책 좀 떨었네. 자넬 위해서면 어떻고, 날 위해서면 또 어떤가? 자넨 마음의 평화를 얻어서 좋고, 나는 오랜만에 포식할 수 있어서 좋은 것을."

여린은 참 넉살 좋은 노인이라고 생각하며 피식 웃었다. 여린이 일행들 쪽으로 돌아섰다.

"그럼 맛있게 드십시오."

"잠깐!"

노인이 여린을 다시 불러 세웠다.

"왜 그러십니까? 아직도 미진한 부분이 있습니까?"

"자네 이름이 뭔가?"

"여린이라고 합니다."

"여린… 여린이라… 자네의 동정에 관한 정의는 정말 흥미로웠네. 내 강호에 나와 여러 사람을 만나 봤지만 자네처럼 주관이 뚜렷한 친구는 처음일세."

흐리멍텅하던 노인의 눈에 문득 정광이 스쳤다.

"여린이라고 했지? 자네 이름, 기억해 둠세. 언제고 다시 만나면 오늘의 신세는 꼭 갚도록 하겠네. 물론 자네를 위해서가 아니라 나 자신의 만족을 위해서 말일세."

여린이 빙그레 웃으며 노인의 얼굴을 들여다보았다. 잠깐 스쳤는 데도 기억에 남는 얼굴이 있다. 여린은 왠지 노인이 그런 얼굴을 하고 있다는 생각을 하며 다시 한 번 고갤 살짝 숙여 보이고는 돌아섰다.

식사가 끝나고 일행은 몇 명씩 나뉘어 흩어졌다. 저녁이 될 때까지 각자 필요한 물건을 준비하기로 한 것이다. 여린은 곽기풍, 반철심과 함께 병기를 구하러 갔고, 하우영과 장숙은 해질 대로 해진 관복을 한 벌씩 맞춰 입으러 갔으며, 막여청은 객실에 틀어박혀 밀린 잠이나 자두겠다는 소사청에게 무공 한자락이라도 배워보겠다는 욕심으로 객잔에

남았다.

용마의 고삐를 잡고 여린이 앞장서 걸으며 병기 상점을 찾았지만 쉬이 찾을 수 없었다. 그도 그럴 것이, 외부인의 통행 자체가 뜸한 이 평화로운 벽촌에는 병기 상점 자체가 필요없었다.

푸히힝~

이때 용마가 갑자기 여린을 손을 뿌리치고 달려나갔다.

푸히힝~ 푸히힝~

저쪽 인적이 없는 막다란 골목 안에 녹슨 검이나 값싼 대감도 등을 늘어놓고 파는 허름한 병기 상점 앞에서 용마는 여린을 부르듯 투레질을 해댔다. 곽기풍이 여린, 반철심과 함께 걸음을 옮기며 새삼 혀를 내둘렀다.

"용마, 저놈이 영물은 영물일세. 우리가 병기 상점을 찾는 줄 어찌 알았누?"

"그러게나 말입니다. 어쩔 땐 용마가 혹시 사람이 아닌가 착각을 한다니까요."

반철심이 거들었다.

"어떻게 왔수?"

하나같이 녹이 벌겋게 쓸고, 실용성은 뒷전이어서 요란한 치장으로 무게만 잔뜩 불려놓은 병장기들을 상점 앞 좌판에 말린 생선처럼 늘어놓고 앉은 나른한 인상의 점박이 청년이 여린과 곽기풍과 반철심을 위아래로 훑으며 귀찮다는 표정으로 물었다. 곽기풍이 대번에 발끈했다.

"손님을 맞이하는 태도가 이게 뭐야, 인석아? 보아하니 하루 왼종일 똥파리나 꼬일 것 같은 상점에 모처럼 손님이 오셨으면 버선발로 달려나와 맞이해도 부족하거늘!"

"보다시피 하도 오랫동안 똥파리만 날리다 보니 손님에 대한 감각 자체가 흐릿해져서 말이오. 마음에 안 들면 다른 집으로 가쇼? 하지만 곡산에서 병장기를 파는 상점은 이곳뿐이니 사려면 사고, 말려면 마시구랴."

"이런 개잡놈!"

"어허, 잘하면 치겠소? 돈 좀 벌어놨수, 영감?"

곽기풍이 당장이라도 점박이 청년의 뺨을 후려칠 듯 덤벼들었지만 청년은 태연히 콧구멍을 쑤시며 살살 약을 올렸다.

"참으세요!"

"제발 좀 참아요!"

여린과 반철심이 필사적으로 곽기풍을 뜯어말렸다.

여린이 씩씩거리는 곽기풍을 뒤쪽으로 밀쳐 놓으며 청년을 향해 부드럽게 말했다.

"쓸 만한 병장기가 없나 좀 보러왔소."

"어떤 걸 원하시는데?"

"딱히 이것이다라고 정한 건 없소. 일단 이 집에 있는 병기들을 모두 보았으면 하오."

"으음……."

청년은 마치 무공 수위를 측정이라도 하듯 여린의 전신을 찬찬히 훑었다. 청년이 검신에 근사한 봉황이 새겨진 폭이 넓고 기다란 장검 한 자루를 들어올렸다.

"이게 어떻소? 그 옛날 사천 땅을 피로 물들였던 독고검이 애용했던 제왕검이오."

"이게 그 유명한 제왕검?"

여린이 흐릿하게 웃으며 검병을 쥐었다. 여린이 붕붕 검을 휘두르자 청아하지 않고 탁한 파공음만 울려 퍼졌다.

여린이 고갤 흔들며 검을 다시 청년에게 건넸다.

"왜요? 싫소?"

"이 검이 제왕검인지 아닌지는 모르겠지만 좋은 철을 사용하지 않은 것만은 분명하오. 검신이 무거운 제왕검을 제대로 만들려면 흑철과 강철이 절반 이상은 들어가야 하는데, 이 검은 싸구려 고철만으로 만들어졌소."

청년이 눈을 곱지 않게 뜨며 반문했다.

"그걸 어찌 아시우? 당신이 검을 만든 것도 아니잖소?"

"검을 휘두를 때 나는 검명(劍鳴)만 들어도 알 수 있는 일이오."

"검명이라고? 누가 들으면 당신이 대단한 고수인 줄 알겠구려."

"으음……."

여린이 잠시 말문을 닫고 청년의 얼굴을 직시했다. 마음을 다스리는 법을 배우고, 웬만한 일로는 성을 내지 않게 된 여린이었지만 상대를 깔보듯 유들유들 웃고 있는 청년만은 왠지 얄미워서 견디기 힘들었다.

콰악!

여린이 검병을 고쳐 잡으며 히쭉 웃었다.

"그렇다면 내가 이 검으로 저 나무등치를 때려보면 어떻겠소?"

여린이 검봉으로 가리키는 쪽엔 밑둥이 싹둑 잘려 나간 굵은 나무등치가 보였다. 여린이 청년에게 부연 설명을 했다.

"만약 이 검이 진짜 제왕검이라면 나무등치가 쪼개질 것이고, 고철을 비벼 만든 가짜라면 검신이 부러지지 않겠소? 어떻소? 한번 시험해 보겠소?"

빙글빙글 웃으며 여린은 청년을 도발하고 있었다. 버릇없고, 입만 열었다 하면 거짓말인 청년을 제대로 골탕먹일 생각이었던 것이다.

자신을 약올리는 듯한 여린의 얼굴을 뚫어져라 들여다보던 청년이 주먹으로 손바닥을 탁, 치며 말했다.

"합시다, 까짓 거!"

청년이 손가락으로 여린의 얼굴을 겨누며 씹어뱉었다.

"하지만 칼이 부러지지 않으면 내가 부르는 값에 그 칼을 사야 할 거요."

"그럽시다."

순순히 대답하며 여린이 양손으로 잡은 검을 천천히 들어올렸다. 그 상태로 잠시 멈춰 있는 여린을 곽기풍과 반철심이 약간은 긴장된 눈초리로 지켜보았다.

휘이익!

쩌겅!

여린이 힘차게 검을 내려치는 순간 검날이 속절없이 부러져 머리 위로 튕겨 올랐다.

퍼억!

"히익!"

부러진 칼날이 발밑에 처박히자 청년이 흠칫 물러섰다. 그런 청년을 가리키며 곽기풍이 득의롭게 웃어젖혔다.

"우헤헤! 제왕검 좋아한다! 저런 똥칼이 제왕검이면 동네 늙은이들이 등 뒤에 꽂고 다니는 곰방대는 패왕도라 불러야 하겠구나!"

"끄으으으……."

자존심이 상한 청년이 주먹을 와락 움켜쥐고는 부르르 떨었다.

청년이 이번엔 묵직한 도 한 자루를 내밀며 소리쳤다.

"이번엔 이 패왕도로 시험해 보시오!"

"오호라, 정말 패왕도가 나오는군. 저건 뭘로 만들었냐? 혹시 네놈이 아랫목에 놓고 쓰던 요강을 녹여 만든 것 아니냐?"

곽기풍이 청년을 계속 약올렸다.

"영감은 입 좀 닥치고 있어! 내가 이래 봬도 이 병기 상점에서 십 년 동안 잔뼈가 굵은 사람이야!"

"큭큭! 십 년만 더 굴러먹다간 신검(神劍)을 만들었다고 큰소리칠 놈이로세!"

"저 똥물에 튀겨 오줌물에 건져 낼 영감탱이가 정말……!"

두 눈에 핏발을 세우고 푸들푸들 떨던 청년이 여린을 향해 버럭 고함을 질렀다.

"아, 뭘 멍청히 서 있어? 빨랑 패왕도를 시험해 보지 않고!"

언뜻 봐도 여린보다 서너 살은 어린 청년은 어느새 반말지거리였다. 묵직한 도신을 들어올리며 여린은 그런 청년을 용서하기로 했다. 왜냐하면 오늘 청년이 입을 손해가 결코 적지 않을 것이었기 때문이다.

쨍강!

사기 대접이 박살나는 듯한 소리와 함께 도신이 허공으로 튀어올랐다.

"으아악!"

면전을 향해 똑바로 날아드는 칼날을 피하기 위해 부웅, 몸을 날린 청년이 땅바닥에 철푸덕 얼굴을 처박았다.

"우히히히히!"

"하하하하!"

이젠 곽기풍만 웃는 게 아니었다. 평소 과묵하기로 유명한 반철심마저 땅바닥에 얼굴을 처박은 채 부르르 떠는 청년의 뒤통수를 가리키며 유쾌하게 웃어젖혔다.

"들어갑시다."

재빨리 털고 일어선 청년이 대뜸 상점 안으로 걸음을 옮겼다. 여린과 곽기풍과 반철심이 의아한 듯 서로의 얼굴을 마주 보며 뒤따랐다.

"오오!"

상점 안으로 들어선 여린의 입에서 낮은 탄성이 새어 나왔다. 상점 안은 밖과는 완전 딴판이었다. 사방 벽에 설치된 진열대에는 각각 검, 도, 창, 도끼, 낭아곤, 철조, 철질려, 비도, 혈륜 등이 종류에 따라 수십 점씩 잘 정돈되어 있었다. 경박한 섬광을 뿜지 않고 거무튀튀한 흑빛을 안으로 갈무리하는 것으로 보아 하나같이 괜찮은 병기들임을 알 수 있었다.

청년이 진열대에서 폭이 좁고 기다란 장검 한 자루를 끄집어냈다. 여린에게 검을 건네는 청년은 더 이상 웃고 있지 않았다.

"왕후검이오. 이 녀석도 시험해 봅시다."

청년에게서 장인의 자존심을 읽은 여린도 더 이상 웃지 않았다. 여린은 어쩌면 자신들이 뜻하지 않게 최고의 병기 상점을 찾아낸 건지도 모른다는 생각을 했다.

"어디에 시험하면 좋겠소?"

여린이 묻자 청년이 바닥에 놓여 있는 머루를 가리켰다. 여린이 고갤 갸웃했다.

"저건 쇳덩이로 만든 머루 아니오? 쇳덩이에 내려쳐서 부러지지 않을 병기는 그리 흔치가 않을 텐데."

쿠우욱!

청년의 두 주먹이 세차게 움켜쥐어지는 것을 보며 여린은 자신의 말이 청년에게 상처가 됐음을 알았다. 그러나 여린은 청년을 달랠 생각도 않고 양손으로 잡은 검을 천천히 머리 위로 쳐들었다. 괜한 말로 청년을 위로하거나, 검을 내려치는 손속에 사정을 두는 것이야말로 청년을 모욕하는 결과가 된다고 생각했기 때문이다.

뚜캉!

머루를 후려친 검이 다시 뚝 부러졌다. 칼날이 더 이상 튕겨 오르지도 않았고, 나무둥치가 아니라 머루를 내려친 결과라고 보면 그리 나쁜 건 아니었다. 하지만 여린은 청년이 만족하지 못할 것임을 알았다. 힐끗 돌아보니 역시나 청년의 얼굴을 파랗게 질려 있었다. 분위기를 파악했는지 곽기풍도 더 이상 청년을 놀리지 못했다.

이번엔 청년이 진열대에서 짧은 단창 한 자루를 끄집어냈다.

"이걸 써보시오."

"이건 또 웬 창이오?"

"진주언가의 장문인으로 삼십여 년 전 서북 지방에 들불처럼 번진 포달랍궁의 마교도들 천 명을 주살하여 천살수호창(千殺守護槍)이란 별호를 얻은 언사월님이 사용하셨던 신창이오."

곧 죽어도 왕후검이오, 신창이란다. 그러나 여린은 왠지 이 고집스런 청년이 더 이상 밉지 않았다. 청년의 고집이 아집이 아니라 자신과 자신이 팔고 있는 병기에 대한 믿음에서 우러나온 것임을 알았기 때문이다.

"으아앗!"

따카앙!

기합일성까지 내지르며 여린이 창을 내려치는 순간 창목이 뚝 부러져 튕겨 날아갔다.

"음......."

"으음......."

곽기풍과 반철심이 저도 모르게 침음을 흘렸다. 곽기풍은 부러진 창자루를 움켜잡고 있는 여린의 뒤통수를 노려보기까지 했는데, 적당한 선에서 끝내지 않고 물정 모르는 청년의 자존심을 철저히 짓밟는 여린의 고지식함이 미웠기 때문이다. 여린도 약간은 미안한 눈으로 청년을 보았다. 한동안 어금니를 지그시 깨물며 끓어오르던 화를 참고 있던 청년이 상점 안쪽으로 몸을 돌려세웠다.

"따라들 오시오."

청년이 여린 등을 안내한 곳은 구불구불한 회랑을 몇 바퀴 돌아 다다른 작은 밀실이었다. 가구라곤 없는 밀실의 정면 벽에는 딱 세 종류의 병기가 걸려 있었다. 흑빛의 검신에 장식이라곤 없는 검병의 장검, 어른 키만큼 기다랗고 거무튀튀한 철봉(鐵棒), 그리고 필시 비도가 분명한 작은 제비처럼 날렵하게 생긴 새까만 동체의 철조(鐵鳥)가 그것이었다.

여린은 한눈에 저 병기들이 가히 신병(神兵)이라 불릴 정도의 명품임을 알아보았다.

청년이 멍하니 넋을 놓고 병기들을 바라보는 여린을 향해 나직이 말했다.

"저 검으로 이 돌바닥을 후려쳐 보시오. 이번에도 검날이 부러진다면 내가 진 것으로 하리다."

"저 검의 이름은 무엇이오?"

"그냥 흑일(黑日)이라고 부르오."

"검은 태양이라. 아주 적당한 이름 같구려."

여린이 이번엔 철봉과 철조를 차례로 가리켰다.

"저 기다란 철봉은 무엇이라 부르고, 또 저 날렵한 철조는 무엇이라 부릅니까?"

"철봉은 흑거(黑巨)라 하고, 철조는 흑비(黑飛)라고 부릅니다."

여린이 연신 고갤 주억주억했다.

"검은 거인과 검은 새라. 그 또한 아주 적당한 이름이오. 하지만 더 이상의 시험은 필요없을 것 같소."

"그건 또 왜 그렇습니까?"

"저 세 병기가 천하의 신병임을 이미 알아보았고, 또한 그대가 천하 제일의 병기 제조 기술자임을 알아보았기 때문입니다."

여린과 청년은 어느새 극존칭을 사용하고 있었다. 서로를 인정하기 시작했다는 뜻이리라.

한동안 여린의 얼굴을 뚫어지게 응시하던 청년이 빙긋 웃으며 말했다.

"나와 나의 애병들이 오늘 임자를 만난 것 같구려."

"그건 나도 마찬가집니다. 저 귀한 신병들을 우리에게 파시겠습니까?"

"좋소, 기꺼이 팔겠소."

여린이 약간 곤란한 표정을 지었다.

"그런데 우리가 적당한 값을 치를 수 있을지 모르겠군요. 내가 알기로 저 정도의 병기는 부르는 게 값이라고 하던데, 실은 오랜 여행 때문에 수중에 남은 돈이 얼마 되지 않아서 말입니다."

"동전 세 문만 받겠소!"

"……!"

청년이 손가락 세 개를 펼쳐 보이며 히쭉 웃자 여린과 곽기풍과 반철심은 동시에 흠칫흠칫했다. 동전 세 문이면 저자에 널린 식칼 한 자루조차 살 수 없는 돈이다. 여린이 고갤 갸웃했다.

"왜 손해를 감수하십니까?"

청년이 애정이 듬뿍 담긴 눈으로 세 병기를 둘러보며 나직이 내뱉었다.

"저 아이들은 그냥 쇳덩이가 아니라 내 자식 같은 녀석들입니다. 자식을 시집 장가 보내면서 돈을 요구하는 부모가 어딨습니까? 오히려 뭐라도 보태서 보내지 못하는 게 한스러울 뿐입니다."

여린이 새삼 이채를 띠고 청년의 얼굴을 보았다. 이제 갓 약관을 넘었을까? 그러나 청년의 깊은 눈매에선 백 년을 수도한 도인의 깊이가 느껴졌다.

여린이 청년을 향해 정중히 공수하며 물었다.

"결례가 되지 않는다면 함자를 여쭤봐도 될런지요?"

"……."

청년이 잠시 망설이는 기색을 보이자 여린이 황망히 말했다.

"괜한 걸 물은 모양입니다. 부담되신다면 대답하지 않으셔도 좋습니다."

"아닙니다. 저는 육태손이란 대장장이입니다."

청년이 만면에 미소를 머금고 대답했다.

"제 이름은 잘 알려지지 않았지만 제 스승님의 함자는 중원에 꽤 알려져 있지요. 세인들은 저희 스승님을 가리켜 유철신수(揉鐵神手)라고들 부른답니다."

"유철신수?!"

여린과 곽기풍과 반철심이 거의 동시에 눈을 부릅떴다.

"유철신수! 유철신수! 정말 당신의 스승님이 유철신수 어른이란 말입니까?"

특히 반철심의 흥분은 대단한 것이었다. 반철심은 앞으로 달려나와 청년의 손을 와락 움켜잡으며 주체하기 힘든 흥분으로 온몸을 떨었다. 반철심이 이토록 흥분하는 이유는 간단했다. 중원의 모든 사람들이 화타를 최고의 의원으로 여기듯, 유철신수는 중원 최고의 장인으로 공언받는 인물이었다.

쇳덩이를 두드리는 사람치고 그를 한 번만이라도 만나길 소원하지 않는 사람이 없었고, 그가 만든 병장기를 한 번이라도 가져 보기를 소원하지 않는 무인이 드물었다. 확인된 바는 아니지만 황실에서도 그를 초대하기 위해 몇 번이나 특사를 파견했다고 한다. 하지만 그는 끝내 황제의 부름을 거부하고 초야에 은둔했으니, 중인들의 그에 대한 흠모와 신비감은 더욱 깊어질 수밖에 없었다.

"반갑습니다, 정말 반갑습니다. 이런 곳에서 제 인생에 가장 존경하는 존장의 후학을 만나게 되다니오."

"과찬이십니다. 저는 돌아가신 스승님의 발끝조차 따라가지 못하는 미욱한 제자입니다."

"그분께서 이미 돌아가셨습니까?"

"한 십 년쯤 되었지요. 황실의 부름을 뿌리치고, 평생 이 작은 상점에서 자신의 손으로 만든 농기구나 병장기를 팔다가 홀연히 가셨습니다."

"아아, 참으로 애석하군요."

짙은 아쉬움으로 인해 반철심의 두 눈에 절로 눈물이 고였다.

"형장의 함자는 어찌 되시는지?"

"저는 사하현 현청의 병참수를 맡고 있는 반철심이라고 합니다."

반철심이 정중히 공수하며 말하자 청년이 반색했다.

"오오! 형장이 바로 반철심이오? 내 형장의 위명은 익히 들었소. 평범한 쇳조각도 반형의 손을 거치면 놀라운 신무기가 된다고 합디다."

"월광 앞의 반딧불이지요. 부끄러울 뿐입니다."

"아닙니다, 아니에요. 저야말로 늘 반 형을 흠모하고 있었는걸요."

"과찬이 지나치십니다."

반철심과 청년이 손을 맞잡고 떨어질 줄을 모르는데, 그 모양새가 수십 년 지기와 재회한 것 같았다.

청년이 눈을 별처럼 반짝이며 말했다.

"실례가 되지 않는다면 제가 세 사람에게 각각 적합한 병장기를 정해주고 싶은데, 어떻습니까?"

"저야 물론 좋지요."

반색하며 반철심이 여린을 돌아보았다. 의견을 구하는 것이다. 여린이라고 마다할 까닭이 없었다.

"원래 병기란 직접 만든 사람이 그 성격과 특장점을 가장 잘 아는 법이오. 육 대가가 그런 수고까지 해준다면 우리들로선 더할 나위 없는 영광입니다."

청년이 만면에 웃음을 머금고 세 종류의 병기가 걸린 벽을 향해 걸어갔다. 먼저 흑일을 뽑아 든 청년이 여린에게 온통 흑빛인 장검을 내밀었다.

"형장에겐 흑일이 어울릴 것 같군요. 흑일의 담백하고 강인한 성정이 형장의 성격과 잘 어울릴 겁니다."

"고맙습니다."

여린이 힘주어 검병을 쥐었다. 손아귀에서 느껴지는 묵직함과 뿌듯함이 팔을 통해 심장까지 전해졌다. 절로 열정이 솟구쳤다. 여린은 새삼 청년의 안목에 감탄했다. 자신도 실은 흑일을 염두에 두고 있었던 것이다. 역시 흑빛인 칼집 안에 흑일을 집어넣고 허리에 찬 여린이 허리를 쭉 폈다. 이젠 세상에 무서울 것이 없었다.

청년이 이번엔 기다란 철봉을 가지고 돌아와 곽기풍에게 내밀었다.

"형장에겐 흑거가 어울릴 것 같군요."

"흥! 자네도 대장부는 아니로군. 아까 나와 말다툼 좀 했다고 아무 짝에도 쓸모 없는 이런 쇠방망이를 건네는가?"

"그렇지 않습니다. 흑거는 훌륭한 병기입니다."

"나보고 그 말을 믿으라고?"

연이어 콧방귀를 뀌는 곽기풍을 향해 빙그레 웃어 보이며 청년은 말했다.

"제가 살펴보니 형장께선 내공은 높은 반면 기초적인 무공조차 제대로 익히지 못한 것 같더군요."

곽기풍이 눈을 동그랗게 떴다.

"아니, 자네가 그걸 어찌 아는가?"

"병장기를 제대로 만들려면 일단 병장기를 사용할 사람의 상태부터 정확히 알아야 합니다. 내공이 깊은 사람, 내공은 없으나 초식이 현란한 사람, 손을 잘 쓰는 사람, 혹은 발을 잘 쓰는 사람, 정종무공을 익힌 사람, 마공을 익힌 사람을 구별해서 병장기를 만들어야 그의 손에 꼭 맞는 병장기가 되는 겁니다."

"듣고 보니 일리가 있군. 그럼 이 흑거라는 쇠방망이가 내공은 있는데 무공을 모르는 나에게 맞는 이유는 뭔가?"

"검보다는 도를 익히는 것이 세 배 쉽고, 도보다는 창을 익히는 것이 세 배 쉽고, 창보다는 봉을 익히는 것이 세 배 쉽다는 말이 있습니다. 봉은 익히기 쉬우면서도 파괴력은 월등하지요. 당연히 형장처럼 내공이 깊으면서도 무공이 약한 분에게 적합합니다. 게다가……."

차르르륵!

말을 잠시 멈춘 청년이 양손으로 잡은 봉의 끝을 쭉 잡아 뽑자 봉이 쇠사슬에 연결된 세 토막으로 분리되었다. 놀라 눈을 동그랗게 뜬 곽기풍을 향해 청년이 빙그레 웃었다.

"흑거는 필요할 경우 삼절곤으로 바뀝니다. 삼절봉은 봉의 파괴력을 고스란히 가지면서도 봉에는 없는 변화를 갖고 있지요. 하나의 무기로 두 가지 형태의 공격을 가할 수 있다는 건 절체절명의 순간 생각보다 큰 힘을 발휘합니다."

"고맙네! 정말 고마워!"

곽기풍이 청년의 손에서 철봉을 빼앗다시피 했다.

"어이쿠!"

그러다 그 무게를 이기지 못하고 그만 벌러덩 넘어지고 말았다. 억지로 웃음을 참는 좌중의 눈치를 살피며 곽기풍이 흑거를 양손으로 움켜쥔 채 끙끙거리며 일어섰다.

"하하! 잠시 발이 엉겨서 말이지. 이놈, 이거 생각보다 가볍구만."

억지로 웃는 곽기풍의 이마에 송글송글 땀이 맺혀 있었다.

청년이 마지막으로 가지고 돌아온 것은 어린아이 손바닥만 한 크기의 제비 모양 흑비였다. 청년이 망설임없이 반철심에게 흑비를 내밀었다. 양손으로 흑비를 받으며 반철심이 싱긋 웃었다.

"제겐 흑비가 어울립니까?"

"그렇습니다. 흑비는 철의 성격을 가장 잘 이용한 일종의 표창입니다. 아주 예민한 병기인만큼 철에 대해 잘 아는 반 형이 갖는 게 당연합니다."

"그렇군요."

"제가 사용법을 알려드리겠습니다."

청년이 아랫배 부분이 배의 밑둥처럼 가늘고 뾰족한 흑비를 반철심의 검지와 중지손가락 사이에 끼워주었다.

흑비를 끼운 반철심의 손을 눈높이로 들어올리며 청년이 진지하게 설명했다.

"자, 이제 흑비를 날려 보내는 겁니다. 그냥 날려 보내는 것이 아니라 내가 마음먹은 곳으로 날아갔다 돌아올 수 있도록 머리 속 의념으로 상상하며 날리는 것이지요. 손가락으로 흑비의 살결을 가만히 느껴보세요. 힘 조절은 어떻게 해야 할지 짐작이 될 겁니다."

"지금 날립니다!"

쉬이익!

반철심이 오른손을 어깨 너머로 젖혔다 빠르게 내뻗자 공기를 가르는 날카로운 파공음과 함께 흑비가 날았다.

철컥!

흑비가 빠르게 날면서 칼날로 만들어진 양쪽 날개를 활짝 펼쳤다.

시퍼렇게 날이 선 그 칼날에 스치기만 해도 살이 갈라지고 뼈가 부러질 듯했다.

삐이이이—

새의 울음과도 같은 경쾌한 파공음과 함께 흑비가 여린과 곽기풍과 청년 사이를 스쳐 아슬아슬하게 날아갔다. 세 사람의 머리 위에서 마치 솔개처럼 한 바퀴 크게 선회한 흑비가 어느새 반철심의 손 안으로 되돌아가 있었다.

"와아……."

"우와아……."

여린과 곽기풍의 입에서 절로 탄성이 터져 나왔다.

청년이 흡족하게 웃으며 말했다.

"역시 철의 성질을 잘 아는 분이라 흑비를 제대로 다루는군요. 흑비를 잘만 사용하면 강호 최고의 암기술사라는 소리를 듣게 될 겁니다."

여린과 하우영과 반철심이 청년 앞에 나란히 서서 정중히 공수를 취했다.

"정말 고맙습니다, 육 대협."

"이 은혜는 죽는 날까지 잊지 않을 것입니다."

"육 대협과 육 대협이 만든 신병의 이름에 먹칠을 하지 않도록 최선을 다할 것을 약속합니다."

청년의 배웅을 받으며 상점 밖으로 나왔을 땐 이미 해가 뉘엿뉘엿 넘어가는 초저녁이었다. 아침저녁으론 제법 선선한 바람이 불고 있어 한여름 무더위를 이겨내느라 검게 그을린 사람들의 걸음에도 이제 어느 정도 여유가 있었다.

그런 사람들 사이를 걸으며 여린과 곽기풍과 반철심은 참으로 푸근한 웃음을 지었다. 청년이 베풀어준 선의가 아직도 가슴을 훈훈하게 덥혀주고 있었다. 여린의 허리춤에는 흑일이, 곽기풍의 등 뒤에는 흑거가, 반철심의 가슴속에는 흑비가 있었다. 그 묵직한 쇳덩이들의 무게감을 느끼는 것은 정말이지 가슴 뿌듯한 일이었다.

"이 녀석을 한번 사용해 보긴 해봐야 할 텐데."

곽기풍이 등 뒤의 흑거를 툭툭 두드리며 제법 날카로운 눈으로 주변을 스윽 훑었다. 강호초출의 청년 무사가 자신의 무공을 시험해 보고 싶어 안달이 난 모습 같았다. 곽기풍의 소원을 이루어줄 기회는 생각보다 빨리 찾아왔다.

"으아아악! 사람 살려!"

"옳거니!"

곽기풍이 신이 나서 돌아보니 웬 노인이 네 명의 젊은 무사에 의해 네 필의 말이 끄는 커다란 마차 안으로 억지로 끌려 들어가는 게 보였다. 필사적으로 발버둥치는 모습으로 보아 납치당하고 있는 것이 확실했다. 병기를 사용해 볼 좋은 기회였지만 곽기풍은 잠시 주춤했다. 노인의 얼굴이 낯익었는데, 자세히 보니 아까 낮에 객잔에서 여린에게 죽엽청과 오리구이를 얻어먹은 거지 노인이 분명했다.

"분명히 이유가 있을 거야, 그렇지?"

왠지 나서기가 싫어진 곽기풍이 여린을 돌아보며 어색하게 웃었다. 대답 대신 여린은 바람처럼 튀어나갔다. 그 뒤를 반철심이 따랐다. 곽기풍도 마지못해 툴툴거리며 걸음을 옮겼다.

"젠장할! 어여쁜 꾸냥까지 바라진 않지만 저런 괴팍한 거지 영감을 위해 흑거를 사용해야 하다니. 신병이 억울해서 울고 가겠네."

마차 앞으로 달려온 여린이 손을 뻗어 무사들을 제지했다.

"노인을 어디로 데려가는 거요?"

무사들이 일제히 멈칫멈칫하며 여린을 돌아보았다. 무사들의 면면을 확인한 여린은 긴장했다. 무사들의 얼굴은 잘 깎인 얼음 조각 같았다. 하나같이 광대뼈가 툭 튀어나온 마른 얼굴에 깊게 가라앉은 두 눈, 굳게 다문 입술에선 일체의 감정도 느껴지지 않았다. 그들의 허리춤에 채워진 기다란 장검과 냉막한 표정은 완벽한 조화를 이루고 있어서 그들의 몸에 손이라도 댔다간 대번에 손이 베어 피가 배어 나올 듯한 분위기였다.

무사 한 명이 앞으로 나서며 차갑게 물었다.

"너희는 누구냐?"

"과객이오."

여린의 대답에 무사가 비릿하게 웃었다.

"그럼 상관 말고 가던 길 계속 가라. 괜한 호기심은 불행을 부르는 법."

"으음……."

여린은 잠시 망설였다. 무사들의 태도가 너무도 도발적이었기 때문이다. 웬만하면 말로 해결을 보려 했는데, 몇 마디 더 붙였다간 칼부터 뽑아 들고 덤벼들 게 분명했다.

노인이 여린을 알아보고 반색했다.

"이게 누구야? 아까 객잔에서 동정의 개념에 대해 멋들어지게 정의하던 그놈 아니냐? 반갑다. 날 구해주러 왔구나."

노인의 말이 네 무사의 경계심에 불을 질렀다. 무사들이 천천히 장검을 뽑았다.

"이러지들 맙시다. 당신들과 싸우고 싶은 생각은 없소."

여린은 끝까지 싸움만은 피하고 싶었다. 하지만 노인의 혀가 그냥 있어주질 않았다.

"우헤헤! 너희들은 이제 다 죽었어. 얘는 여린이라고 하는데, 천하가 벌벌 떠는 엄청난 고수야. 수수깡 같은 네놈들은 저 아이가 휘두르는 칼질 한 번에 추풍낙엽처럼 날아가게 돼 있다, 이 말이야."

노인의 도발에 무사들은 확실히 반응해 시퍼런 안광을 흩뿌리며 여린을 향해 달려들었다.

캉캉!

여린도 재빨리 흑일을 뽑아 선두에서 달려드는 두 무사의 검을 튕겨냈다. 역시 흑일은 흑일이었다. 시퍼런 불꽃을 뿌리며 무사들의 검을 어렵지 않게 밀어내었던 것이다. 두 무사가 손바닥에 강한 충격을 느끼고 물러서는 사이, 이번엔 좌우편에서 또 다른 두 무사가 여린의 옆구리를 노리고 검을 찔러왔다.

쉬쉬쉬쉬쉭!

뱀이 독기를 뿌리며 헛바닥을 날름거리는 듯한 소리가 들려왔다. 두 번째 무사들은 첫 번째 무사들보다 훨씬 긴장했는지 손속이 더욱 악랄해졌다. 검신이 뱀의 대가리처럼 흔들리더니 순식간에 십여 개로 불어난 검광이 일제히 여린의 옆구리로 쏘아졌다.

카카카카카캉!

여린이 신형을 좌우편으로 마구 흔들며 흑일을 정신없이 휘두르자 검광들이 분분히 흩어졌다. 그러자 잠시 물러섰던 두 무사가 다시 정면에서 덤벼들었다. 숨쉴 틈조차 없었다. 여린은 그제야 이 청년들이 오랜 시간을 두고 협공을 연마해 왔음을 눈치 챘다. 완벽한 협공이란

일 더하기 일이라는 상식을 깨뜨린다. 아직 구천십팔로를 검식으로 완벽하게 승화시키지 못한 여린으로선 네 무사의 협공을 감당하기가 녹록치 않았다.

"이놈들아, 만기박사님은 보이지도 않는단 말이냐?"

부우웅!

양손으로 움켜잡은 기다란 봉을 휘두르며 곽기풍이 싸움판으로 뛰어들었다. 곽기풍은 그 옛날 여린 등과 함께 사천성 일대의 산적들을 토벌하러 다닐 때 얻었던 별호를 사용하고 있었는데, 우연히 천년영과를 나눠 먹은 덕분에 막강한 내공을 얻고 이제 천하의 신병까지 손에 쥔 그였기에 새삼 강호의 고수 행세를 하고 싶었던 것이다.

쾅! 콰앙!

"윽!"

"크흑!"

대수롭지 않게 곽기풍을 상대하던 두 무사가 가까스로 철봉을 튕겨내며 주르륵 밀려났다. 검병을 잡은 무사들의 손에서 핏물이 뚝뚝 떨어지는 것으로 보아 곽기풍의 힘이 얼마나 대단한지 짐작할 수 있었다.

"망할 영감탱이!"

"일단 이 영감부터 요절내자!"

두 무사가 기세를 엄중히 하여 곽기풍을 향해 재차 덤벼들었다. 무사들이 마음먹고 내찌른 검봉에서 시퍼런 검광이 가닥가닥 뿜어졌다.

캉캉! 캉캉캉!

곽기풍이 정신없이 흑거를 휘둘러 막아냈지만 그 기기묘묘한 검초

의 변화는 아직 무공이 일천한 늙은 총관으로선 감당하기 벅찬 것이었
다.

서걱!

"끄악!"

칼날이 옆구리를 스치고 지나며 핏물이 비치자 곽기풍이 대번에 비
명을 내지르며 엉덩방아를 찧었다.

"죽어라, 늙은이!"

눈을 홉뜨는 곽기풍의 얼굴을 노리고 두 무사가 동시에 검을 찍어왔
다.

삐이이이—

흑비의 길고 날카로운 울음소리가 들려온 건 바로 그때였다. 여린이
나머지 두 무사를 상대하느라 곽기풍을 돕지 못하는 사이, 반철심이 오
른손 손가락 사이에 끼우고 있던 흑비를 날린 것이다. 예리한 칼날로
만들어진 양 날개를 활짝 편 흑비가 흠칫흠칫하는 무사들을 면전을 노
리고 날아들었다.

"이깟 암기쯤이야!"

따아앙!

한 무사가 검을 휘둘러 흑비를 머리 위로 튕겨내 버렸다. 그러나 그
것이 실수, 흑비는 이깟 암기가 아니었다. 중원의 전설적인 장인 유철
신수의 단 하나뿐인 제자 육태손이 만든 신병으로, 무사들의 머리 위로
튕겨 올랐던 흑비가 길게 포물선을 그리며 무사들의 뒤통수를 향해 되
돌아오고 있었다.

삐이이이—

흑비의 울음소리를 들은 무사들이 황망히 몸을 돌려세웠다. 그러나

이미 때는 늦었다.

퍼억!

"커헉!"

흑비가 목을 길게 베고 지나가자 좌측 편에 서 있던 무사가 피분수를 뿌리며 덜컥, 전신을 진동했다.

"이놈의 새끼!"

우측 편에 서 있던 무사가 격분하여 막 되돌아오는 흑비를 회수하는 반철심을 향해 쇄도했다. 동료의 죽음에 눈이 뒤집힌 무사가 간과하고 있는 것이 있었다. 곽기풍이 일어나 어느새 그의 바로 뒤에 서 있다는 사실이다.

"네 상대는 여기 있다, 이놈아!"

부아악!

바람을 가르는 파공음에 무사가 황망히 고개를 돌렸을 때 자신의 면전을 노리고 날아드는 굵고 기다란 철봉이 닥쳐들고 있었다.

"치잇!"

까아앙!

무사가 양손으로 잡은 검을 사력을 다해 휘둘렀다. 검과 철봉이 충돌하는 순간 검신이 힘없이 부러져 무사의 어깨 너머로 튕겨 나가 버렸다.

뻐어억!

"꾸웩!"

검신을 날려 버리고 날아든 철봉이 콧잔등을 함몰시키는 순간 무사는 입과 코로 왈칵 핏물을 토하며 부웅 튕겨 나갔다. 한참을 너울너울 날아가던 무사가 땅바닥을 대여섯 바퀴 정신없이 나뒹굴더니 그대로 쭉 뻗어버렸다. 축 늘어진 두 무사를 내려다보던 곽기풍과 반철심이 서로의 얼굴을 마주 보며 히쭉 웃었다. 사실 그들은 천년영과를 먹고 자신들의 내공이 어느 정도 강해졌을 거란 말을 여린과 소사청으로부터 들었을 뿐, 그것을 직접 확인해 본 적은 없었다. 오늘 처음으로 두 사람은 내공을 시험해 보았는데, 그 결과는 자신들의 예상을 훨씬 뛰어넘는 만족스런 것이었다. 이제 내공만으론 그들도 강호 초일류의 반열에 올라선 것이다.

"크아악!"

째지는 비명 소리에 곽기풍과 반철심이 두 무사를 상대하던 여린 쪽을 흠칫흠칫 돌아보았다. 여린이 막 한 무사의 어깻죽지에 검봉을 처박고 있는 모습이 들어왔다. 부들부들 떨며 여린의 얼굴을 들여다보던 무사가 힘없이 무릎을 꿇었다.

"으아아아아!"

그러자 마지막 남은 무사가 이판사판이란 식으로 여린을 향해 검을 찔러왔다.

쉬쉬쉬쉬쉭!

마지막 무사가 아무래도 나머지 무사들의 우두머리인 것 같았다. 검봉을 뚫고 폭멸하듯 터져 나오는 검광의 기세가 다른 무사들과는 사뭇 달랐고, 적의 사방을 포위하며 공격하는 품새도 유달리 영활했다. 여린은 정신없이 흑일을 휘둘러 한사코 자신을 따라붙는 칼끝을 튕겨내며 물러서고 있었다. 하지만 여린은 여유롭게 구천십팔로의 신법에 따라 아주 가볍게 검광들을 물리치거나 혹은 피해내고 있었다. 구천십팔로는 원래 보법과 신법을 위주로 하는 초식이다. 여기에 권법이나 각법을 접목한 것으로 어떻게 익히느냐에 따라 검, 도, 창법 등으로 변용하기에도 용이했다. 한마디로 구천십팔로는 익히는 사람의 의지나 특기에 따라 얼마든지 변용이 가능한 열린 무공이었다. 소사청이 여린에게 한사코 구천십팔로를 전수해 주려 한 것도 바로 그러한 이유 때문이었다. 살아오면서 오직 혈령신공이란 사악한 마공밖에 익히지 않은 여린에게 까다롭고 심오한 정종무공을 배울 시간이 부족하다고 판단한 소사청의 선택은 정확히 맞아떨어진 셈이었다.

"언제까지 도망치기만 할 테냐, 쥐새끼 같은 놈! 내 칼을 받아랏!"

훌쩍 도약한 무사가 양손으로 잡은 검을 여린의 정수리를 노리고 한껏 후려쳤다. 여린이 그 자리에 우뚝 버텨 서며 역시 양손으로 잡은 흑일을 힘차게 쳐올렸다.

따카앙!

검과 검이 충돌하는 순간 맹렬한 충돌음과 함께 검신 하나가 힘없이 부러져 나갔다. 당연히 무사의 검이었다.

퍼어억!

여린이 흑일의 검면으로 무사의 가슴을 통타했다. 재빨리 검을 돌리지 않았다면 무사의 가슴은 동강 났으리라. 뒤쪽으로 너울너울 날아가던 무사가 땅바닥에 굉렬히 등을 처박으며 혼절했다.

곽기풍과 반철심이 그랬듯이 여린도 두 사람과 얼굴을 마주하며 씨익 웃었다. 그 역시 자신이 터무니없이 강해져 있음을 깨달은 것이다.

"그깟 허수아비 몇 놈 해치워 놓고 잘난 척들 하기는!"

퉁퉁거리는 소리에 여린이 스윽 고갤 돌렸다. 낮에 자신이 술과 안주를 대접했고, 지금은 목숨을 구해준 그 노인이 무엇이 그리 불만스러운지 마차 바퀴에 등을 기대고 앉아 툴툴거리며 자신의 오른 발목을 빙빙 돌리고 있었다.

　노인 앞으로 다가가며 여린이 싱긋 웃었다.

　"발목을 접질렸습니까?"

　"그래, 이놈아! 네놈이 조금만 더 서둘렀어도 이런 횡액은 안 당했을 것 아니냐?"

　"미안합니다."

　"미안하다면 다냐? 젊은 놈이 왜 그리 굼벵이처럼 느려 터졌어?"

　가만히 지켜보고 있던 곽기풍이 도끼눈을 뜨고 나섰다.

　"이런 옘병할 영감탱이! 오냐오냐 해줬더니 아주 염치를 모르고 덤비는구만! 이런 영감은 그냥 개처럼 끌려가게 놔두었어야 한다고!"

　"너 말 다했냐?"

　노인이 곽기풍을 가리키며 나직이 내뱉었다.

　"다했다! 다했어! 어쩔래?"

　"너, 내가 누군 줄 알고 그따위 불손한 언사를 씨부리니?"

　노인은 더 이상 웃고 있지 않았다. 두 눈으로 근엄한 정광을 내뿜으며 곽기풍을 노려보는 서슬 퍼런 눈초리가 예사롭지 않았다. 그래서인지 곽기풍도 더 이상 험한 말을 내뱉지 못하고 씨근덕거리며 노인을 노려볼 뿐이었다.

　"지금 당장 무릎 꿇고 사과한다면 여기 네 동도인 여린의 얼굴을 보아 용서해 준다. 하지만 끝까지 오만방자한 말을 씨부리면 그땐 정말 구족을 멸해 버릴 줄 알아라."

　준엄히 꾸짖는 노인의 태도는 흡사 황실의 인척이나 왕부의 왕족을 연상케 했다. 하지만 구족을 멸하느니 어쩌니 하는 말이 곽기풍의 노화에 불을 싸질렀다.

"마음대로 해, 미친 영감탱이야! 영감이 우리 구족을 멸하겠다면, 나는 영감네 십족을 멸해 버릴 테니 그런 줄 알아! 퉤엣! 염치도 모르는 더러운 영감탱이 같으니!"

곽기풍이 노인의 발밑에 가래침을 탁, 뱉었다.

사지를 벌벌 떨며 곽기풍을 노려보던 노인이 어금니를 바득바득 갈아붙이며 씹어뱉었다.

"너는 이제 죽은목숨이다. 웬만하면 이 자리에서 혀를 콱 깨물고 자진하는 편이 나을 것이다. 구차하게 살아 있다간 나중에 진짜 지옥보다 더한 고통을 맛보게 될 테니 말이다."

"글쎄, 영감이나 혀를 깨물든 양물을 깨물든 해서 죽어. 난 벽에 똥 칠할 때까지 살 테니까."

"이놈을 그냥… 아흑!"

격분하여 박차고 일어서던 노인이 다리를 삐끗했는지 비명을 내지르며 휘청했다. 그런 노인을 여린이 재빨리 부축했다.

"괜찮으십니까?"

"저놈… 저놈……."

노인이 분이 풀리지 않는 듯 곽기풍을 가리킨 손가락을 부들부들 떨었다. 곽기풍이 그런 노인을 향해 비릿하게 웃었다.

"그놈의 영감탱이 발목뼈가 아주 똑, 부러져 버려라!"

"뭬, 뭬야?"

"연륜이 깊으신 노인장께서 참으십시오."

여린이 달래자 노인은 간신히 분을 삭이며 말했다.

"오냐, 오냐. 내 여린이, 네 얼굴을 봐서 참으마. 난 급히 가야 할 곳이 있으니 어서 날 마차에 좀 앉혀다오."

여린이 노인을 마차의 마부석에 앉혀주자 노인이 고삐를 잡은 채 여린을 내려다보았다.

"네 이름을 반드시 기억해 두마. 언제고 나와 인연을 맺은 것을 두고두고 감사할 날이 올 것이다."

"인연이 아니라 악연이겠지."

"저 상놈의 새끼……!"

기어이 한마디를 내뱉은 곽기풍을 노인이 핏발 선 눈으로 노려보았다. 여린이 서둘러 말 엉덩이를 두드리며 노인에게 인사를 건넸다.

"살펴 가십시오. 인연이 닿으면 다시 뵙도록 하겠습니다."

히히히힝~

네 필의 말이 우렁차게 울며 달려나갔다.

자욱한 흙먼지를 일으키며 멀어지는 마차 밖으로 고개를 내밀고 노인이 소리쳤다.

"내 이름은 정덕이라고 한다! 언제고 북경에 오면 나를 찾거라! 반드시 좋은 일이 있을 것이다!"

여린이 한동안 조용히 서서 노인의 뒷모습을 바라보았다. 왠지 강렬한 인상을 남기는 노인이었다.

푸힝~

이때 용마가 다가와 여린의 볼을 핥았다.

"알았다, 알았어, 인석아. 네 말굽도 새로이 갈아줄 테니 조금만 기다려라."

사실 운남에서 여기까지 오는 동안 용마의 발굽은 거의 닳아서 형체조차 남아 있지 않았다. 대장간에 들러 용마의 말발굽에 징을 새로이 갈아준 후 여린과 일행은 객잔으로 돌아왔다.

"후우우~"

밤하늘에 떠오른 쟁반처럼 둥근 보름달을 올려다보며 사하현 현청의 현감 상관흘은 땅이 꺼져라 한숨을 내쉬었다. 자신이 직접 현민들의 송사에 대해 판결을 내리는 시비정 앞 넓은 마당에는 수십 개의 횃불이 대낮처럼 훤하게 밝혀져 있었다.

시비정 계단에 선 상관흘이 불쾌한 시선으로 횃불들을 내려다보았다. 현청이 이처럼 불을 밝히고 있는 이유는 간단했다. 내일이 바로 지난 몇 달간 아예 성청으로 돌아갈 생각도 않고 현청의 별채에 머물고 있는 성주 북궁연의 금지옥엽 북소소의 생일이었기 때문이다. 북궁영은 상관흘을 불러 딸의 생일잔치에 한 점의 소홀함도 없도록 엄명을 내렸다. 그래서 이처럼 산적 떼라도 쳐들어온 듯 현청 안을 대낮처럼 밝히고 모든 하인과 하녀들을 동원해 돼지를 잡고, 전을 부치고, 닭을 삶고, 떡을 쪄내느라 정신이 없었던 것이다. 부엌에서 한참 떨어진 이곳 시비정 앞까지 생선전 부치는 매캐한 연기와 구수한 냄새가 퍼지는 것만 보아도 잔치의 규모를 능히 짐작할 만했다.

"그러면 뭐 하냐고요? 그놈의 딸내미는 이미 죽어 시체가 되었는데."

상관흘이 또다시 한숨을 푸욱 내쉬며 중얼거렸다. 문득 곽기풍의 얼굴이 떠올랐다. 능구렁이 같은 총관과 어울려 현민들 등이나 처먹고 공술이나 얻어먹으며 기녀들 방뎅이나 두드릴 때가 천국은 천국이었다.

'아아… 옛날이여!'

상관흘은 갑자기 코끝이 찡해지는 것 같았다. 과거에는 과거가 좋았음을 모르고, 시간이 흐른 후에야 그 시간이 좋은 시간이었음을 깨닫는 것이 인간의 우둔함이라고 했던가? 현청의 최고 어른이면서도 북국영 때문에 숨 한 번 크게 못 쉬고 종 같은 생활을 하는 자신의 신세가 서러워 상관흘은 넓은 소맷자락으로 눈가를 훔쳤다.

"현감 어른! 현감 어른!"

포두 한 놈이 저쪽에서 헐레벌떡 달려오는 게 보였다.

재빨리 눈물을 지운 상관흘이 포두를 향해 돌아서며 짐짓 근엄하게 물었다.

"웬 호들갑인고?"

"차, 찾으십니다."

"누가?"

현청 내에서 오밤중에 자신을 부를 수 있는 사람이 딱 한 명밖에 없다는 사실을 잘 알면서도 상관흘은 물었다. 제발 그 인간만은 아니길 바라는 희망에서였다. 그러나 희망은 늘 희망으로 끝나기 마련.

"성주님께서 지금 당장 들라 하십니다."

"끄응~"

저도 모르게 신음을 삼킨 상관흘이 차마 떨어지지 않는 발걸음을 떼었다.

"또 뭔 헛소리를 하려고 그러는지 가보자꾸나."

철갑과 철검으로 중무장한 십여 명의 위군 장수를 스쳐 지나 북궁연이 숙소로 사용하는 별채 안으로 들어서던 상관흘은 저도 모르게 인상을 찌푸렸다. 방 안에 퍼져 있는 불쾌한 악취 때문이었다. 상관흘은 재빨리 표정을 풀며 방 안쪽을 보았다. 거기에 사천성 최고의 권력이자 군 실세인 북궁연이 앉아 있었다. 북궁연의 어깨 너머엔 화려한 연꽃이 수놓아진 아홉 척짜리 병풍이 길게 놓여 있었는데, 악취는 그 안에서 풍겨 나오는 게 분명했다. 그 안에 반 목내이 상태의 북소소의 시체가 보관돼 있다는 걸 상관흘은 알았다.

'아비의 어리석음이 딸의 편안한 죽음마저 허락하지 않는구나.'

상관흘은 문득 병풍 뒤에 누워 있는 북소소가 가엾다는 생각을 했다. 짧은 시간이었지만 어쨌든 그녀는 자신이 데리고 있던 하급자였다. 그녀의 안타까운 죽음과 안타까운 사후가 새삼 상관흘의 가슴을 아리게 했다.

"왔으면 앉지 않고."

땅땅!

놋쇠 재떨이에 곰방대의 재를 털며 북궁연이 나른한 눈빛으로 말했다. 북소소가 죽은 이후 북궁연은 아편에 빠져들었다. 빠져도 아주 무섭게 빠졌다. 하루 왼종일 아편을 태우고, 가끔 딸의 시신을 꺼내 쓰다듬는 것이 북궁연의 유일한 일과였다.

상관흘이 무릎걸음으로 북궁연 앞으로 다가갔다.

어느 정도 다가가자 상관흘은 더 이상 다가가지 않고 머릴 넙죽 조아렸다.

"부르셨나이까, 성주 대인?"

"좀 더 가까이."

이어진 북궁연의 목소리에 고갤 처박고 있던 상관흘은 부욱 인상을 긁었다. 왠지 북궁연과는 최대한 멀리 떨어져 있고 싶은 게 상관흘의 솔직한 심정이었다.

얼굴만 마주하면 귀싸대기를 날리는 주인을 만난 누렁이 같은 표정으로 상관흘은 북궁연 앞으로 다가앉았다.

꽈악!

"아야야!"

북궁연이 갑자기 상체를 기울여 상관흘의 귓불을 비틀었다. 귀가 떨어져 나가는 듯한 고통에 상관흘이 죽어라 비명을 내질렀다.

철썩철썩!

"이놈! 이 쥐새끼 같은 관원 놈! 이놈!"

북궁연이 다짜고짜 상관흘의 뺨을 후려갈겼다.

"아이고오~ 대체 왜 그러십니까? 잘못한 게 있으면 있다고 말씀을 해주십시오!"

꽥꽥 비명을 질러대는 상관흘의 멱살을 북궁연이 와락 움켜잡았다.

"왜 시키는 대로 안 해?"

"뭐, 뭘 말씀입니까?"

쌍코피를 주륵 흘리며 상관흘이 물었다. 북궁연의 두 눈이 뱀처럼 빛났다.

"성 내의 현감들을 죄다 불러들이라 하지 않았느냐? 내일이 소소의 생일이다. 너는 딸아이를 기쁘게 해주려는 내 노력을 물거품으로 만들 셈이냐?"

"하, 하지만……."

"하지만 뭐?"

상관흘이 어금니를 질끈 깨물었다. 갑자기 지금껏 북궁연에게 당했던 모든 억울한 일들이 주마등처럼 스치고 지나갔다. 순간 상관흘은 참으로 위험천만한 결심을 했다. 오늘만큼은 반쯤 미쳐 버린 상관에게 현실을 똑똑히 알려줘야겠다고 결심해 버린 것이다.

"제발 정신을 차려주십시오, 성주 대인! 아가씨께선 이미 돌아가셨습니다! 더 이상 망자를 힘들게 하지 마시고 예우를 갖춰 장례를 치러 드리는 것이 옳을 것입니다!"

방바닥에 이마를 쿵쿵 짓찧으며 상관흘이 절절하게 소리쳤다. 그러면서 상관흘은 왠지 우쭐해졌다. 자신이 꼭 폭정을 일삼는 황제에게 목숨을 걸고 직언하는 충신처럼 느껴졌기 때문이다. 상관흘은 엉뚱하게도 참회의 눈물을 줄줄 흘리며 자신을 안아 일으켜 주는 북궁연의 모습을 상상하고 있었다.

"네놈이 드디어 죽을 때가 되었구나."

그러나 들려온 것은 북궁연의 냉막한 목소리였다.

번쩍 고갤 쳐드는 상관흘의 눈에 들어온 것은 얼음덩이 같은 얼굴로 서 있는 북궁연과 어느새 방 안으로 들어와 그 옆에 버티고 선 두 명의 건장한 금군 장수였다.

"서, 서, 성주 대인, 그러니까 제 말은……."

"저 늙은이를 죽여라."

스르릉!

스르릉!

북궁연이 상관흘의 얼굴을 겨누며 툭 내뱉자 금군 장수들이 허리춤의 장검을 뽑아 들었다. 얼마 전에 이 방에서 목이 떨어져 나간 고문 전문가 이불악의 얼굴이 떠올랐다.

자신의 얼굴을 노리고 천천히 검을 쳐올리는 장수들을 향해 손을 내저으며 상관흘이 간신히 내뱉었다.

"아, 안 돼! 안 돼!"

어찌해 볼 새도 없이 검은 가차없이 떨어졌고, 상관흘은 그만 두 눈을 질끈 감아버렸다.

퍼어억!

그러나 둔탁한 타격음과 함께 천장에 닿을 듯 솟구친 것은 상관흘이 아니라 두 장수의 목이었다.

투웅… 데구르르!

"으허헉!"

방바닥에 떨어져 발밑으로 힘없이 굴러오는 장수들의 목을 발견한 상관흘은 질겁하여 엉덩방아를 찧었다. 번쩍 고갤 쳐들자 잘린 목에서 피분수를 뿌리며 쓰러지는 두 장수의 시체 사이에 자신과 마찬가지로 넋 나간 표정으로 서 있는 북궁연이 보였다. 상관흘은 문득 궁금해졌다. 대체 누가 있어 성의 최고 권력자인 성주를 저토록 공포에 젖게 만들 수 있단 말인가?

상관흘이 힐끗 고갤 돌려 북궁연이 쳐다보고 있는 곳을 보았다. 그러자 방문 안에 서 있는 한 노인과 어린 계집아이, 그리고 삼십대 초반 정도의 사내가 시야에 들어왔다. 상관흘은 북궁연이 공포를 느끼고 있는 대상이 바로 저 노인임을 간파했다. 노인의 모습을 찬찬히 살폈지만 특이한 점은 발견할 수 없었다. 허리춤에 긴 장검 한 자루를 차고 있었지만 단정한 차림과 청수한 얼굴의 노인에게선 무인이라기보단 학사 같은 느낌이 풍겼다.

'성주 대인이 왜 학사 따월 무서워할까?'

상관흘은 다시 한 번 고갤 갸웃했다. 그의 궁금증을 풀어준 사람은 북궁연 자신이었다. 북궁연의 입을 비집고 신음 같은 목소리가 새어 나왔다.

"황사가 아니십니까?"

황사 검군자 당상학?

상관흘이 후욱 헛바람을 들이마시며 찢어질 듯 눈을 부릅떴다. 당상학이 누군가? 황제의 스승이자 정치적 조언자인 동시에 가장 믿을 수 있는 친구로, 북경에서도 열 손가락 안에 꼽히는 절대 권력자가 바로 그였다. 어디 그뿐인가? 현 강호에서 가장 강하다는 열 명의 절대 고수인 십상성 중에서도 항상 세 손가락 안에 꼽히는 초절정 고수이기도 했다.

"미, 미천한 관원 상관흘이 하늘같으신 황사님을 뵈옵니다."

상관흘은 단박에 당상학 발밑에 넙죽 엎드려 버렸다.

그런 상관흘에겐 관심조차 두지 않은 당상학이 북궁연을 차갑게 쏘아보며 말했다.

"네놈은 왜 아직도 두 다리로 서 있지?"

북궁연도 황망히 무릎을 꿇었다.

"사천성 성주 북궁연이 삼가 황사를 뵈옵니다."

북궁연의 조아린 머리 위로 당상학의 추상같은 목소리가 떨어졌다.

"북가, 네놈이 황상께서 빌려주신 권한으로 백성들을 안돈시키려는 노력은 않고 오로지 사리사욕에만 전념한다는 풍문은 내 익히 들어오고 있었다. 그것도 모자라 네놈은 이 사천 땅에서 감히 황상께 반기를 드는 철기방과 같은 역도의 무리가 창궐하는 것을 방관하는 대죄까지 저질렀다. 당연히 자숙하고 또 자숙해야 할 네가 여식의 죽음을 빌미 삼아 이처럼 우매한 짓을 되풀이하고 있으니 어찌 용서할 수 있겠느냐? 상관흘!"

당상학의 서릿발같은 추궁이 꼭 자신을 향한 것만 같아 식은땀을 줄줄 흘리던 상관홀은 당상학이 추궁의 말미에 자신의 이름을 부르는 소리조차 듣지 못했다.

"내 말이 들리지 않나, 상관홀?"

"예, 옙! 상관홀 여기 대령했습니다요!"

화들짝 고갤 쳐드는 상관홀을 엄청 못마땅하게 내려다보던 북궁연이 단호하게 내뱉었다.

"지금 이 순간부터 북궁연의 직책을 회수할 것이다. 저 쓸모없는 위인을 당장 옥에 가두거라!"

"서, 성주 대인을 말씀입니까?"

"왜? 너도 함께 갇히고 싶으냐?"

"그, 그럴 리가 있겠습니까? 당장 명을 시행하겠나이다!"

쿵쿵!

상관홀이 피가 배어 나오도록 방바닥에 이마를 짓찧었다.

상관홀의 명령으로 달려온 십여 명의 포두가 어떤 저항도 하지 않고 실성한 듯 히죽히죽 웃는 북궁연을 뇌옥으로 끌고 갔다. 병풍 뒤에 놓여 있던 반 목내이 상태의 북소소의 시체는 북궁연의 간절한 애원대로 그와 함께 뇌옥으로 옮겨졌다.

한바탕 소동이 지나간 후, 북궁연이 쓰던 별채를 차지한 당상학의 앞에 조용히 무릎을 꿇고 앉아 상관홀이 조심스럽게 물었다.

"저… 북 성주가 준비하던 잔치는 당연히 파해야겠지요? 죽은 여식의 생일 축하연 말입니다."

"그대로 진행하라."

"예?"

뜻밖의 대답에 상관흘이 눈을 동그랗게 떴다. 이어진 북궁연의 말에 상관흘은 쇠망치로 뒤통수를 맞은 듯 엄청난 충격을 느꼈다.

"황상께서 곧 이곳 현청으로 행차하실 것이다. 황상을 영접하자면 더욱 성대한 연회를 준비해야 할 것이다."

"화, 황제 폐하께서 저희 현청으로 납신단 말씀입니까?"

"그렇다."

"……!"

상관흘은 입을 떡 벌린 채 한동안 아무 말이 없었다. 잠시 후 간신히 입술을 달싹여 이렇게 되물었을 뿐이다.

"하, 하늘같은 황제 폐하께옵서 왜 이런 변두리 현청엘……?"

"내가 그것까지 설명해야 하느냐?"

"예?"

불쾌한 듯 미간을 찌푸리는 당상학의 얼굴을 올려다보는 상관흘의 등짝으로 축축한 땀이 흘러내렸다.

"내가 너 따위 하급 관원 놈에게 황상이 납시는 이유까지 설명해야 하느냔 말이다."

"아닙니다! 당연히 아닙니다! 그럼 소관은 나가서 연회 준비에 박차를 가하도록 하겠나이다!"

방바닥에 이마를 두어 번 짓찧은 상관흘이 부리나케 별채를 달려나왔다.

'황상께서 납신단 말이지? 우리 현청으로 황상께서? 도대체 이유가 뭘까?'

마당을 황급히 걸어나오며 상관흘은 황제의 갑작스런 행차가 자신에게 득이 될지, 해가 될지 불나게 머리를 굴려보았다. 그가 내린 결론은 득이 될 게 없다는 것이었다. 물론 극진한 대접으로 황상의 비위를 맞춘다면 높은 벼슬 한 자리를 꿰찰 수도 있는 노릇이었다. 하지만 아무리 열심히 준비한다 해도 황궁에서 살아 있는 신처럼 온갖 호사를 누리며 지낸 황상을 만족시킨다는 것이 말처럼 쉬운 일도 아니었고, 오히려 조그만 실수만 저질러도 목이 떨어지기 십상이었다.

'황상이라니? 내겐 너무 벅찬 상대야.'

새삼 고갤 설레설레 흔들며 십수 명의 하녀들이 분주히 음식을 만들고 있는 커다란 부엌 안으로 들어간 상관홀이 화풀이라도 하듯 버럭 소릴 질렀다.

"빨리빨리 움직여라, 굼벵이 같은 년들아! 누구든 게으름을 피우는 년이 있으면 내 손에 맞아 뒈질 줄 알아!"

쉬이익!

예리한 파공음과 함께 한줄기 백색 검광이 밤하늘에 떠 있는 보름달을 정확히 반으로 갈랐다. 한동안 보름달을 반으로 가르고 있던 백색 검광이 천천히 사그라들면서 달은 서서히 원형을 되찾았다.

달빛이 은은히 비추는 철기방의 중심부 천룡각 앞의 적요한 광장 한복판에 철기련이 장검을 휘두른 자세 그대로 굳어 있었다. 달빛을 머금었다가 은은한 예광으로 토해내는 검은 한눈에 천하의 보검으로 보였다.

철컹!

허리춤의 칼집에 검을 집어넣는 철기련의 입가에 엷은 미소가 걸렸다.

연마하면 할수록 당상학이 전수한 월영검법은 천하에 다시없을 대단한 무공이었고, 그 짧은 시간 안에 월영검법을 완벽하게 시전할 수 있게 된 자신에 대한 뿌듯함이 가슴을 덥혔기 때문이다. 만족한 미소가 어려 있던 철기련의 얼굴이 다시 딱딱하게 굳어졌다. 새삼 당상학이란 인물에 대한 두려움이 떠올랐기 때문이다. 철기련 자신이 삼십여 년을 살아오면서 경험한 가장 고강한 무공은 선친의 극양장과 스승 동태두의 천리소권이었다. 그런데 직접 익혀보니 월영검법은 앞의 두 무공을 훨씬 상회하는 파괴력을 지니고 있었다. 당상학이 자신에게 적선이라도 하듯 월영검법을 건넸다는 건 본신에 이보다 훨씬 강한 무공을 지니고 있다는 뜻일 것이다.

'도대체 그는 얼마나 강하단 말인가?'

새삼 당상학의 냉정한 얼굴을 떠올리며 그는 낮게 탄식했다.

"으아악!"

"크아아악!"

"막아!"

"놈들을 천룡전으로 들여보내선 안 된다!"

이때 갑자기 고루거각들 쪽에서 병장기 부딪치는 소리와 방도들의 다급한 외침 소리가 들려왔다. 철기련은 황급히 소란이 일어난 쪽으로 신형을 날렸다.

"저들은 황사 당상학과 함께 왔던……?"

넓은 연무장에서 낭아곤을 휘두르며 저항하는 철기방 방도들을 일방적으로 도륙하고 있는 비단 관복에 붉은 망토를 걸친 하나같이 창백한 낯빛의 사내들을 알아보고 철기련은 찢어질 듯 눈을 부릅떴다. 흐물흐물한 연검을 현란하게 휘둘러 정확히 방도들의 목을 베는 사내들은 언젠가 당상학이 방을 처음 방문했을 때 거느리고 나타났던 태감부의 시위 태감들이었던 것이다.

"저들이 왜 철기방을 공격하지?"

알 수 없는 의문이 꼬리를 물고 이어져 철기련의 미간에 깊은 주름을 만들었다. 하지만 고민하고 있을 때가 아니었다. 필시 방주의 목숨을 노리고 난입한 적도라 판단한 방도들은 필사적으로 그들의 앞을 가로막았고, 그럴수록 아까운 방도들의 목숨이 추풍낙엽처럼 스러지며 피해를 키워가고 있었다. 맹금왕 구일기와 화염극왕 독보광, 만수마군 조충 등 다섯 명의 장로까지 합세하여 사내들과 대적했지만 수백 명의 방도들은 오십도 되지 않는 시위 태감들에게 속절없이 밀리고 있었다. 철기방의 장로들이 모두 강호 백대고수 안에 이름을 올려놓을 정도의 고수이고 보면 시위 태감들의 실력이 어느 정도인지 미루어 짐작할 수 있었다.

"사생결단을 낼 생각이 아니라면 이쯤에서 손을 멈추시오!"

팡팡팡팡!

시위 태감들 앞으로 떨어져 내리며 철기련이 오른 주먹을 힘차게 내질렀다. 스승 동태두의 만리태권을 펼친 것이다. 순식간에 십여 개의 커다란 권영이 줄줄이 그려지며 시위 태감들을 향해 쇄도했다.

카아앙!

"끄흑!"

선두에서 달려들던 시위 태감이 마지막엔 바윗덩이만큼 커진 권영을 연검으로 후려쳤지만 검날이 힘없이 부러지며 가슴이 으깨졌다.

쾅! 쾅쾅! 콰아앙!

"악!"

"크흑!"

"으아악!"

연이어 날아든 권영에 속수무책으로 가슴을 통타당한 태감들이 피를 뿌리며 분분히 튕겨 나갔다. 비로소 파죽지세로 밀려들던 시위 태감들이 공격을 멈추고 진영을 정비한 채 냉막한 시선으로 구일기, 독보광, 조충 등의 앞에 뒷짐을 진 채 버티고 선 철기련을 응시했다.

철기련이 양손을 모아 공수하며 정중히 말했다.

"낯익은 분들이구려. 귀하들은 황사님과 함께 연전에 본 방을 방문해 주셨던 시위 태감 분들이 아니신지요? 귀하들이 대체 무슨 이유로 우리 방도들을 핍박하는지 그 이유를 모르겠소만."

"이유는 나중에 듣고 월영검법을 얼마나 제대로 익혔는지나 보여다오!"

벽력처럼 커다란 목소리가 들려온 것은 밤하늘 쪽이었다. 흠칫 고갤 쳐드는 철기련의 눈에 공중을 밟듯이 내달려 오는 당상학이 보였다.

"시위 태감들은 무얼 하고 있느냐? 어서 저 역도들을 도륙 내지 않고서!"

츄우웅!

당상학이 철기련의 얼굴을 노리고 한줄기 섬전 같은 검강을 내쏘는 것과 동시에 시위 태감들이 다시 검을 휘두르며 짓쳐 나왔다.

"만리소권!"

당상학이 왜 갑자기 자신을 역도라 부르며 공격하는지 그 이유를 물을 새도 없이 철기련은 황급히 오른 주먹을 내질러 스승 동태두의 최고 절학인 만리소권을 펼쳤다. 한가롭게 이유를 따지기엔 자신의 면전을 노리고 날아드는 검강의 기세가 너무도 삼엄했기 때문이다. 철기련의 주먹에서 시작된 십여 개의 권영이 점점 작아지며 검강의 끝을 향해 날아갔다. 마침내 갓난아기의 주먹처럼 작아졌지만 엄청난 내력이 잠재된 권영이 검강과 충돌했다.

쾅!

천지간을 찢어발길 듯한 폭음과 함께 시퍼런 경기가 작렬했다.

"누가 무적권왕의 만리소권 따윌 구경하겠다고 했느냐? 내가 전수해 준 월영검법을 시전하란 말이다!"

쐐애앵!

당상학의 노호성과 함께 만리소권을 가볍게 뿌리친 검강이 철기련의 얼굴을 향해 똑바로 날아들었다.

스르릉!

철기련이 어금니를 사려물며 검을 뽑았다.

"차합!"

바닥을 차고 가볍게 튀어오른 철기련이 양손으로 움켜쥔 검을 대각으로 힘차게 흩뿌리자 초승달 모양의 검광이 폭출되었다.

카카카카캉!

당상학의 검강과 철기련의 검광이 충돌하면서 마치 단숨에 수십 합을 주고받는 듯한 기분 나쁜 마찰음이 울려 퍼졌다. 짧은 순간 검강과 힘을 겨루는 듯하던 초승달 검광이 마침내 검강을 밀쳐 내고 당상학을 향해 쏘아졌다.

"그새 월영검법을 극성까지 익히다니 대단하구나! 어디 그럼 이것도 한번 받아보거라!"

당상학이 유쾌하게 웃으며 다시 검을 내찌르자 이번에 세 가닥의 검강이 한꺼번에 쏘아졌다. 철기련은 위력도 분명 세 배일 것이 분명한 검강에 대응할 생각도 못하고 다급히 주변을 훑어보았다.

"악!"

"크아악!"

수많은 방도들이 시위 태감들의 칼에 덧없이 쓰러지고 있었다. 조급해지려는 마음을 철기련은 애써 달랬다. 자칫 평정을 잃었다간 당상학의 저 엄중한 공세에 자신의 목이 먼저 날아갈 판이었다. 철기련이 다시 좌우편으로 연달아 검을 쳐올리자 초승달 모양의 검광 세 가닥이 쏟아졌다.

캉캉캉!

검강과 검광이 충돌하며 다시 시퍼런 경기의 파편이 비산했다. 하지만 이번에는 철기련의 검광이 검강을 막아내지 못했다. 당상학의 검강은 세 배로 불어나서도 그 하나하나가 똑같은 위력을 발휘했지만 철기련의 검광은 삼분의 일로 힘이 줄어들었기 때문이다. 어쩔 수 없는 내공의 차이를 절감하는 순간이었다.

쉬이잉!

두 개의 검강은 검광과 함께 소멸했지만 마지막 검강 하나가 무방비의 철기련의 얼굴을 노리고 쇄도했다.

"빌어먹을!"

저도 모르게 욕지기를 내뱉으며 철기련은 정신없이 뒷걸음질을 치기 시작했다. 마치 눈이라도 달린 듯 검강이 이리저리 방향을 틀며 후퇴하는 철기련을 끈질기게 따라붙었다.

"어헉!"

검강과 자신의 얼굴과의 거리가 한 치까지 좁혀지자 철기련의 입에서 절로 신음이 새어 나왔다.

'이렇게 죽고 마는 것인가?'

철기련이 죽음을 떠올리는 순간 날아들던 검강이 직각으로 꺾이며 그의 좌측 편으로 날아갔다.

퍼억!

"우웨엑!"

막 낭아곤을 휘두르며 시위 태감과 용감하게 맞서던 한 방도의 옆얼굴을 꿰뚫으며 검강은 계속 날아갔다.

퍼퍼퍼퍼퍼퍽!

그렇게 날아간 검강은 다시 대여섯 명의 방도들을 도륙 낸 후 홀연히 사라졌다.

당상학이 철기련 앞으로 사뿐히 내려서며 오른손을 쳐들자 시위 태감들의 공격도 함께 멈추었다.

"후욱… 후욱… 후욱……."

가쁜 숨을 몰아쉬며 철기련이 당상학의 얼굴을 바라보았다. 그와 당상학 사이에는 거의 백여 명에 이르는 방도들의 시체와 대여섯 구의 시위 태감들의 시체가 핏물을 뒤집어쓴 채 나뒹굴고 있었다.

"도대체 왜입니까?"

철기련이 이 황당한 사태에 대한 해명을 요구했다.

당상학이 허리춤 검집에 검을 찔러넣으며 너무도 담담하게 대답했다.

"네 성취를 시험해 보고 싶어서라고 하지 않더냐?"

"고작 그것 때문에 이 많은 방도들을 죽였단 말씀입니까?"

"고작이라니? 네 무공 성취를 알아보는 것만큼 중요한 일이 어디 있다고 그러느냐? 수하들이야 다시 모아 훈련시키면 되는 일이지."

철기련이 기가 막히다는 눈으로 당상학의 얼굴을 보았다. 그의 얼굴에선 어떤 후회나 죄책감도 읽을 수 없었다. 철기련은 새삼 저 고강하고 잔인한 노고수를 조심하지 않으면 언제고 자신도 오늘 죽은 방도들과 같은 운명을 맞게 될 것이라 생각하며 부르르 진저리를 쳤다.

"작은 일에 마음 쓰지 말거라. 그건 소인배들이나 하는 짓이다."

철기련 앞으로 다가온 당상학이 그의 어깨를 가볍게 두드리며 씨익 웃었다.

"자, 안으로 들어갈까? 오랜만에 사부를 만났는데 쓴 찻물이라도 한 잔 대접해야 할 것 아니냐?"

철기련의 어깨에 팔을 두르고 당상학이 천룡전으로 향하는 계단을 밟고 올라갔다. 온몸이 피와 땀으로 범벅이 된 구일기와 독보광과 조충이 그런 두 사람의 뒷모습을 황당한 듯 쳐다보았다.

"누굴 죽이라고요?"

당상학과 찻잔을 놓고 대전 한복판에 마주 앉아 있던 철기련이 놀라 눈을 부릅떴다.

"쉬잇! 누가 듣겠구나? 낮말은 새가 듣고, 밤말은 쥐가 듣는다는 고언도 모르느냐?"

"하지만 제자는 스승님께서 무슨 말씀을 하시는 건지 도통 모르겠습니다."

당상학이 씨익 웃으며 은밀한 목소리로 말했다.

"다시 한 번 말해주랴? 난 방금 네게 황제를 죽이라고 명령했다."

"······!"

철기련의 두 눈이 더욱 커다랗게 부릅떠졌다. 황제를 죽이라니? 당상학은 마치 이 드넓은 중원의 주인이자 하늘의 아들인 천자를 죽이라는 말을 동네 강아지 한 마리 때려잡으라는 소리처럼 쉽게 내뱉고 있었다. 철기련은 혼란스런 눈으로 엷게 웃으며 찻잔을 기울이는 당상학의 안색을 살폈다. 다른 사람에게 비슷한 소릴 들었다면 이렇게 놀라지 않았을지도 모른다. 당상학이 누군가? 황제의 스승이자 최측근에서 호위하는 태감부의 수장이자 황제의 총애를 한 몸에 받는 권력자였다. 그런 그가 왜 황제를 죽인단 말인가? 사실 그의 모든 부와 권력은 황제로부터 나오는 것이 아닌가.

철기련이 끓어오르는 의문과 두려움을 애써 찍어누르며 차분히 입을 열었다.

"왜입니까?"

"꼭 알고 싶으냐?"

"알아야 하지 않겠습니까?"

"넌 나쁜 버릇이 있구나. 이 사부가 시키면 그냥 묵묵히 시키는 대로 따라주는 것이 너의 도리라고 생각한다만."

"다른 일이라면 그리했을 것입니다. 하지만 이번 일은 다릅니다."

한동안 못마땅한 눈으로 철기련을 응시하던 당상학이 피식 웃으며 말했다.

"좋다. 이번만큼은 내가 양보하지."

다시 찻물을 홀짝이고 나서 당상학이 말을 이었다.

"황제는 미쳤다. 처음엔 여색에 미치더니, 그 후엔 라마교에 미쳤고, 이젠 누군가 자신을 죽일지도 모른다는 의심병에 미쳐 가고 있다.

하루에도 수십 명씩의 고관대작이 황제의 부름을 받고 자금성으로 들어왔다가 시위 태감들의 칼에 한 줌 고혼이 돼서 실려 나가는 형편이다."

거침없이 내뱉는 당상학의 두 눈에서 퍼런 안광이 뿜어졌다.

"그의 광증은 아마도 자기 자신을 죽이고, 종국에는 중원 전체를 피바다로 만들고 말 것이다. 내 언젠가 천기를 살펴보니 북두성의 기운이 급격히 쇠잔해지고, 천왕성이 밝은 빛을 뿌리기 시작하더구나. 북두성은 황제를 상징하고, 천왕성은 영왕을 상징하는 별이지. 이는 곧 천하의 대의가 영왕에게로 옮겨가고 있다는 뜻. 지금 네가 황제를 죽이고 영왕을 옹립하는 데 일조한다면, 넌 이 나라 최고의 개국공신이 될 수 있다. 결국 내가 네게 황제도 부럽지 않을 권력을 줄 기회를 주려 한다는 뜻이다."

'쓴물 단물 다 빨아먹고, 이젠 말을 갈아타겠다는 뜻이로군.'

철기련은 원래 협잡을 좋아하지 않는 남자다. 선친 때문에 어쩔 수 없이 철기방을 떠맡기는 했지만 그는 무관보단 문관에 어울리는 남자였고, 사도보다는 정도를 지향하는 성품이었다. 그런 그의 눈에 당상학이 좋게 보일 리 만무했다. 불쾌감을 숨기기 위해 철기련은 표정 관리에 무던히도 노력해야 했다.

철기련이 나직한 목소리로 되물었다.

"저는 권력 따윈 필요치 않습니다. 제가 꼭 그 일을 해야만 합니까?"

"해야만 한다."

"어째서입니까?"

"황제가 왜 이곳 사하현으로 향하고 있는지 아느냐? 그는 이곳에서 영왕을 죽이고, 자신을 향해 칼을 들었던 철기방을 초토화시키려고 한다. 그런 식으로 떨어질 대로 떨어진 권위를 다시 세우겠다는 의도지. 네가 황제를 죽이지 않으면 황제가 너를 죽일 것이다."

"으음……."

철기련의 입에서 절로 신음이 새어 나왔다. 당상학의 말대로라면 선택의 여지는 없다. 하지만 당상학의 말을 액면 그대로 믿을 순 없었다. 그의 번질거리는 눈에서 철기련은 짙은 음모의 냄새를 맡았다. 잠시 생각하던 철기련은 당장은 당상학의 말을 받아들일 수밖에 없다는 결론에 도달했다. 거절한다면 황제가 자신을 죽이기 전에 당상학의 손에 먼저 죽임을 당할 게 뻔했다.

철기련이 당상학을 향해 정중히 공수했다.

"사부님 말씀에 복종하겠습니다."

"핫하! 그럴 줄 알았다. 너는 여린, 그놈과는 달라서 내 기대에 부응할 줄 알았어."

탕탕!

당상학이 탁자를 두드리며 유쾌하게 웃었다. 그의 입에서 여린의 이름이 나오자 철기련은 문득 진한 감상에 빠졌다. 왠지 여린을 만나 술이라도 한잔 기울이고 싶은 심정이었다. 그와 자신은 철천지원수처럼 싸웠지만, 결국 둘 다 거대한 장기판 위에 올려진 졸에 지나지 않았다는 자각이 가슴을 시리게 했다.

당상학이 철기련 쪽으로 상반신을 기울이며 나직이 속삭였다.

"황제는 내일 새벽이나 밤쯤 사하현 현청에 도착할 것이다. 현청 외부는 금군이 철통같이 경비하지만 내원의 경비는 우리 태감부에서 맡는다. 네가 너를 시위 태감으로 변장시켜 황제의 방으로 들여보낼 테니, 그때 가차없이 황제의 목을 베어라. 일단 암살이 성공하면 너는 중원의 영웅이 되어 있을 것이다."

　'아니면 그 자리에서 역적으로 몰려 당신의 손에 죽게 되겠지.'

　어금니를 지그시 깨물며 마음속으로 중얼거리는 철기련이었다.

第二十一章

여린, 본분을 찾다

여린, 본분을 찾다

이런 감당 못할 빚을 남겨주고 떠나면
나는 대체 어찌 살란 말이냐, 철기련?

"으악!"

다음날 아침, 뒤숭숭한 마음으로 현청 대문을 나서던 현감 상관흘은
귀신이라도 맞닥뜨린 사람처럼 비명을 내질렀다. 그가 놀란 것도 무리
는 아니었다. 왜냐하면 그의 눈앞에 이미 죽어 귀신이 되었을 것이라
고 확신했던 인물들이 서 있었기 때문이다. 여린과 곽기풍과 하우영과
반철심과 막여청과 염쟁이처럼 괴상한 복장의 이름 모를 노인 하나와
꼭 강시처럼 으스스하게 생긴 세 청년, 그리고 언젠가 상관흘 자신이
죽어 없애 버리려 했던 용마가 서 있는 것이 아닌가?

할짝~

멍청히 입을 벌리고 있는 상관흘에게 다가간 용마가 반가운 듯 그의
콧잔등을 핥는 순간 상관흘은 비로소 정신을 차렸다. 상관흘이 가늘게
떨리는 손가락으로 여린의 등을 가리켰다.

"자, 자네들, 어떻게⋯⋯?"

"오랫동안 청을 비웠습니다, 현감 어른. 이제 돌아왔으니 부디 내치지 말고 받아주십시오."

여린이 정중히 공수하자 상관홀도 얼결에 양손을 모았다. 상관홀이 이내 여린의 손을 붙잡고 현청 안으로 뛰어 들어갔다.

"일단 들어가서 얘기하세. 들어가서 차근차근 얘기해 보자고."

자신의 집무실로 여린 등을 데리고 들어간 상관홀은 곽기풍으로부터 그간의 사정에 대해 대충 얘기를 들었다. 상관홀이 때론 서글픈 표정으로, 때론 놀란 표정으로 연신 고개를 주억거렸다.

"그랬군⋯ 그동안 그런 기가 막힌 일들이 있었어⋯⋯."

그런 상관홀을 향해 여린이 물었다.

"현청이 왜 이리 어수선합니까? 무슨 큰 잔치라도 벌어지는 것 같습니다만."

상관홀이 땅이 꺼져라 한숨을 내쉬며 말했다.

"자네들에게 좋은 소식과 나쁜 소식이 있네. 어느 것부터 들을 텐가?"

곽기풍이 냉큼 대답했다.

"기왕이면 좋은 소식부터 들읍시다."

"북 성주의 벼슬이 떨어졌네. 그는 이제 더 이상 자네들을 핍박할 수 없을 걸세."

짝짝!

"그거 정말 잘됐군요! 그 소식을 들으니 십 년 묵은 체증이 한꺼번에 내려가는 것 같습니다."

어린애처럼 손뼉까지 마주치며 기뻐하는 곽기풍을 한심한 듯 쳐다보던 상관흘이 빠르게 말했다.

"그런데 북 성주의 벼슬을 빼앗고 지하 뇌옥에 가둔 사람이 바로 자네들을 운남까지 추적했다는 황사 당상학일세."

"억!"

곽기풍의 안색이 대번에 노랗게 변했다.

가늘게 떨리는 목소리로 곽기풍이 간신히 되물었다.

"그, 그럼 혹시 당상학이 우리 현청에 와 있습니까?"

"맞네. 지난밤까지만 해도 북 성주가 쓰던 별채에 똬리를 틀고 앉아 감 놔라 배 놔라 하더니 홀연히 사라졌더군. 자네들이 당상학을 피해 나타난 것도 천행이랄 수 있네."

여린과 일행들이 긴장된 표정으로 한동안 서로의 얼굴을 마주 보았다.

한동안 깊은 고민에 빠져 있던 여린이 상관흘을 향해 물었다.

"소소의 시체는 어찌 됐습니까? 장례는 치렀습니까?"

상관흘이 어두운 표정으로 고갤 가로저었다.

"아닐세. 반 목내이 상태에서 북 성주의 간청에 의해 부친과 함께 뇌옥으로 옮겨졌네."

"으음……."

여린이 눈물을 참으려 어금니를 지그시 깨물었다. 세상에 태어나 처음으로 몸과 마음을 다 바쳐 사랑했던 여자. 자신 때문에 덧없는 죽음을 맞이한 그녀가 죽어서까지 몸을 편히 누이지 못하고 있다는 자책이 가슴을 후벼팠다.

이어진 상관흘의 말에 여린은 소스라치게 상념에서 깨어났다.

"자네들, 당상학이 황상과 영왕을 모두 사하현으로 불러들였다는 사실을 알고는 있는가?"

"황제 폐하와 영왕이 이곳 사하현으로 행차한단 말입니까?"

"그렇네. 황제께서는 다른 곳도 아니고 우리 현청에 머물 거라고 하시더군. 그래서 현청이 벌집을 들쑤셔 놓은 듯 시끄러운 거라네."

"도대체 목적이 뭘까요? 당상학은 왜 황상과 영왕을 이곳으로 불러들인 걸까요? 대체 왜?"

순간 소사청이 불쑥 끼여들었다.

"그는 아마 황제를 죽이려고 할 게다."

"……!"

동시에 좌중이 흠칫흠칫 놀라며 소사청을 돌아보았다.

"에이, 설마요."

곽기풍이 손을 내저으며 웃었다. 소사청이 장난을 하고 있다고 생각한 것이다.

"말이 되는 소리를 하시오, 소 영감님. 황사가 괜히 황사입니까? 작금 조정에서 황제의 총애를 한 몸에 받으며 누구보다 막강한 권력을 휘두르고 있는 그 작자가 뭐가 아쉬워서 황제를 시해한단 말입니까?"

"침 좀 튀기지 말고 얘기해, 이놈아."

곽기풍의 입에서 튀어나와 자신의 얼굴에 묻은 침을 닦아내며 소사청이 말을 이었다.

"젊은 시절 한창 강호를 종횡할 때 우리 네 사람은 각자의 꿈에 대해 얘기한 적이 있다. 나는 중원 처처에 시문의 분파를 세워 대종사가 되고 싶다 했고, 동태두는 천하제일의 권법을 창안하고 싶다 했고, 염화수는 천하의 재물을 모두 긁어모아 운남 땅에 거대한 황금성을 짓고 싶다고 했다. 마지막으로 당가 놈은 뭐라고 했는지 아느냐?"

"글쎄요."

"그는 우리 모두의 눈을 똑바로 보며 확신에 찬 목소리로 말했다. 대종사가 된다 해도 그건 어디까지나 강호에서의 일이고, 천하제일의 권법을 창안한다 해도 백만 대군을 홀로 상대할 수는 없다. 또한 천하에서 제일 큰 거부가 된다 해도 황제가 마음만 먹는다면 언제든지 동전 한 푼 안 남기고 모조리 빼앗아 갈 수 있지 않느냐? 결국 진정한 천하의 주인이 되는 유일한 방법은 천자, 즉 하늘의 아들이 되는 것뿐이다."

여린이 놀라 눈을 부릅떴다.

"그 말은 결국……?"

소사청이 무겁게 고개를 끄덕였다.

"새로운 황조를 세워 태조가 되는 것! 그것이 당가 놈의 유일무이한 꿈이자 숙원이었지."

"……!"

좌중은 한동안 말을 잃었다. 숨막힐 듯한 침묵이 한동안 방 안 공기를 무겁게 짓눌렀다. 침묵을 깨뜨린 사람은 여린이었다. 여린이 정색하며 상관흘을 쳐다보았다.

"묻고 싶은 것이 있습니다, 현감 어른."

"물어보게."

"저는 아직 즙포 사신입니까?"

"그건 또 무슨 말인가?"

"신중히 대답해 주십시오. 현감 어른께서 제 직속상관이자 현청의 어른이기에 묻는 겁니다. 저는 아직 즙포 사신이 맞습니까?"

한동안 무슨 영문인지 몰라 어리둥절해 있던 상관홀이 심각하게 고
갤 끄덕였다.

"물론일세. 자넨 여전히 사하현 현청의 즙포 사신일세. 현감인 내가
보증하지."

상관홀이 나머지 사람들의 면면을 훑어보며 힘주어 말했다.

"여기 곽 총관도 여전히 총관이고, 하 포두와 장 포두 역시 포두이
고, 반 병참수도 병참수고, 막 포사도 여전히 포사일세. 이 사실은 하
늘이 두 쪽 나도 변하지 않을 걸세."

"그렇다면 한 가지만 더 묻겠습니다. 저희 모두 나라의 녹을 먹는
관원으로서 누군가 역모를 꾸민다는 사실을 알았다면 어떻게 대응해야
합니까?"

"그야 당연히……."

여기까지 말하던 상관홀이 문득 멈칫했다.

"자네 설마……?!"

"당상학의 음모를 막아야지요. 그것이 즙포로서 제가 할 입니다."

"하지만 그 무서운 인물을 대체 무슨 수로?"

"방법은 잘 모르겠습니다. 하지만 무조건 막을 겁니다."

"죽임을 당한다 해도?"

"그래도 할 겁니다."

"대체 왜? 황제에 대한 충성심 때문에?"

여린이 천천히 고갤 저었다.

"운남에서 이곳으로 돌아오는 동안 참 많은 생각을 했습니다. 앞
으로 어떻게 살 것인가? 무엇을 하며 어디를 바라보고 살아야 할 것

인가? 그래서 얻은 결론이 내게 주어진 일상에 충실하자는 겁니다. 내게 주어진 직책, 내게 주어진 임무, 내게 주어진 시간에 충실하자. 황제가 비록 사악하고 죽어 없어지는 게 나은 인물이라고 해도 그가 황제이고, 제가 즙포인 이상 저는 반드시 황제를 지킬 겁니다. 그게 제가 아는 일상이고, 제게 주어진 즙포로서의 임무이기 때문입니다."

"상당히 복잡하군. 하지만 무슨 말인지 알 것도 같아."

상관흘이 턱을 어루만지며 여린의 얼굴을 보았다. 여린은 왠지 몇 달 전 현청을 도망치듯 떠날 때보다 한층 더 성숙해지고 강해진 것 같았다. 그건 나머지 사람들도 마찬가지였다. 곽기풍도 하우영도 장숙도 반철심도 막여청도 모두 강해져 있었다.

상관흘이 나머지 사람들을 둘러보며 다짐을 받듯 물었다.

"자네들도 같은 생각인가?"

곽기풍이 씨익 웃으며 모두를 대신해 대답했다.

"여 즙포님의 생각이 곧 우리의 생각이라고 보시면 됩니다."

"난 빠지면 안 될까?"

상관흘이 슬그머니 꼬랑지를 말자 곽기풍이 주먹으로 탁자를 쾅쾅, 두드리며 소리쳤다.

"일상이요, 일상! 현감 어른은 현감 어른대로의 일상이 있다, 이 말입니다!"

"하지만 내 일상은 그렇게 위험한 게 아니었는데……."

여린이 상관흘에게 얼굴을 바싹 들이밀며 이번엔 협박조로 말했다.

"소용돌이가 치기 전에 물 밖으로 달아난다면 모를까, 일단 소용돌이가 치기 시작하면 모조리 쓸려 들어가게 돼 있습니다. 만약 당상학의 계획대로 황제가 죽는다면 그는 증거를 없애기 위해 현감 어른을 죽일 것이고, 만약 황제가 산다면 현감 어른은 당상학에게 협조한 역도로 몰려 죽을 것입니다. 이래도 죽고 저래도 죽는다면 차라리 저희와 함께 황제를 지켜내는 게 낫지 않겠습니까?"

"흐음……."

한참 눈알을 굴리며 고심에 고심을 거듭하던 상관흘이 손바닥으로 탁자를 후려치며 선언했다.

"좋다, 까짓 거! 한 번 죽지 두 번 죽냐?"

"잘 생각하셨습니다."

여린의 입가에 안도의 미소가 걸렸다. 사실 상관흘의 협조가 없다면 당상학의 눈을 피해 현청에 숨어 있는 것 자체가 불가능하기 때문이다.

"밤이 될 때까지 모두 이곳에 머물러 계십시오. 저는 잠시 다녀올 곳이 있습니다."

"어딜 가려고?"

의아하게 묻는 소사청을 향해 여린이 빙긋 웃었다.

"꼭 만나 봐야 할 친구가 있습니다. 오래전에 사소한 오해로 사이가 멀어진 친구인데, 이쯤에서 화해를 해야 할 것 같아서요."

알 수 없는 말을 남기고 여린이 조용히 방문을 열고 나갔다.

여린이 먼저 들른 곳은 뇌옥이었다. 뇌옥 입구를 지키고 있던 포사가 여린을 알아보곤 순순히 문을 열어주었다. 어둑하고 퀴퀴한 냄새를 풍기는 좁은 복도를 걸어 여린이 나무 창살에 가로막힌 한 뇌옥 앞에

섰다.

"소소……."

뇌옥 안에서 머리를 산발한 채 북소소의 시체를 끌어안고 멍하니 앉아 있는 북궁연을 발견한 여린은 왈칵 눈물을 쏟을 뻔했다. 북궁연이 멍한 눈을 들어 자신을 보자 여린은 그런 북궁연을 향해 정중히 머리를 조아렸다.

"즙포 여린입니다, 성주 대인. 그간 평안하셨습니까?"

"……."

한동안 아무 말 없이 여린의 얼굴을 바라보던 북궁연의 눈동자에 작은 불꽃 같은 것이 일기 시작했다. 그 불길이 서서히 번지는가 싶더니 북궁연의 두 눈이 시뻘건 불길을 뿜어냈다.

"이놈! 우리 소소를 빼앗아 가려고 다시 왔구나, 이 천하의 개잡놈!"

북궁연이 마치 좋아하는 장난감을 빼앗길까 봐 두려워하는 어린아이처럼 북소소의 시체를 와락 끌어안으며 여린을 향해 으르렁거렸다.

"한 번만 더 소소를 빼앗아 가봐라, 이놈! 맹세코 네놈은 물론 네놈의 사돈의 팔촌까지 목 없는 귀신을 만들어 버릴 테니!"

"제발 정신을 차리십시오, 성주 대인. 소소는 이미 죽었습니다. 대인께서도 아시지 않습니까?"

여린이 간절한 목소리로 북궁연을 달래보았지만 아무 소용 없었다. 오히려 두 눈에 온통 시뻘건 핏발이 선 북궁연의 광기에 불을 질렀을 뿐이다.

"이 더러운 음적 놈! 내 딸에게 무슨 짓을 했니? 우리 순진한 소소에게 대체 무슨 사악한 짓을 했길래 얘가 점점 생기를 잃어가? 눈을 파고 헛바닥을 뽑아도 시원찮아, 이놈! 네놈이 새끼를 낳으면 아들은 모두 고자가 되고, 딸년은 모두 창녀가 될 것이다! 네놈은 나이 서른이 되기 전에 날벼락을 맞아 앉아서 오줌을 누고, 드러누워 똥을 싸지르는 처참한 꼴이 될 테니 두고 보거라, 응?'

여린은 그만 할 말을 잃었다. 북궁연은 이제 완전 광인이 되어 있었다. 아무 말도 못하고 입술을 파르르 떠는 여린의 눈에서 굵은 눈물방울이 뚝뚝 흘렀다. 북궁연이 불쌍해서였고, 그의 품에 안겨 있는 북소소가 가여워서였다. 한때 북궁연의 이러한 모습을 상상하며 복수의 칼날을 갈던 때도 있었다. 하지만 맹세코 이제는 아니었다. 여린은 이제 복수가 또 다른 복수를 낳고, 미친 복수의 칼날이 언젠가는 되돌아와 자신의 심장을 찌른다는 사실을 너무도 잘 알고 있었다.

"소원입니다. 단 한 번만 소소를 만질 수 있게 해주십시오."

여린이 창살 사이로 팔을 집어넣으며 애원했다.

"으아아아! 이놈이 내 딸을 빼앗아 가려고 한다! 옥사장! 옥사장, 어디 있느냐? 어서 이놈을 때려죽여라!"

북궁연이 딸의 시체를 으스러져라 끌어안은 채 마구 몸부림쳤다. 여린은 팔을 빼낼 수밖에 없었다. 한참을 서서 창백한 북소소의 얼굴을 바라보던 여린이 힘없이 몸을 돌려세웠다. 어떻게든 이 미친 광기를 끝장내야 했다. 그래야만 사랑했던 여인과 그녀의 부친은 평온을 되찾을 수 있을 것이다. 그렇게 할 수만 있다면 악마에게 영혼이라도 팔 수 있다고 생각하며 여린은 아침 햇살이 눈부시게 쏟아지는 거리로 나섰다.

"이 옷이 어떨까요?"

옷가게에 들른 청해일은 한창 염화수가 입을 만한 옷을 골라주고 있었다. 그녀가 입고 있는 비단 화의는 운남의 정글을 지나는 동안 형편없이 해지고 더러워진 데다가 너무 어려진 몸 때문에 그녀가 입기에는 다소 컸다.

커다란 연꽃이 새겨진 흰색 면 옷을 걸쳐 본 염화수가 미간을 절로 찌푸렸다. 마음에 들지 않는다는 뜻이었다.

"그럼 이건 어떨까요?"

"이것도 마음에 들지 않아."

"그럼 이 자색 화의는요?"

"넌 왜 이리 옷을 고를 줄 모르니? 도무지 마음에 드는 게 하나도 없구나."

염화수가 마침내 짜증을 냈고, 청해일은 자신의 형편없는 안목을 탓하며 식은땀을 줄줄 흘렸다. 두 사람은 벌써 한 시진도 넘게 사하현의 난전에서 옷을 고르는 중이었다. 하지만 청해일은 염화수를 성인으로 생각해 어른 여자가 입는 옷을 골랐고, 염화수는 염화수대로 몸과 함께 어려진 아이의 안목으로 옷을 골랐기 때문에 애당초 청해일이 그녀의 눈에 맞는 옷을 고른다는 것 자체가 불가능한 일이었다. 하지만 그들은 그 사실을 몰랐다.

한동안 이상한 눈으로 두 사람을 지켜보던 뚱뚱보 주인 아줌마가 나섰다.

"따님 옷 골라주시려고?"

"딸이라니? 누가 누구의 딸이란 말요?"

청해일이 고갤 갸웃하자 주인 아줌마가 턱짓으로 염화수를 가리켰다. 그녀의 눈에는 청해일이 영락없이 투정쟁이 딸년의 옷을 골라주는 무던한 아비처럼 보였던 것이다. 한 가지 이상한 점이 있다면 아비는 계속 존대를 하고, 싸가지없는 딸년은 계속 반말지거리를 하는 정도랄까?

청해일이 피식 웃으며 고갤 저었다.

"이 처자는 내 딸이 아니라오."

'이런 시러배 개잡놈의 새끼……!'

주인 아줌마가 속으로 욕지거리를 씹어뱉으며 청해일을 흘겨보았다. 그녀가 보기에 딸도 아닌 예쁘장한 어린 계집을 데려와 옷을 골라주는 사내들의 정체란 딱 한 가지뿐이었다. 바로 돈과 선물로 어린 계집아이의 환심을 산 후 육욕을 채우는 짐승 같은 원조교제자. 당장이라도 청해일을 내치고 싶었지만 목구멍이 포도청이라 그러지 못한 주인 아줌마가 요즘 열두세 살 정도의 소녀들이 사죽을 못 쓰는 붉은색 당의 한 벌을 내밀었다.

"이건 어떻수?"

"에이, 그건 어린애들이나 입는 옷 아니오?"

주인 아줌마가 염화수를 돌아보며 황당하게 웃었다.

"그럼 댁의 눈에는 이 아이가 백 살 먹은 할멈으로 보인단 말요?"

"그렇소."

"이 양반이 지난여름에 더위를 먹었나? 왜 헛소리를 하고 그래?"

너무도 당연하게 고갤 끄덕하는 청해일을 흘겨보며 주인 아줌마가 귓가에서 손가락을 핑글핑글 돌렸다. 염화수가 백 년도 넘게 산 환문의 수장이며, 몸과 마음이 점점 어려지고 있다는 사실을 알 턱이 없는 그녀로선 당연한 반응이었다.

"와아, 이쁘다! 나, 이 옷 좋아! 이 옷으로 사줘!"

붉은색 당의를 걸쳐 본 염화수가 폴짝폴짝 뛰며 기뻐했다. 주인 아줌마가 거봐란 듯이 청해일을 쳐다보자 그는 어깨를 한 번 으쓱하고는 주인 아줌마의 두툼한 손바닥에 동전 다섯 문을 쥐어주었다.

"인생 똑바로 사시우!"

염화수의 손을 잡고 가게를 나서는 청해일의 뒤통수에 대고 주인 아줌마가 한마디 톡 쏘아붙였다. 일단 옷도 팔았겠다, 평소 바른말 하기 좋아하는 그녀로선 원조교제나 일삼는 파렴치한을 말없이 보내기가 너무도 아쉬웠던 것이다.

"무슨 말이오?"

의아한 듯 돌아보는 청해일을 향해 삿대질을 하며 아줌마가 쏘아붙였다.

"아무리 닭도 영계백숙이 맛있고, 계집도 어릴수록 달콤하다지만 그 아이 나이가 올해 몇이오? 어디 여자가 없어서 딸 뻘밖에 되지 않는 계집애를 꼬셔서 데리고 돌아다니냔 말이오?"

"……."

한동안 눈을 꿈뻑꿈뻑하며 아줌마의 얼굴을 쳐다보던 청해일이 비로소 무슨 뜻인지 알겠다는 듯 피식 웃었다.

"뭔가 착각을 하셨구만. 하긴 착각할 만도 하지. 어쨌든 충고 고맙소. 그럼 옷 많이많이 팔아서 부자 되시오."

손을 흔들며 가게를 빠져나가는 청해일의 뒷모습을 향해 주인 아줌마가 오른손 중지손가락을 세워 보였다.

"고자나 돼버려라, 개자식."

청해일과 염화수도 주인 아줌마의 욕설을 똑똑히 들었다. 발끈하여 돌아서려는 염화수를 청해일이 달래며 걸음을 옮겼다. 염화수와 함께 다니면서 청해일은 참 많이 변해 있었다. 인자해졌다고나 할까, 아니면 여유로워졌다고나 할까? 독 오른 살모사처럼 누구든 조금만 거슬려도 칼부림부터 내던 그였지만 이제는 웬만한 일은 참아 넘기는 편이었다.

세상에서 오직 한 사람, 자신만이 염화수를 돌볼 수 있다는 보호 본능 같은 것이 그를 변하게 만들었다. 그리고 그건 염화수도 마찬가지였다. 누구의 말도 들으려 하지 않던 염화수는 청해일을 친아버지처럼 혹은 친오라비처럼 따르며 그가 하는 말은 무조건 들으려고 했다. 그래서인지 그녀는 진짜 열대여섯 소녀처럼 천진해져 있었다. 다정하게 손을 맞잡고 걷는 두 사람은 누가 봐도 사이좋은 오누이 사이였다.

청해일이 염화수의 손을 잡아끌고 간 곳은 현청에서 반나절 정도 떨어진 교외였다. 키 큰 갈대밭을 지나 탁 트인 강변에 도착한 청해일은 넓은 모래밭을 가득 메우고 있는 수백 동의 군막을 발견했다. 군막 주변을 빙 둘러 목책이 세워졌고, 목책 주변에는 갑주와 창검으로 중무장한 수백 명의 군사들이 삼엄하게 경계를 서고 있었다. 어림잡아도 주둔 중인 군사의 수가 수천을 헤아리는 듯했다. 하나같이 눈빛이 형형하고 기도가 엄중한 것으로 보아 오랜 실전 경험을 쌓은 정예군이 분명했다.

갈대 숲 끝자락에 몸을 숨기고 있는 청해일의 시야에 주둔지 한복판의 유난히 큼직한 군막 위에서 펄럭이고 있는 독수리 깃발이 들어왔다. 독수리는 영왕의 상징이었다.

당상학은 지난밤 청해일과 염화수에게 영왕의 주둔지를 알려주며 아주 특별한 임무를 맡겼다. 그 임무란 것이 날이 어두워지지 않으면 실행 불가능한 것이라 청해일은 갈대 숲에 몸을 숨긴 채 밤을 기다리기로 했다. 다리가 저리다며 툴툴거리는 염화수를 간신히 달래며 청해일은 독수리 깃발을 뚫어지게 노려보았다.

철기련은 실로 오랜만에 구강에 쪽배를 띄우고 낚싯대를 드리우고 앉아 있었다. 하늘도 파랗고 강물도 파랐다. 그가 철기방에 칩거하는 동안 어느새 여름이 가고 가을이 오고 있었다. 세월은 사람의 시름 따윈 아랑곳하지 않고 갈 때가 되면 반드시 가고, 올 때가 되면 또 반드시 왔다. 사람의 일이란 것도 이렇듯 딱딱 이치에 들어맞는다면 얼마나 좋을까? 철기련이 애잔한 눈으로 강물에 담긴 찌를 쳐다보았다.

붉은색 찌가 갑자기 수면 아래로 쑥 가라앉았다가 떠올랐다. 무언가 물었다는 신호.

푸드득!

낚싯대를 힘차게 당기자 오후의 햇살에 은빛 비늘을 반짝이며 큼직한 잉어 한 마리가 튀어 올랐다. 한동안의 밀고 당기는 씨름 끝에 잉어를 뭍으로 건져 낸 철기련의 이마에 송글송글 땀이 맺혔다. 잉어의 입천장을 꿰뚫은 바늘을 조심스럽게 떼어낸 후 철기련은 잉어를 보내주었다. 그는 낚시를 선친에게서 배웠다. 철태산은 낚시의 장점에 대해서 이렇게 말하곤 했다.

"무림인에게 낚시만큼 좋은 오락거리도 없다. 고기가 물지 않는 동안에는 복잡한 머리 속을 정리할 수 있어서 좋고, 고기가 물었을 때는 내공을 쓰지 않고 조심조심 건져 올려야 하기 때문에 몸 전체를 유연하게 만들기에 좋다. 크든 작든 잡은 고기는 놓아주어라. 곡간에 고기와 생선이 넘쳐 나는데 단지 오락을 위해서 산 생명을 해치는 짓은 옳지 않다."

선친의 마지막 당부를 떠올리는 철기련의 입가에 저도 모르게 푸근한 미소가 걸렸다. 세상 사람들은 선친을 냉혈한이니, 눈 한 번 깜빡 않고 수백 명을 도륙 낼 수 있는 천하의 효웅이니 하고 불렀지만 선친은 따뜻한 사람이었다. 그리고 그 따뜻한 심성은 고스란히 철기련에게 전해졌다.

'다시 그 시절로 돌아갈 수만 있다면 내 가진 모든 걸 내놓아도 후회 스럽진 않으리.'

오늘따라 선친이 못 견디게 그리운 철기련이었다. 선친을 만나 진퇴양난에 빠져 헤어나오지 못하는 자신의 처지를 설명하고 조언을 구하고 싶었다. 선친의 조언은 늘 직설적이며 정확했다. 그래서 그는 선친의 조언이라면 무조건 믿고 따를 수 있었다. 그러나 이제 선친은 없고, 모든 결정은 스스로 내려야만 한다.

쓰린 가슴을 애써 진정시키며 철기련이 저 멀리 강물을 힘차게 거슬러 사라지는 물고기의 은빛 비늘을 바라보았다.

'나도 저 물고기처럼 자유로울 수 있다면……'

철기련은 마음속으로 나직이 중얼거려 보았다. 결코 이루어질 수 없는 소망이란 걸 철기련 자신이 누구보다 잘 알고 있었다. 왜냐하면 자신에겐 이만을 헤아리는 식솔들과 선친으로부터 물려받은 힘과 의무가 있었기 때문이다. 그것들을 지키기 위해 이제 결단을 내려야만 한다.

황제를 죽일 것인가, 말 것인가. 철기련이 오른손으로 허리춤의 검병을 슬며시 움켜잡았다. 그 뿌듯한 촉감을 느끼며 철기련은 어느 정도 마음속의 결정을 내려두고 있었다.

"……!"

평온을 되찾는 듯하던 철기련의 미간이 찌푸려졌다. 저쪽 강변 쪽에서 칼날처럼 날카로운 한줄기 예기가 자신을 향해 쏘아지는 걸 느꼈기 때문이다. 자신처럼 작은 쪽배에 서서 기다란 장대로 노를 저어 다가오고 있는 사내는 분명 낯이 익었다. 허름한 단의에 계집애처럼 이쁘장한 얼굴. 한때는 늘 빙글빙글 웃는 얼굴이었지만 어느 순간부터 웃음을 완전히 잃어버린 남자. 자신을 향해 다가오는 여린을 발견한 철기련은 숱한 생각이 뒤엉켜 마음속이 헝클어진 실타래처럼 복잡해졌다.

"오랜만이오."

목전까지 쪽배를 몰고 다가온 여린이 마치 오랜만에 만난 친구를 대하듯 빙긋 웃었다. 철기련은 아무 대답도 않고 그저 여린의 얼굴을 무덤덤히 쳐다보았다.

"오늘 찾아온 건 사과를 하기 위해서요."

"무엇을?"

"당신의 선친을 죽게 하고, 당신의 여동생을 미치게 한 것에 대한 사과요. 또한 당신이 사랑했던 여자의 목숨을 잃게 만든 것에 대한 사과도 포함되어 있소."

철기련이 고갤 갸웃하며 여린의 얼굴을 찬찬히 살폈다. 못 본 사이 여린은 변해 있었다. 자신의 의도대로 분명 필설로 형용하기 힘든 고초를 겪으며 변방을 떠돌았을 것이 분명한데, 그의 얼굴은 오히려 예전보다 온화하고 여유가 흘렀다. 그렇다고 약해진 것은 아니었다. 겉은 부드럽고 속은 더 강해진 듯해 보였다.

철기련은 자신의 느낌을 솔직하게 표현했다.

"더 강해졌군."

"운남에서 약간의 기연을 얻었소."

"사과를 하기 위해서 일부러 날 찾아온 건가?"

"그렇소."

"왜? 너도 나와 마찬가지로 선친을 잃었는데."

여린이 빙긋 웃으며 대답했다.

"복수를 위해서 살아온 인생이었소. 그런데 막상 그 복수란 걸 하고 보니 이런 생각이 드는 거요. 아, 결국 나란 인간은 누군가가 차려놓은 장기판에서 부처님 손바닥 위를 떠도는 손오공처럼 졸이 되어 미친 듯 헤매고 다녔구나. 장기판이 이렇게 좁은 줄도 모르고……."

여린이 웃음기를 거두며 진중히 공수했다.

"진심으로 사과드리겠소. 당신과는 아무 상관도 없는 과거의 은원 때문에 당신의 현재와 미래를 망쳐 버린 것에 대해 진심으로 사죄드립니다."

"으음……."

철기련이 한동안 침음을 흘리며 여린의 얼굴을 응시했다. 그의 입가에 피식, 실소가 걸렸다.

"참 재밌는 친구야. 어느 날 갑자기 찾아와 칼을 내밀더니, 이제는 또 갑자기 찾아와 손을 내미는군."

철기련의 눈이 순간적으로 반짝했다.

"그게 전부는 아닐 텐데. 아직 할 말이 더 있지 않나?"

"염치없지만 부탁이 한 가지 있소."

"자네는 참 넉살도 좋군. 뺨을 때리고 달아난 지 얼마나 됐다고 이젠 부탁까지? 그래, 어디 한번 들어나 보지."

한동안 뜸을 들이던 여린이 나직이 중얼거렸다.

"소소를 편안히 묻고 싶소. 그러자면 당신의 힘이 필요하오."

"으음……."

철기련이 다시 신음을 흘렸다. 그도 북소소가 어떤 상태인지는 잘 알고 있었고, 발바닥에 가시가 박힌 듯이 내내 마음이 아렸다. 그러나 여린의 입에서 북소소의 이야기가 나오자 왠지 울화가 치밀었다. 십 년을 넘게 사랑한 여자였다. 그 여자는 자신이 아니라 어느 날 갑자기 나타나 평지풍파를 일으킨 저 즙포 놈을 위해 죽었다. 허무하게 빼앗긴 사랑에 대한 아쉬움이 떠올라 철기련은 어금니를 사려물었다.

쿵!

철기련이 오른발로 배의 바닥을 쳤다.

쏴아아.

철기련의 배 밑바닥에서 시작된 파동이 수면을 마구 흔들어놓자 여린의 쪽배도 심하게 출렁였다. 그러나 여린은 배 바닥에 양발을 붙인 듯 꿈쩍도 하지 않았다. 어떤 기연을 만났는지 모르지만 여린은 이전보다 몇 배는 강해진 게 분명한 듯했다. 그리고 그런 여린의 변화는 철기련의 호승심을 묘하게 자극했다.

스르릉!

허리춤의 장검을 뽑아 든 철기련이 검봉으로 여린의 얼굴을 겨누며 히쭉 웃었다.

"널 도울지 말지 이 칼로 결정하는 건 어떨까? 네가 이기면 널 돕고, 내가 이기면 돕지 않는 것으로 하자. 어떠냐?"

"꼭 그렇게 해야 하오?"

"내 도움을 받고 싶다면 칼을 뽑아라."

한동안 고심하던 여린이 흑일을 뽑았다. 묵빛 검신이 오후의 햇살을 받아 은은히 빛났다. 철기련이 이채를 띠고 자신에게 겨눠진 흑일을 보았다.

"좋은 검이로군. 명검이라 부를 만하다."

"역시 기연을 만나 얻게 된 검이오. 이 검을 만든 사람이 흑일이란 이름을 붙여주었소."

"검은 태양이라… 좋은 이름이군. 자, 그럼 내가 먼저 가겠다!"

파앗!

철기련이 배 바닥을 차고 단숨에 삼 장 높이까지 솟구치자 여린도 철기련을 향해 도약했다.

카캉!

두 사람의 검이 충돌하며 불꽃이 튀었다.

캉캉캉캉!

두 사람의 신형이 허공으로 계속 솟구치며 단숨에 십여 합을 주고받았다. 한 치의 물러섬도 없는 치열한 접전이었다.

"많이 늘었구나! 하지만 아직 멀었다!"

철기련이 분노의 일성을 내지르며 여린의 얼굴을 노리고 검을 쭉 내찔렀다. 단숨에 십여 가닥의 검광이 폭출되어 여린의 사방을 압박했다.

"확실히 예전과는 많이 달라졌소!"

여린이 신형을 빠르게 회전시키며 검을 어지럽게 휘두르자 검광들이 분분히 흩어졌다.

"아직은 멀었다니까 그러는구나!"

철기련이 양손으로 움켜쥔 검을 일도양단의 자세로 후려치자 거대한 검광이 뻗쳐 나와 여린의 정수리로 떨어졌다. 여린은 황급히 검을 들어올려 자신의 머리 위로 떨어지는 검날을 막아냈다.

떠엉!

검날과 검날이 부딪치는 순간 둔중한 진동음이 울려 퍼지면서 검병을 쥔 여린의 손이 찢어질 듯 저려왔다. 여린은 새삼 흑일을 만든 육태손에게 감탄하고 있었다. 정면으로 맞붙어본 철기련의 내공은 천년영과를 복용한 자신보다도 높았고, 만약 흑일이 천하의 보검이 아니었다면 이번 공격을 결코 막아낼 수 없었을 것이다.

쾅쾅쾅쾅!

아예 작정한 듯 철기련이 무서운 기세로 검을 휘두르며 달려들었다. 여린과 철기련은 청명한 가을 하늘을 시퍼런 불꽃으로 수놓으며 단숨에 수십 합을 격돌했다. 두 사람으로부터 뻗쳐 나온 무지막지한 기세 때문에 강물이 심하게 출렁였다.

"후욱… 후욱… 후욱……."

"허억… 허억… 허억……."

한참 전력을 다해 싸우고도 승부를 가리지 못한 두 사람이 각자의 쪽배로 돌아가 가쁜 숨을 고르며 서로의 얼굴을 지그시 노려보았다.

철기련이 담담한 목소리로 말했다.

"엄청 강해졌군. 어디서 영약이라도 주워 먹었나?"

·

"천년영과를 먹었소."

철기련이 흠칫 놀라는 것 같더니 피식 웃으며 말했다.

"하여튼 운은 억세게 좋은 녀석이로군. 물론 그 운이란 것도 이제 슬슬 바닥날 때가 되었지만."

차가운 웃음을 흘리며 철기련이 양손으로 움켜쥔 검을 허리 아래로 비스듬히 늘어뜨렸다.

"월영검법이란 초식이다. 아마도 막아내기 벅찰 것이다."

콰아아아─!

서서히 공력을 끌어올리는 철기련 주변의 강물이 빠르게 회전하기 시작했다. 점점 거세지는 강물의 파동이 뱃전을 때려 여린은 균형을 잡고 서 있기조차 힘들었다. 형형한 안광을 내뿜는 철기련의 두 눈에서 지독한 살기를 느낀 여린은 긴장감을 돋우며 검병을 으스러져라 쥐었다.

"천년영과를 나눠 먹으면 절대로 당상학과 같은 강자를 이길 수 없다."

문득 천년영과를 나눠 먹지 말고 혼자 꿀꺽 삼키라던 소사청의 말이 떠올랐다. 그랬다면 이런 곤란은 겪지 않아도 되었을지 모른다. 하지만 여린은 이내 고개를 내저었다. 어차피 공짜로 얻은 힘이었다. 이 정도 힘을 갖게 된 것도 자신에겐 과분하다고 생각하며 여린은 철기련의 공세에 최선을 다해 진지하게 맞서겠노라고 다짐했다.

"차하압!"

낮은 기합과 함께 철기련이 대각으로 검을 쳐올리자 초승달처럼 생긴 검광이 뻗쳐 나와 여린을 향해 섬전처럼 날아들었다.

"으아아아!"

여린도 힘차게 검을 뿌려 한줄기 묵빛 검광을 내쏘았다. 흰 초승달과 검은 태양처럼 생긴 두 개의 검광이 서로를 향해 송곳니를 드러낸 맹수처럼 달려들었다.

쫘아아악!

검과 검이 충돌했는데 천을 찢어발기는 소리가 울려 퍼졌다.

퍼어엉!

검이 충돌한 바로 아래쪽 수면이 폭발하면서 거대한 물기둥이 솟구쳤다.

"크흡!"

가슴 쪽에서 강한 통증을 느낀 여린이 휘청했다. 고개를 숙여 보니 단의 앞섶이 길게 베어져 너덜거리는 사이로 흥건히 고인 핏물이 보였다. 상처가 한 치만 깊었어도 치명상을 피할 수 없었으리라.

"어디에 한눈을 팔고 있나, 멍청이!"

갑작스런 고함 소리에 여린이 흠칫 고갤 쳐드는 순간, 물기둥을 뚫고 검신합일의 자세로 날아들고 있는 철기련이 보였다. 여린은 미처 검을 휘두를 생각도 못하고 재빨리 양발을 움직였다. 구천십팔로는 원래 신법에서 출발한 무공이었다. 시문의 수장답게 소사청이 구천을 떠도는 원혼들의 움직임을 본 따 만들었다는 이 괴이막측한 신법은 신법 자체만 놓고 본다면 능히 천하제일을 자부할 만했다. 순식간에 쪽배 위에 가만히 서 있는 것 같던 여린의 신형이 대여섯 개로 불어났다.

"피할 수 있을 것 같으냐?"

츄우욱!

잠시 공격 대상을 잃고 머뭇거리던 철기련의 검끝이 허상들 사이의 진상이라고 믿어지는 여린의 가슴을 깊숙이 찔렀다.

"아차!"

그러나 검병을 쥔 손아귀에 아무런 감각도 전해지지 않자 철기련은 속았다는 사실을 깨달았다.

처억!

"이쯤에서 끝냅시다. 우리 둘 중 누구 하나가 죽기 전에 말이오."

여린의 흑빛 검신이 철기련의 귀밑에 대어졌다. 여린은 어느새 철기련의 등 뒤로 돌아와 있었던 것이다.

"치워라!"

타악!

검신을 가볍게 쳐내며 철기련이 여린 쪽으로 핑글 돌아섰다.

작은 쪽배에 얼굴이 닿을 듯 마주 선 두 사람은 한동안 뚫어지게 서로의 얼굴을 응시했다. 숨막히는 침묵을 깨뜨린 건 여린이었다.

여린이 큰 비밀을 털어놓는 사람처럼 철기련의 얼굴을 똑바로 바라보며 긴장된 목소리로 말했다.

"당상학이 황제를 죽이고 스스로 천자가 되려 하고 있소."

"나도 알고 있어."

"당신이 그걸 어떻게 안단 말이오?"

"당상학으로부터 황제의 시해를 사주받은 장본인이 바로 나이기 때문이지."

"어떻게 그런……?"

철기련이 약간은 귀찮다는 표정으로 되물었다.

"그래서 나보고 뭘 어떻게 해달라는 거냐?"

여린이 가슴을 쭉 펴며 말했다.

"나는 사하현의 즙포로서 전력을 다해 당상학의 역모를 막아볼 생각이오. 날 도와 당상학을 제지합시다."

"내가 왜 그래야 하는데?"

"결국 우리는 당상학이 만들어놓은 장기판의 말들에 불과했기 때문이오. 우리가 서로에게 복수심을 불태운 것도, 서로의 소중한 사람을 다치게 한 것도 실은 모두 그의 농간에 의한 것이었소. 더 이상 그의 장난감이 되지 않기 위해 우리 손으로 그가 만들어놓은 판을 깨부숴버리자는 거요."

철기련이 뒤틀린 웃음을 지었다.

"그럼 황제가 기특하다고 내게 상이라도 내려줄까?"

"최소한 철기방이 역적의 무리라는 오명은 씻을 수 있을 거요."

철기련이 고갤 가로저었다.

"아니, 내가 아는 황제는 그렇게 자비롭지 않은 위인이다. 그는 아마 당상학을 제거하고 나면 제일 먼저 내 목을 달라고 할걸. 어찌 보면 당상학의 말대로 황제를 없애고 새로운 황제를 세우는 것이 나와 철기방이 사는 유일한 길일지도 몰라."

"거절하는 겁니까?"

"그래, 거절이다."

철기련의 단호한 말에 여린이 쓰게 웃었다.

"그렇군요. 우린 운명적으로 반대편에 설 수밖에 없는 사람들인가 봅니다. 당신과는 정말이지 친구가 되고 싶었습니다만."

"미안하지만 난 너와 친구가 되고픈 생각이 전혀 없다."

"더 이상의 대화는 무의미할 것 같군요. 전 이만 돌아가 봐도 되겠습니까?"

"가든지 말든지……."

"그럼 현청에서 다시 뵙겠군요. 그날 밤은 험한 일이 많이 벌어질 테니, 부디 몸조심하시길."

철기련을 향해 정중히 공수를 취한 후 여린이 천천히 쪽배를 저어 뭍으로 나아갔다.

멀어지는 여린의 뒷등을 노려보고 있던 철기련이 입나팔을 만들어 소리쳤다.

"왜 갑자기 즙포라는 직위에 연연하는 거냐? 어차피 네 직위는 복수를 위한 도구가 아니었나?"

여린이 문득 멈칫했다. 철기련을 돌아보며 여린이 희미하게 웃었다.

"복수란 걸 끝낸 후 빈 껍데기만 남은 날 발견했소. 그때 내게 남아 있는 유일한 것이 즙포 사신이란 하급 관원의 직위뿐이더이다. 그래서 남아 있는 것에 충실하는 법부터 배우기로 했소. 그래야 나도 언젠가 보통 사람들처럼 평범한 일상을 누리며 살게 될 것 아니오?"

그 말을 끝으로 여린은 사라졌다. 여린이 사라진 후에도 철기련은 한동안 멍하니 여린이 사라진 쪽을 응시했다. 그의 입에서 낮은 중얼거림이 새어 나왔다.

"일상… 일상을 누리며 살 수 있단 말이지……?"

갈대밭에 밤이 찾아왔다. 스산한 바람이 불어오자 키 큰 갈대 숲이 쌀알 굴러가는 소리를 내며 우수수 흔들렸다. 청해일은 갈대 숲 사이에 숨어 고양이처럼 반짝이는 눈으로 하나둘 불을 밝히기 시작한 영왕의 주둔지를 노려보았다. 밤이 되자 경계는 더욱 삼엄해져서 번뜩이는 창검을 꼬나 쥔 군사들이 청해일이 숨어 있는 갈대 숲을 지그시 쏘아보고 있었다.

"음냐음냐~"

청해일은 문득 바로 옆에 웅크린 채 세상 모르고 잠들어 있는 염화수를 돌아보았다. 그녀는 벌써 한 시진 전부터 이렇듯 잠에 빠져 있었다.

'나도 당신처럼 천하태평할 수 있으면 좋겠소.'

왠지 염화수를 깨우기 싫어 그는 한동안 그녀의 앳되고 귀여운 얼굴을 조용히 들여다보았다. 이렇게 앳된 여자가 백 살도 넘은 전대의 고수라니. 그녀의 정체를 뻔히 알고 있으면서도 청해일은 왠지 믿어지지가 않았다.

"화수님. 일어나세요, 화수님."

청해일이 잠시 후 그녀의 어깨를 가볍게 흔들어 깨웠다. 시간이 너무 지체되었던 것이다.

"으응… 나 조그만 더 자면 안 될까? 응? 응? 조금만 더."

자신의 팔에 매달려 어리광을 부리는 염화수의 볼을 꼬집어주고 싶은 위험한 충동을 억누르느라 청해일은 어금니를 지그시 깨물어야 했다.

청해일이 제법 단호한 목소리로 내뱉었다.

"안 됩니다. 오늘 해시 전에 반드시 영왕을 죽이고 돌아와야 한다는 황사 어른의 당부가 있지 않았습니까?"

"당가, 그 영감탱이. 정말 마음에 들지 않아!"

뾰로통해진 염화수가 벌떡 몸을 일으키자 청해일은 질겁했다.

그녀를 억지로 주저앉히며 청해일은 낮게 소리쳤다.

"제발 조심하세요. 영왕의 군대를 모두 깨울 작정입니까?"

"알았어… 알았다구. 너도 당가 늙은이와 다니더니 잔소리만 늘었구나."

툴툴거리며 염화수가 오른손 새끼손가락을 이빨 사이에 밀어넣었다.

와득!

손가락을 깨물자 금세 붉은 핏물이 고여 나왔다.

염화수는 새끼손가락에 묻은 핏물을 흩뿌려 허공중에 '무(無)' 자를 그렸다. 순간 허공중에서 새겨진 글자에서 반딧불처럼 희미한 빛이 뿜어지더니 청해일과 염화수의 머리 위로 사르륵 내려앉았다.

"……."

청해일이 양팔을 벌리고 자신의 몸에 일어날 놀라운 변화를 기다렸다. 그러나 한참을 기다려도 아무것도 변하지 않았다. 혹시나 해서 돌아보았지만 염화수도 멀쩡한 모습으로 손바닥을 입에 댄 채 연신 하품을 하고 있을 뿐이었다.

청해일이 불만스런 목소리로 물었다.

"어떻게 된 겁니까?"

"뭐가?"

"하나도 변한 게 없지 않습니까?"

"변했어."

"뭐가 어떻게요?"

"못 믿겠으면 따라와 봐."

"자, 잠깐만요. 이렇게 나가면 화살비를 맞은 고슴도치가 된단 말입니다.”

염화수가 갑자기 휘적휘적 갈대밭 밖으로 걸어나가기 시작했고, 놀란 청해일이 황망히 그녀를 뒤쫓았다. 넓은 개활지로 나온 청해일은 대번에 영왕의 주둔지에서 일대 소란이 벌어지고 화살비가 쏟아질 것만 같아 가슴이 쿵닥거렸다. 하지만 예상과는 달리 아무런 반응도 없었다.

낮은 목책을 지나 주둔지 안으로 들어섰는 데도 군사들은 청해일과 염화수를 전혀 보지 못하는 것 같았다.

‘그렇군. 환묘님께서 환술을 부리신 거야. 그 없을 ‘무’ 자는 결국 우리의 모습을 지우는 주술이었어.’

청해일은 새삼 염화수의 놀라운 환술에 혀를 내둘렀다. 염화수가 마음만 먹는다면 그녀는 오늘이라도 당장 강호 최고의 살수가 될 수 있을 것이다. 자신의 모습을 이렇듯 완벽하게 지우며 청부 대상의 목전에 다다를 수 있는 살수가 세상에 또 어디 있단 말인가?

그러나 염화수의 완벽한 환술도 뜻하지 않은 장애를 만났다. 독수리 깃발이 펄럭이는 영왕의 커다란 군막 앞을 지키고 있는 두 명의 노장군에 의해서였다. 흑빛 갑주로 전신을 휘감고, 머리에는 대장군의 투구를 눌러쓰고, 오른손에 관운장이 사용했을 법한 커다란 대도를 꼬나쥔 노장군들이 만만찮은 고수라는 것을 한눈에 알아보았다.

그들은 염화수와 청해일이 일 장 안으로 다가서기 무섭게 안색이 변하며 대도를 곧추세우고 전방을 무섭게 노려보기 시작했다. 모습은 보이지 않지만 직감적으로 위기를 느낀 것이다.

왼쪽 눈에 검은 안대를 착용한 애꾸눈 장군이 흰 수염이 성성한 노장군을 힐끗 돌아보며 물었다.

"뭔가 느껴지지 않나?"

"그렇군. 뭔지 모르지만 아주 더럽고 불쾌한 기운이 느껴져."

"자네도 느꼈다면 뭔가 있긴 있는 모양일세."

"이렇듯 완벽하게 흔적을 지우며 영왕 전하의 침소 앞까지 다다를 수 있는 살수가 중원 천지에 존재한단 말인가?"

"중원은 넓은 땅 아닌가? 불가능을 가능하게 만드는 기인이사들이 별처럼 깔려 있지."

"어쨌든 공력을 최대치로 끌어올리며 신경을 집중하세. 우리가 뚫리면 영왕 전하의 안전은 장담할 수 없네."

"더러운 황제. 전하께서 형제의 정을 생각해 화친에 응했더니 이런 식으로 보답하는군."

"그 작자야 원래 천하의 소인배가 아니던가?"

염화수도 긴장하고 있는 것 같았다. 그녀는 더 이상 걸음을 내딛지 않고 푸르스름하게 빛나는 눈으로 두 노장군을 노려보고 있었다. 아마도 노장군들의 능력치를 가늠해 보고 있는 것 같았다. 가늠이 끝났는지 그녀는 살처럼 튀어나갔다.

"으아아아!"

"어떤 놈이 감히 전하의 침소를 노리느냐?!"

정확히 염화수의 미간을 노리고 두 노장군이 거의 동시에 대도를 휘둘렀다. 그러나 염화수의 손이 더 빨랐다. 뱀처럼 꾸불꾸불 휘어지며 대도를 피한 염화수의 갈고리 같은 손이 정확히 노장군들의 목젖을 움켜잡았다.

"끅!"

"끄흑!"

그걸로 끝이었다. 노장군들은 선 채로 눈을 흡뜨고 숨을 거두었다. 그들의 입가에서 줄줄 흘러내리는 핏물만이 그들의 죽음을 알리고 있었다. 워낙 창졸간에 벌어진 일이라 군막과 약간 떨어져 있던 군사들은 전혀 눈치 채지 못했다.

"들어가자."

"예? 아, 예."

휘장을 젖히고 군막 안으로 들어가는 염화수의 뒤를 청해일이 황망히 뒤쫓았다.

청해일이 본 영왕에 대한 첫인상은 호남이라는 것이었다.

이미 오십 줄에 접어든 영왕은 얼굴만 봐서는 삼십대 중반 정도로밖에 보이지 않았고, 두 눈은 깊고 맑았으며, 잘 가다듬은 전신에서는 절로 기품이 풍겼다.

'아깝군.'

저런 영왕을 죽여야 한다고 생각하니 절로 입맛이 썼다. 청해일도 황제의 폭정에 대해선 익히 들어 알고 있었다. 술과 계집, 그리고 사이한 라마교에 빠져 허구한 날 백성들의 고혈만 짜내는 황제에 비해 영왕이 얼마나 자기 관리에 철저한 사람인지 한눈에 알아볼 수 있었다. 세인들이 왜 영왕이 새로운 황제가 되기를 그토록 염원하는지 이제야 알 것 같았다. 하지만 영웅이 꼭 천하의 주인이 되란 법은 없다. 역사는 때때로 모자라고 비틀어진 인간을 시대의 주인으로 선택하는 법이라고 자위하며 청해일은 애써 스스로를 달랬다.

자신의 최측근이자 의제이기도 한 동로대장군 이철과 함께 검을 닦으며 앞으로의 정세에 대해 논의하고 있던 영왕이 문득 검을 쓰다듬던 손길을 멈추고 염화수와 청해일이 나란히 서 있는 군막 입구를 조용히 응시했다. 영왕 또한 두 사람의 존재감을 느낄 정도의 고수였던 것이다.

"왜 그러십니까, 전하?"

이철이 영왕의 시선이 머무는 곳을 응시하며 고갤 갸웃했다. 자신의 눈에는 아무것도 보이지 않았기 때문이다.

영왕이 엷게 웃으며 물었다.

"자넨 저들이 느껴지지 않나?"

"누가 있다고 그러십니까? 제 눈에는 아무것도 보이지 않습니다만."

영왕이 허허롭게 웃었다.

"이 장군, 자네는 무공 수련에 좀 더 힘을 써야 할 것 같군. 저들의 존재를 느끼지 못했다면 자넨 아직 절정의 반열에조차 오르지 못한 것이 되네."

"정말 누가 있단 말입니까? 그렇다면 황제가 보낸 살수들 아닙니까?"

사태가 심상치 않음을 깨달은 이철이 검을 꼬나 쥐며 일어섰다. 그런 이철을 영왕이 손을 내저어 만류했다.

"아아, 진정하게. 자네나 나의 힘으로 어쩔 수 있는 고인들이 아니야. 밖에 있는 마 장군과 복 장군까지 죽이고 들어올 정도라면 이미 우리의 힘으로 막을 수 있는 상대는 아니란 뜻이지."

"하지만……."

"앉으라니까. 나는 자네가 나보다 먼저 죽는 꼴은 보고 싶지가 않아."

"으음……."

영왕의 부드러우면서도 완고한 눈빛을 받은 이철이 마지못해 자리에 앉았다.

영왕이 염화수 쪽을 똑바로 응시하며 입을 열었다.

"마지막으로 부탁이 하나 있소. 들어줄 수 있겠소?"

청해일은 염화수가 미미하게 고갤 끄덕이는 걸 똑똑히 보았다. 그녀의 눈이 반짝이는 것으로 보아 이 진중한 사내에게 호감을 느끼고 있음이 분명했다.

영왕이 바로 옆에 앉은 이철을 힐끗 돌아보며 지극히 담담한 어투로 말했다.

"이 친구는 살려주시오. 장차 대명의 백만 대군을 호령할 대장군이 될 사내요."

"그러지, 뭐."

염화수가 순순히 대답했다.

"안 됩니다, 전하! 지금 전하께서 가시면 도탄에 빠진 백성은 누가 구한단 말입니까?"

이철이 절규하며 눈물을 뿌렸다.

그런 이철의 얼굴을 형형한 눈빛으로 직시하며 영왕은 힘주어 말했다.

"지금부터 내가 하는 말을 유언이라 생각하고 잘 들어두거라, 아우."

"형님……."

"먼저 나는 옥좌에는 관심이 없었다. 천하가 나를 황제이신 형님 폐하와 대적하도록 만든 것이지, 결코 내 뜻에 의한 것이 아니었다. 내가 측근들의 반대를 물리치고 이곳 사천까지 한달음에 달려온 것도 실은 형님과 그러한 오해를 풀기 위해서였다."

"그럼 뭐 합니까? 황제는 오히려 전하에게 살수를 보내지 않았습니까?"

영왕이 고개를 획획 가로저었다.

"아니, 나는 결코 형님이 저들을 보냈다고 생각하지 않는다. 아마도 당상학이 저들을 보냈을 것이다. 형님은 원래 총명한 분이셨다. 그런 형님을 저 무도한 당상학이 온갖 감언이설과 향락으로 꼬드겨 오늘날처럼 유약한 모습으로 만든 것이다. 만약 형님 폐하를 만나거든 내 진심을 꼭 전하거라. 이 아우는 형님 폐하의 적이 아니라 동생으로서 떳떳하게 죽었노라고."

"으흐흑! 전하……!"

"이번엔 너에게 전할 말이다. 너는 내가 죽는 즉시 군사들을 이끌고 산해관 밖으로 나가 만주의 대수림에 있는 군영에 은둔하라. 시간이 지나면 형님 폐하도 네게는 더 이상 죄를 묻지 않을 것이다. 지금 만주에선 여진족의 발호가 시작되었다. 그들은 호랑이의 흉포함과 여우의 교활함을 동시에 갖춘 무서운 이민족. 이쯤에서 그들을 제어하지 못한다면 천하는 한족이 아니라 여진족의 것이 되고 말 것이다. 사랑하는 아우 이철! 너는 북로군 대장군으로 남아 대중원의 심장을 지켜라."

"명심… 또 명심하겠나이다, 전하……."

이철이 땅바닥에 무릎을 꿇고 서럽게 오열했다.

할 말을 모두 마친 영왕은 자신의 애병인 제독검을 꼬나 쥐고 염화수 쪽으로 돌아섰다.

영왕이 히쭉 웃으며 말했다.

"장부 체면에 반항 한번 못해보고 목숨을 거저 던져 줄 수는 없고…
어떻소? 내 칼을 한번 받아보시겠소?"

"마음대로 해."

"차하압!"

염화수가 건성으로 고개를 끄덕이는 것과 동시에 영왕이 바닥을 차
고 튀어나왔다. 검신합일의 자세로 검봉을 일직선으로 내뻗으며 달려
드는 영왕의 기세는 실로 무서웠다. 하지만 아무리 무서운 고수라도
눈에 보이지 않는 상대를 벨 수는 없는 노릇.

푸욱!

"흑!"

영왕의 검이 염화수의 어깨 너머로 덧없이 스쳐 지나는 순간 염화수
의 오른손이 그의 가슴을 뚫고 들어가 등 밖으로 튀어나왔다. 영왕은
그렇게 죽었다. 한 시대를 풍미하며 중원 모든 백성들의 흠모를 한 몸
에 받았던 영웅치고는 덧없는 죽음이라 할 수 있었다.

다음날 새벽, 사하현 현청의 현감 상관흘은 참으로 놀라운 광경을
목격했다. 하늘의 아들이자 중원 천하의 주인인 황제의 행렬을 목격한
것이다. 어가를 수행한 인원만도 만여 명을 훌쩍 넘어 사하현에서 가
장 번화한 대서문로에서 현청 대문에 이르는 관도가 행렬로 꽉 들어찰
정도였다.

어가 행렬의 선두에는 형형색색의 깃발을 치켜들고 금빛 갑주로
무장한 금군의 기마대가 섰다. 그 뒤를 하나같이 금강석처럼 단단해
보이는 태감부의 시위들이 손과 손에 장검을 꼬나 쥐고 붉은 망토를
휘날리며 뒤따랐다. 그 뒤를 이어 북경 황궁의 고관대작들이 뒤따랐

고, 그 뒤를 하나같이 선녀처럼 아리따운 궁녀들이 면사로 얼굴을 가린 채 다소곳이 고개를 숙이고 걸었다. 그리고 마침내 황제의 어가가 나타났는데, 자그만치 스무 마리의 소가 *끄*는 어가의 크기는 거대한 전각을 방불케 했다. 눈매가 범상치 않은 늙은 환관들이 어가의 난간 군데군데 배치되어 혹시 모를 역도들의 공격에 대비하고 있었다. 그리고 어가의 뒤를 적색 승복을 입은 라마교의 승려 수백이 바라를 징징 두드리고, 황제의 덕을 칭송하는 시를 지어 부르며 따랐다.

'누가 있어 저런 철통같은 경비를 뚫고 들어가 황상을 시해할 수 있단 말인가?'

징— 징— 징— 징— 징— 징—!

요란한 바라 소리와 함께 활짝 열린 현청 대문을 향해 다가오는 어가 행렬을 바라보며 상관흘은 황제를 죽이겠다는 당상학의 계획이 한낱 망상에 지나지 않는다고 생각했다.

"황제 폐하 납시오! 모든 신민들을 머리를 조아리고 황제 폐하를 맞을지어다!"

마침내 어가가 멈추고, 어가의 고삐를 잡고 있던 늙은 태감 한 명이 공력이 가득 실린 목소리로 크게 외쳤다. 동시에 현청 앞에 시립해 있던 당상학과 오십여 명의 시위 태감들과 상관흘을 비롯한 현청의 식솔들이 앞 다퉈 무릎을 꿇었다.

"속하들이 삼가 천자를 알현하옵니다! 황제 폐하 만세! 만세! 만만세!"

덜컹!

어가의 문이 열리고 황제가 밖으로 나왔다. 십여 명의 태감들이 황제를 부축하고 있었다. 그러나 상관흘은 황제의 신발밖에는 보지 못하였다. 땅바닥에 코를 박은 채 얼굴을 쳐들 생각도 못하고 사시나무 떨듯 달달 떨고 있었기 때문이다.

'망할! 이럴 줄 알았으면 새벽에 측간부터 다녀오는 건데.'

상관흘은 자꾸 오줌이 마려웠다. 지금 누군가 자신을 조금이라도 놀라게 했다가는 그대로 오줌을 지려 버릴 지경이었다. 지엄한 황제 폐하 앞에서 오줌을 지린다면 어떻게 될까? 저 혼자 생각해 보던 상관흘은 자신도 모르게 손바닥으로 제 목을 스윽 훑어보았다.

"원로에 얼마나 노고가 크셨나이까, 폐하? 속하가 불충하여 황상께 불편을 끼쳐드렸나이다."

"오, 황사는 먼저 와 있었구려. 자자, 어서 들어갑시다. 오늘은 황사가 짐을 위해 또 어떤 놀이를 준비했는지 궁금하구려."

상관흘의 귀 바로 옆에서 황제를 맞이하는 당상학의 목소리가 들렸다.

'썩을 놈. 황제를 죽이려고 하는 주제에 잘도 아부를 떨어대는군.'

상관흘이 속으로 나직이 툴툴거릴 때 황제의 목소리가 들려왔다.

"네가 상관흘이냐?"

"어억!"

황제가 자신의 이름을 불러주는 순간 상관흘은 그만 오줌을 지려 버리고 말았다. 너무도 놀라 입을 쩍 벌린 채 고개를 쳐든 그의 눈에 당상학과 나란히 서서 자신의 얼굴을 빤히 내려다보고 있는 황제가 보였다.

'황제는 역시 황제구나!'

상관흘은 황제의 뒤통수 쪽에 어린 눈부신 후광을 본 듯도 했다. 지나치게 마르고 신경질적으로 보였지만 아홉 마리의 용이 수놓아진 구룡포에 면류관을 쓴 황제에게선 천하에 다시없을 위엄과 신성한 기운이 가닥가닥 뻗쳐 나오고 있는 듯했다.

황제와 눈을 맞춘 채 이빨을 딱딱 맞부딪치며 떨던 상관흘이 땅바닥에 힘껏 이마를 짓찧었다.

"황제 폐하! 이 불충한 놈을 죽여주옵소서!"

황제가 고갤 갸웃했다.

"난 네가 사하현의 현감인 상관흘이냐고 물었다. 그런데 불문곡지 죽여 달라니? 이건 또 무슨 소리냐?"

"이 벌레 같은 놈이… 이 벌레 같은 놈이… 감히 황제 폐하 앞에서 오줌을 지리고 말았나이다!"

순간 황제의 미간이 씰룩했다. 그와 동시에 약간은 어수선하던 주변이 숨막힐 듯한 침묵에 휩싸였다.

황제의 안색을 살피던 당상학이 오체투지한 채 와들와들 떨고 있는 상관흘을 손가락으로 겨누며 매섭게 소리쳤다.

"이런 미욱한 놈! 감히 황제 폐하 앞에서 오줌이 어쩌고 저째? 시위 태감들은 무얼 하고 있느냐? 어서 이 미친놈을 끌어다가……."

"우헤헤헤! 재밌구나! 정말 재미있는 위인이다!"

당상학의 분노는 손뼉을 짝짝 마주치며 자지러지게 웃는 황제의 웃음소리에 묻혀 버리고 말았다.

"상관흘아, 넌 대체 왜 오줌을 싼 거냐?"

"그, 그것이 황제 폐하께서 천하디천한 제 이름을 불러주시는 바람에 너무 놀라고 감격하여 그만……."

"왓하하하! 이름을 불러줬다고 오줌을 갈겨? 그렇다면 아침마다 짐과 조회를 여는 대신들은 매일 오줌을 지려야겠구나. 어떻소, 경들? 경들도 여기 사하현의 현감처럼 짐이 이름을 부르면 오줌을 지리시오?"

"……."

고관대작들이 한동안 어리둥절한 눈으로 서로의 얼굴을 마주 보았다. 딱히 할 말이 없어진 그들이 허리를 깊숙이 숙이며 읍했다.

"망극하옵니다, 폐하─!"

"일어나거라, 상관홀. 너는 지금껏 짐이 보아온 관원 중에 가장 충성심이 깊구나."

"폐, 폐하."

황제가 직접 자신을 부축하여 일으키자 상관홀은 완전히 까무러칠 것 같은 표정이 되었다.

황제가 그런 상관홀의 어깨에 처억 팔을 걸치며 좌중을 향해 소리쳤다.

"그대들은 충성심이 어디서 나온다고 생각하는가? 짐은 두려움에서 나온다고 생각한다. 황제를 진정으로 두려워해야 그에게 진심으로 충성할 마음이 생긴다, 이 말이다. 그런 의미에서 이름을 불러주는 것만으로 오줌을 지릴 정도로 짐을 두려워하는 상관홀이야말로 이 시대의 진정한 충신이라고 할 수 있다. 자, 상관홀을 위해서 모두 박수를 치거라! 박수! 박수!"

짝짝짝─ 짝짝짝짝─ 짝짝짝─

"와아아아! 황제 폐하 만세! 만만세!"

"현감 상관홀 만세! 이 시대의 진정한 충신 상관홀 만만세!"

상관흘은 정신이 하나도 없었다. 오줌을 지린 것이 왜 칭찬받을 일인지 몰랐고, 황제가 어떻게 미천한 하급 관원인 자신의 이름을 알고 있는지 몰랐다. 좌중과 함께 손뼉을 마주치며 키득거리는 황제의 뒤통수에선 더 이상 후광 따윈 보이지 않았다.

변덕쟁이!

상관흘이 황제에 대해 내린 결론은 바로 그것이었다. 기분이 좋아졌다가 갑자기 기분이 나빠지는 유형. 그런 유형의 인간 옆에 붙어 있는 사람은 피곤하기 마련이다. 게다가 그 사람이 권력자라면 피곤한 정도로 끝나는 게 아니라 언제 죽을지 몰라 늘 전전긍긍하며 살아야 한다. 그것이 상관흘이 알고 있는 변덕쟁이들의 특징이었다.

'최대한 멀리 떨어져 있어야 한다.'

상관흘은 왠지 황제 옆에 붙어 있다간 늘그막에 목 없는 귀신이 되어 생을 마감하게 될지도 모른다는 불길한 생각이 들었다. 오랜 세월 풍파를 헤치며 살아온 늙은 구렁이 같은 보호 본능이 황제로부터 최대한 멀리 떨어지라며 외치고 있었다.

상관흘이 힐끗 당상학의 얼굴을 훔쳐보았다. 그도 표정이 밝지 않았다. 당상학 역시 황제가 어떻게 자신의 이름을 알고 있는지 자못 궁금해하고 있음이 분명했다.

'어쨌든 난 황제의 총애도 싫고, 높은 벼슬도 싫은 사람이오. 황제로부터 멀찍이 떨어질 테니 괜히 나를 경쟁자로 생각하지 마시오.'

상관흘은 당장 당상학에게 달려가 이렇게 소리치고 싶었다. 그러나 그의 마음과는 달리 황제는 자신을 옆에 두고 싶어 하는 것이 분명했다.

황제가 대견하다는 듯 상관흘의 어깨를 두드리며 이렇게 말했다.

"좋다, 상관흘. 이제부터 너는 사하현의 현감인 동시에 짐이 이곳에 머무는 동안 짐의 경호와 접대를 총괄하는 내원총감을 겸임하도록 해라. 내원총감이면 정이품에 해당하는 최고위직 중의 하나. 짐의 은혜를 잊지 말고 더욱 충성을 바쳐야 할 것이다."

"……."

상관흘이 잠시 할 말을 잃고 당상학의 얼굴을 쳐다보았다. 뱀처럼 차가운 당상학의 눈이 등골을 서늘하게 했다. 그의 눈은 너와 황제가 혹시 사전에 무슨 거래가 있지 않았느냐고 묻고 있었다.

'미치겠네, 정말……!'

상관흘은 또 오줌이 마려워졌다. 일이 더럽게 꼬여가고 있었던 것이다.

"무언가 잘못 돌아가고 있다."

별채의 아랫목에 가부좌를 틀고 앉아 당상학이 나직이 씹어뱉었다. 무릎 위에는 두 주먹이 으스러질 듯 움켜쥐어져 있었다. 방 안에는 당상학의 직속 수하인 십여 명의 시위 태감들이 무릎을 꿇고 앉아 상전의 눈치를 살피느라 숨소리조차 크게 내지 못하고 있었다.

"크흐흠."

끓어오르는 분노를 삭이느라 당상학은 절로 신음을 내뱉었다.

황제를 이곳으로 불러들인 사람은 당상학 자신이었다. 꼭 그렇지 않더라도 황제가 순행을 나서면 대부분의 경호는 황사이자 태감부의 수장이 그가 책임지도록 돼 있었다. 황제를 죽일 수 있다고 자신했던 것도 자신의 이런 직무와 무관하지 않았다. 그런데 황제는 오늘 엉뚱하게 변두리 현청의 현감 놈에게 대명률에 나와 있지도 않은 내원총감이라는 감투를 씌워 이곳에 머무는 동안의 경호와 접대를 맡겼다. 어디 그뿐인가? 황제가 거처로 사용하는 현청의 오층짜리 본관 건물 안으로는 당상학 자신조차 함부로 발을 들여놓을 수 없도록 조치를 취했다. 그리고 본관의 내부 경비를 자신이 아닌 병부시랑이 관장하는 동태감부에 맡겨 버렸다.

'침착해야 한다. 황제의 정확한 의중을 모르는 이럴 때일수록 침착해야 해.'

당상학이 어금니를 지그시 깨물며 스스로를 달랬다. 사실 아무리 황제가 자신을 경계한다 해도 철기련을 통해 황제를 시해하는 일은 그리어려운 작업이 아니었다. 현청 본관을 에워싸고 있는 동태감부의 환관들 중 절반 이상이 그의 수족이었고, 황제의 억지 명령에 의해 호위에 동원된 현청의 포두와 포사 놈들이야 허수아비나 다름없었다.

중요한 것은 황제의 의중이었다. 황제가 자신을 의심하기 시작했다면 이는 간단한 문제가 아니다. 황제가 원래 총명한 인물이었다는 건 누구보다 당상학이 잘 알고 있다. 갑자기 총기가 되살아난 황제가 자신을 향해 칼부리를 겨눈다면 일이 의외로 복잡하게 꼬일 수도 있는 것이다.

"이것들은 왜 안 나타나?"

당상학이 사나운 눈초리로 방문 쪽을 쳐다보았다.

드르륵!

"우리 왔어."

호랑이도 제 말하면 온다고, 이때 염화수와 청해일이 방문을 밀고 들어섰다. 당상학이 눈짓을 하자 시위 태감들이 썰물처럼 빠져나가고 그 자리에 염화수와 청해일이 자리 잡고 앉았다.

당상학이 눈을 빛내며 물었다.

"영왕은?"

염화수가 대신 대답하라는 듯 청해일을 돌아보았다.

청해일이 히쭉 웃으며 말했다.

"죽었습니다."

"확실해?"

"확실합니다. 묘후님의 손이 영왕의 등짝을 뚫고 나오는 걸 두 눈으로 똑똑히 보았습니다."

"잘했다, 아주 잘했어. 이로써 한 가지 문제는 해결된 셈이로군."

당상학이 모처럼 얼굴을 펴고 환하게 웃었다. 그러나 그것도 잠시, 그가 다시 청해일을 향해 도끼눈을 떴다.

"여린과 그 일당들은 어떻게 됐지?"

"저… 그것이 백방으로 알아보고는 있으나 행방이 묘연합니다."

"병신 같은!"

퍼억!

"으엑!"

당상학이 오른손 검지를 내뻗자 그 끝에서 시퍼런 지풍 한자락이 뻗쳐 나와 청해일의 가슴을 지졌다. 강한 충격을 받은 청해일이 뒤로 벌러덩 넘어가더니 방바닥을 몇 바퀴 굴렀다.

"그만 해!"

쉬이잇!

분노의 일성과 함께 염화수가 오른손 다섯 손가락을 활짝 펼치자 다섯 가닥의 예리한 지풍이 당상학의 면전을 노리고 날아갔다.

"이, 이런!"

따다다다당!

당상학이 황망히 오른 소매를 흔들어 지풍들을 튕겨냈다. 하지만 소맷자락에 다섯 개의 구멍이 뚫리는 것만은 막을 수 없었다.

염화수가 손가락으로 당상학의 얼굴을 겨누며 서슬 퍼렇게 씹어뱉었다.

"한 번만 더 해일이를 때렸다간 내 손에 뒈질 줄 알아, 영감."

"죽인다고? 지금 나를 죽이겠다고 했나, 엉?"

쿠우우우우……!

이빨을 사려물며 사지를 부르르 떠는 당상학의 어깨 위로 불길 같은 기세가 피어올랐다.

"그래, 죽인다고 했어. 어쩔래?"

염화수도 지지 않고 공력을 끌어올렸다.

와장창! 쨍그랑!

방 안에 있던 집기들이 두 사람이 일으킨 공력의 소용돌이에 밀려 방바닥으로 떨어지며 박살이 났다.

"제발 진정하십시오! 이러다간 정말 큰일나겠습니다!"

네 발로 엉금엉금 기어온 청해일이 황망히 손을 뻗어 두 사람을 제지했다. 다행히 효과가 있었는지 두 사람은 일시에 공력을 거두었다. 정적이 감도는 동안 당상학이 눈을 가늘게 뜨고 아직 씩씩거리고 있는 염화수의 얼굴을 응시했다. 청해일은 당상학의 눈에 어린 질투와 연모가 복잡하게 엉킨 감정을 똑똑히 읽어낼 수 있었다. 청해일은 비로소 당상학이 염화수에게 한 남자로서 지독히 집착하고 있다는 사실을 깨달았다. 아마도 염화수가 자신을 아낀다는 이유만으로도 당상학은 자신의 눈과 혀를 뽑아버릴 게 분명했다. 하지만 이상하게도 두렵지는 않았다.

'너 같은 괴물에게 우리 화수를 넘기느니 차라리 혀를 콱 깨물고 죽어버리겠다.'

화수? 우리 화수라고? 자신이 마음속으로 내뱉은 말에 스스로 놀라며 청해일이 멍한 눈으로 염화수를 돌아보았다.

"괜찮아?"

염화수도 청해일을 돌아보며 싱긋 웃었다. 귀엽고도 사랑스런 웃음이었다. 청해일은 비로소 자신이 염화수를 사랑하고 있음을 깨달았다.

그 시각, 오층짜리 토루 형태의 본관 맨꼭대기층의 좁은 창고 안에 갇힌 여린과 곽기풍과 하우영과 장숙과 반철심과 막여청과 소사청은 그야말로 죽을 맛이었다. 황제의 갑작스런 행차로 인해 본관에서 잠을 자고 있던 일곱 사람은 상관흘의 손에 끌려 정신없이 이 어둑하고 좁은 창고 안으로 대피했다. 일행이 당상학의 눈에 띌까 봐 전전긍긍하던 상관흘이 바깥쪽에서 못질까지 하는 바람에 옴짝달싹 못하는 신세가 되고 말았다. 현청에서 사용하는 각종 공문서를 보관해 두는 창고는 너무 비좁아서 일곱 사람이 포개지지 않고는 누울 수도 없었다.

게다가 세 명의 강시까지 억지로 구겨 넣었으니 그 답답함이야 이루 형언할 수가 없었다. 좁은 창을 통해 바깥의 신선한 공기를 훅훅 들이마시던 곽기풍이 참지 못하고 분통을 터뜨렸다.

"상관흘, 이 망할 영감탱이! 사람을 가두려면 좀 넓은 곳에 가둘 것이지 하필이면 공문서 창고가 뭐냐 말이야? 누구 쪄 죽일 일 있어?"

"조용히 해라."

아까부터 눈을 지그시 내리깔고 있던 소사청이 나직이 경고했다.

"내가 지금 조용히 하게 됐어요? 벌써 점심때가 지났는데 아직 주먹밥 한 덩이 못 먹었잖아요? 바로 아래층에 황제가 머물고 있으니 사나흘 내로 떠나지 않으면 꼼짝없이 굶어 죽게 된다 이 말입니다."

"굶는 것보다 네놈의 꽥꽥거리는 소리가 더 참기 힘들어. 나 지금 무지 짜증 나 있으니까 신경 긁지 말고 제발 입 좀 닥치고 있어."

"왜 엄한 사람한테 화풀이입니까? 내가 동네북입니까, 아니면 소 영감님 아들입니까? 왜 툭하면 나만 갖고 그러냔 말입니다, 썩을!"

좁은 공간은 사람을 날카롭게 만든다. 지금 이 방 안에 갇힌 여린과 일행들도 마찬가지였다. 특히 곽기풍과 소사청의 증세가 심했는데, 평소 불같은 성격의 두 사람이고 보면 당연한 결과였다. 그런 두 사람이 충돌을 일으키는 것도 어쩌면 당연했다.

"상놈의 새끼!"

철퍼덕!

"악!"

소사청이 냅다 뺨을 후려갈기자 곽기풍의 입에서 비명이 터져 나왔다.

"이놈의 영감탱이, 오늘 같이 죽자!"

우당탕!

곽기풍이 소사청의 허리를 끌어안고 나뒹굴었다. 두 사람이 한동안 바닥을 뒹굴었지만 아무리 천년영과를 한입 베어 먹고 공력이 좀 늘었다곤 하나 애초 곽기풍은 소사청의 상대가 아니었다.

"오냐, 이놈! 오냐, 이놈! 아주 자알 덤벼주었다. 그러잖아도 언제고 네놈의 그 못된 심보를 단단히 뜯어고쳐 주려고 단단히 마음먹고 있었느니라."

퍽퍽퍽!

"어이쿠~ 사람 살려! 어이쿠~ 곽기풍이 죽네! 소가 영감탱이가 곽가를 죽이네! 동네 사람들, 누가 좀 말려줘요!"

금세 곽기풍을 깔고 앉은 소사청이 매운 주먹을 연신 곽기풍의 살찐 얼굴에 처박았고, 그때마다 곽기풍은 도살장에 끌려 들어간 돼지 새끼처럼 꽥꽥 먹따는 소릴 내질렀다.

공문서 창고는 다행히 방음이 잘돼 있는 편이었다. 하지만 계속 이런 식으로 소란을 피우다간 귀가 밝은 아래층의 시위 태감들에게 발각당할 위험이 있었다.

여린이 다시 손을 쳐드는 소사청을 팔을 붙잡으며 사정조로 말했다.

"발각되고 싶지 않다면 이쯤에서 참으십시오."

"린이의 얼굴을 봐서 참는다, 이놈아."

소사청이 아직도 분이 안 풀린 듯 곽기풍의 뺨을 한 대 세게 후려치고 내려왔다. 손등으로 코피를 슥슥 닦으며 곽기풍이 원독에 찬 눈으로 소사청을 노려보았다.

"밤길 조심하쇼. 뒤에서 쇠망치 맞는 수가 있소."

"이놈이 아직도 정신을 못 차리고!"

다시 달려들려는 소사청을 여린이 간신히 뜯어말렸다.

"큰일났습니다."

이때 막여청이 울상을 지으며 나직이 중얼거렸다.

"무슨 일이야, 막 포사?"

여린이 흠칫 막여청을 돌아보았다. 아닌 게 아니라 창백한 낯빛에 식은땀을 줄줄 흘리는 모양이 어디가 아파도 단단히 아픈 것 같았다.

"어디 아파? 왜 그래?"

"실은… 실은……."

막여청이 차마 대답을 못하고 고개를 푹 떨구었다. 여린이 그런 막여청의 어깨를 힘주어 잡았다.

"우리끼리 못할 말이 뭐가 있다고 그래? 안심하고 어디가 아픈지 얘기해 보라고."

"똥이 마려워서 그러잖아요!"

패앵, 마른 코를 풀며 곽기풍이 퉁명스럽게 내뱉었다.

"응?"

"아까부터 아랫배가 살살 아프고 창자가 부글부글 끓어서 미치겠어요. 아무래도 어젯밤에 먹은 만두가 상했던 것 같아요."

"으음……."

여린이 잠시 할 말을 잃고 신음을 삼켰다. 시위 태감들이 오가는 밖으로 나갈 순 없었다. 그럼 어떻게 볼일을 본단 말인가?

하우영이 어깰 으쓱하며 대수롭지 않게 말했다.

"그냥 저기 구석으로 가서 해결해. 어차피 사내들뿐인데 부끄러울 게 뭐가 있어?"

하지만 곽기풍이 악을 쓰며 반대했다.

"안 돼! 죽어도 안 돼! 이 좁아터진 방 안에서 똥 냄새까지 풍긴다면 난 아마 미쳐 버리고 말 거야!"

여린이 곽기풍을 설득했다.

"생리적인 현상을 어쩝니까? 우리가 좀 참읍시다."

"이를 사려물고 참아보든지 아님 네가 싼 똥은 네가 다 처먹어, 이 자식아!"

곽기풍이 악에 받쳐 버럭 소리쳤다.

사람이 도저히 참을 수 없는 욕구가 두 가지 있으니, 바로 성욕과 배설욕이다. 성욕이야 꽁꽁 묶어서 가둬두면 강제로라도 참을 수 있지만 이 배설욕만은 묶인 상태에서도 싸지 않고는 못 배기는 법이다.

잠시 후 막여청이 창문 바로 아래서 얼굴을 벌겋게 붉힌 채 설사를 좍좍 쏟아내기 시작했다. 지독한 냄새가 좁은 방 안을 가득 메웠다.

"웩! 우웩! 너 대체 뭘 처먹은 거냐? 만두가 아니라 혹시 양잿물을 퍼마신 거 아냐? 내 살다 살다 이렇게 지독한 똥 냄새는 처음이다."

코를 틀어막은 곽기풍이 진저리를 쳤다.

"그만 하세요, 곽 총관님. 막 포사가 얼마나 부끄럽겠어요."

여린이 곽기풍을 말렸지만 그 역시 코를 틀어막고 있기는 마찬가지였다.

"모두들 고생이 많네."

이때 방문이 열리며 떡과 생선전과 오리구이 등의 음식이 수북이 쌓인 쟁반을 받쳐 든 상관흘이 들어왔다.

"윽! 이게 무슨 냄새야?"

쟁반을 내려놓으며 상관흘이 미간을 화악 찌푸렸다. 창가 쪽 자리에서 한사코 자신의 똥을 가린 채 기가 팍 죽어 앉아 있는 막여청을 발견하고 상관흘은 대충 사정을 짐작했다.

"에잇, 하도 지독한 냄새를 맡았더니 음식 맛도 모르겠네."

툴툴거리면서도 곽기풍은 오리 넓적다리 하나를 재빨리 밀어넣었다. 곽기풍은 고기를 우물거리며 상관흘을 향해 눈을 치떴다.

"대체 언제까지 갇혀 있어야 하는 겁니까? 여기 한 시진만 더 갇혀 있다간 저 똥 냄새에 치여 꼭 죽을 것만 같다구요."

"황제께서 저리도 갑자기 들이닥칠 줄 누가 알았나? 어쨌든 지금은 때가 좋지 않으니 잠시만 더 참고 기다리게. 때를 보아 내가 자네들을 밖으로 빼내줌세."

"아닙니다. 오히려 이곳에 숨어 있는 게 나을지도 모릅니다."

나직이 중얼거리는 여린을 곽기풍이 잡아먹을 듯 노려보았다.

"여기가 좋다니오? 난 죽어도 싫으니까 있고 싶으면 즙포님 혼자 있으시오!"

"오늘 밤에라도 당장 철기련이 황상의 침소에 난입할지도 모릅니다. 그렇다면 이곳에 있는 게 그를 막는 데 훨씬 유리해요. 일단 밖으로 나가면 다시 본관 안으로 들어오는 것 자체가 불가능해질지도 모르잖습니까?"

상관흘이 수긍하듯 고갤 끄덕였다.

"그건 여 즙포 말이 맞아. 현청 주변과 이곳 본관 밖을 에워싸고 있는 금군 장졸들이 수천이요, 본관 안에 배치된 시위 태감들의 숫자만 해도 백이 넘어. 한 번 나가면 다신 못 들어와."

"그래도 여기서는 한시도 더 못 있어요!"

곽기풍이 빽 소릴 내지르는 순간 입 안에 있던 고기 파편들이 튀어 나와 상관흘의 얼굴에 철썩 들러붙었다.

"난 이미 배불리 먹었으니 나눠 줄 필요 없네."

상관흘이 손바닥으로 얼굴을 쓸며 부욱 인상을 긁었다.

"어쨌든 나갑시다. 정말이지 답답해서 못 견디겠어요."

계속 징징거리는 곽기풍을 아예 무시하고 여린이 상관흘을 향해 심각하게 물었다.

"황상은 어찌하고 계십니까?"

"휴우우⋯⋯."

황제의 근황을 묻는 질문에 상관흘은 땅이 꺼져라 한숨부터 내쉬었다. 상관흘이 아주 곤혹스런 표정으로 말문을 열었다.

"그게 아무래도 이상해."

"이상하다뇨? 뭐가요?"

"황상이 내 이름을 알고 계시더라고."

"황상께서 현감님의 이름을요?"

여린을 비롯해 하우영과 장숙 등도 놀라 눈을 크게 떴다.

곽기풍만이 분위기 파악을 못하고 빈정거리듯 내뱉었다.

"어이구~ 우리 현감님, 관운이 아주 탁 트이셨네 그랴."

"거, 물정 모르는 소리 좀 하지 말아!"

상관흘이 빽 소릴 질렀다.

"축하해 주는 건데 왜 소릴 지르고 그래요?"

곽기풍은 이 좁은 방에서 짜증이 날 대로 나 있었고, 누구하고든 다툼을 벌이려고 들었다.

여린이 곽기풍을 돌아보며 사정조로 말했다.

"이건 아주 중요한 얘깁니다. 제발 조용히 좀 계셔요, 곽 총관님."

"그래, 만날 나만 틀렸다고 하지. 너희들끼리 다 해먹어라, 다 해먹어."

빈정이 상한 곽기풍이 널찍한 등짝을 보이며 홱 돌아앉자 여린이 낮은 한숨을 내쉬며 고갤 설레설레 흔들었다.

"그래서 어떻게 됐는데요?"

장숙이 상관흘을 채근하자 그가 다시 혓바닥으로 입술을 적시곤 말을 이었다.

"갑자기 나보고 만고에 다시없을 충신이니 어쩌니 칭찬을 늘어놓으시더니 내원총감이란 벼슬을 하사하지 뭐야."

"내원총감이요?"

여린과 일행들이 고갤 갸웃했다. 처음 들어보는 관직이었기 때문이다.

"황상의 호위와 접대를 총괄하는 정이품의 고위직이라나 뭐라나?"

"정이품?!"

다시 홱 돌아앉으며 눈을 흡뜨는 곽기풍을 향해 여린이 손가락을 입술에 대고 조용히 하라는 시늉을 했다. 곽기풍이 다시 등을 보이고 돌아앉아 버렸다.

"어쨌든 얼결에 내가 황상의 호위를 총괄하게 됐어. 더욱 이상한 것은 황상께서 머무시는 이곳 본관의 경호를 황사 당상학이 이끄는 서태감부가 아니라 병부시랑이 지휘하는 동태감부에서 맡게 되었다는 것이야."

"동태감부에서 경호를 책임진다고요? 그건 정말 이상하군요."

여린이 이해할 수 없다는 표정을 지었다. 태감부가 서태감부와 동태감부로 나뉜다는 사실은 북경의 군관 학교 출신인 그는 익히 알고 있었다. 하지만 통상 태감부라고 하면 당상학이 이끄는 서태감부를 지칭하는 것이다. 왜냐하면 서태감부의 태감들이 주로 고강한 무공을 익힌 무반들인 데 반해 서태감부의 태감들은 문반에 가까운 환관들로 주로 황제의 의관과 의전 혹은 수라를 관리했기 때문이다.

태감부를 둘로 나눈 것은 과거 한왕조 때 태감부의 권력이 비등해져 황제를 암살하는 일이 빈발하자 그 세력을 쪼개어 서로를 견제하게 하기 위한 고육책이었지만, 작금의 태감부는 서태감부든 동태감부든 당상학의 수중에 있는 게 엄염한 현실이었다.

한동안 턱을 어루만지며 고심을 거듭하던 여린이 상관흘에게 단도직입적으로 물었다.

"혹시 황상께서 황사를 의심하는 것 같습니까?"

사실 지금의 황제는 의심이 많기로 정평이 나 있었다. 툭하면 대신들을 역적으로 몰아 주살하였고, 일 년에 몇 차례씩 측근에서 자신을 보필하는 환관들에게 황제를 독살하려 했다는 죄를 씌워 능지처참해 버리기 일쑤였다. 여린이 북경 군관 학교에 막 입교했을 당시 일어났던 그 유명한 '갑자(甲子)의 혈사(血史)'는 황제를 광인으로 낙인찍어 준 유명한 사건이었다.

어느 날 밤, 건룡전에서 궁녀들과 어울려 질펀하게 술을 마시던 황제는 하늘로부터 계시를 받는다. 바로 대신들이 작당하여 황제 자신을 죽이고 역천하려 한다는 무서운 계시였다. 당장 태감부와 동창의 시위들을 총동원한 황제는 대신들의 집에 급히 파발을 보내 밤이 새기 전에 입조하는 엄명을 내린다. 영문을 모르는 대신들이 줄줄이 황궁 안으로 들어왔을 때 드넓은 건룡전 앞 광장에서 그들을 기다리고 있었던 건 살기등등한 시위들이었다.

그날 밤 건룡전 앞 광장은 피바다가 되었다. 아무리 닦고 또 닦아도 그 피가 다 지워지지 않자 하나하나의 무게가 백 근은 족히 나간다는 수천 장의 대리석을 모조리 들어내고 새로 깔아야 했을 만큼 숱한 대신들이 영문도 모른 채 피를 뿌리며 쓰러졌다. 그날 이후 대신들은 입조하기 전에 꼭 사당에 예를 올린 후 자식들에게 유서를 맡기고 떠났다고 하니 대신들이 느꼈을 공포가 어떠했는지 능히 짐작할 만했다.

혹자는 황제가 서서히 미쳐 간다고 했고, 혹자는 그것이 다 황제의 계산된 행동이라고도 숙덕거렸다. 원래 무능했던 황제가 그런 식의 공포정치로 대신들이 딴생각을 못하도록 옭아매고 있다는 것이다. 전자든 후자든 황제의 공포정치는 나름대로 성공을 거두어서 '갑자의 혈사' 이후 영왕의 반란을 제외하곤 아직 이렇다 할 역모가 발각되지 않았다.

그런 황제가 당상학을 의심하기 시작했다면 일은 의외로 쉽게 해결될 수도 있다고 여린은 내심 기대했다. 하지만 상관흘의 대답은 실망스런 것이었다.

"글쎄, 그걸 모르겠단 말씀이야."

"모르다뇨? 좀 더 자세히 말씀해 주십시오."

"만약 황상께서 당상학을 의심하고 있다면 황상의 입장에선 이건 그야말로 큰일이 아니겠어? 자신이 가장 믿는 측근이자 황상의 옥체 백보 안에 유일하게 검을 차고 들어올 수 있는 태감부를 실질적으로 장악하고 있는 당상학이 모반을 꾸민다면, 그 자체로 이미 절반은 성공한 것이라고 볼 수 있을 테니까 말씀이야."

"그렇겠죠."

"그런데 줄창 발가벗은 궁녀들과 어울려 술만 퍼드시고 계셔. 당상학을 의심하고 있다면 불가능한 일이지."

"그렇군요."

여린이 실망스런 표정을 감추지 못하고 고갤 끄덕였다.

"궁녀들이 발가벗고 놀아요? 궁녀들의 살갗은 어떻습디까? 정말 소문대로 백옥같이 눈부시고 그럽디까? 혹자는 말하길, 궁녀들의 옥문(玉門)은 저자의 기생들과는 달리 갓난아기 새끼손가락만큼 작고 좁다고 하던데 정말 그렇던가요?"

갑자기 화색이 돈 곽기풍이 침을 질질 흘리며 물었다.

"지금이 궁녀의 알몸이나 감상할 때야? 제발 정신 좀 차려, 이 사람아. 어째 늙어갈수록 그리 철이 없어지나?"

"내 말은 그런 뜻이 아니라……."

상관흘이 대번에 면박을 주자 할 말이 없어진 곽기풍이 뒤통수를 긁적였다. 이때 소사청이 불쑥 끼어들어 상관흘을 거들었다.

"네가 이해해라. 곽가 이놈은 원래 나이를 똥꾸멍으로 처먹어서 그런다. 그러니 주둥이 밖으로 나오는 말들이 죄 구릴 수밖에 없지, 암."

"내가 뭘 어쨌다고 입만 열었다 하면 벌 떼처럼 들고일어나 면박을 주고 그래? 에잇, 난 당장 이 냄새 나는 방에서 나가겠어!"

소상청의 한마디에 발끈한 곽기풍이 박차고 일어서더니 누가 말릴 새도 없이 방문을 박차고 나가 버렸다.

여린이 황급히 그런 곽기풍을 쫓아나갔다.

"기다리세요, 곽 총관님! 지금 밖으로 나가면 안 됩니다!"

곽기풍을 쫓아 밖으로 달려나오던 여린이 딱딱하게 굳어 서 있는 곽기풍의 뒷등을 발견하고 멈칫했다. 곽기풍 앞에는 날카로운 예광을 흩뿌리는 검을 겨눈 십여 명의 사내들이 은은한 살기를 뿜으며 서 있었다. 창백한 안색에 비단 관복, 등 뒤에 붉은 망토를 늘어뜨리고 있는 그들은 태감부의 시위 태감들이 분명했다.

"큰일을 저질러 버렸군요, 곽 총관님······."

"미안. 나도 일이 이렇게 커져 버릴 줄은 몰랐어."

질린 듯 중얼거리는 여린을 돌아보며 곽기풍이 울상을 지었다.

곧장 수십 명의 시위 태감들이 더 몰려들었고, 상관흘의 필사적인 변명에도 불구하고 여린과 일행들은 모두 황제의 침소로 끌려가는 신세가 되었다.

넓은 방 안에선 구수한 음식 냄새와 달착지근한 살 냄새가 진동했다. 온갖 산해진미가 차려진 기다란 술상 너머 침상 위엔 황제라고 짐작되는 잠옷 차림의 깡마른 노인 하나가 술에 잔뜩 취해 널브러져 있었고, 곽기풍의 말대로 피부가 옥을 깎아놓은 듯 희고 깔끔한 전라의 궁녀 열이 황제의 잠옷을 들추고 검버섯과 주름으로 뒤덮인 몸뚱이를 오직 혓바닥만을 이용해서 정성껏 핥아대고 있는 중이었다.

"우히히히! 히히히히!"

간혹 궁녀들의 혓바닥이 귀밑이나 겨드랑이 속을 스칠 때마다 황제는 간지러움을 잘 타는 어린애처럼 전신을 호들갑스럽게 떨며 웃어젖혔다. 여린 등과 함께 방 한복판에 무릎을 꿇은 채 고갤 처박고 있는 곽기풍은 감히 고개를 들어 궁녀들의 알몸을 훑을 생각조차 못했다. 여기서 잘못 고개를 쳐들었다간 벽 쪽에 바싹 붙어 서 있는 이십여 명의 시위 태감이 당장 검을 뽑아 목을 잘라 버릴 것 같았기 때문이다.

시간이 지루하게 흘렀다.

자신들이 이곳으로 끌려온 지 벌써 반 시진이 흘렀다. 그러나 황제는 자신들을 끌고 오게 된 이유를 고하는 병부시랑의 설명과 이어진 상관흘을 변명 따윈 아랑곳하지 않고 궁녀들과의 놀이에 푹 빠져 있을 뿐이었다. 곽기풍이 힐끗 고갤 돌려 바로 옆에 무릎을 꿇고 있는 여린의 얼굴을 보았다. 여린의 콧잔등을 타고 굵은 땀방울 하나가 도르르 굴러 떨어지고 있는 게 보였다.

'하긴 아무리 강철 심장을 가진 여 즙포라도 황제 앞에서는 오금이 저릴 수밖에 없겠지.'

반대편을 돌아보자 내원총감이란 이름만 그럴 듯한 벼슬을 하사받은 상관흘이 아래턱을 덜덜 떨며 꿇어앉아 있는 게 보였다. 곽기풍과 눈이 마주치자 상관흘이 대번에 도끼눈을 떴다. 그 눈은 너 때문에 이제 우리 모두 죽게 생겼다고 말하고 있었다.

'죽든 살든 빨리 결정 좀 내려줘라. 지겨워 죽겠다.'

상관흘의 시선을 애써 외면하며 곽기풍이 속으로 중얼거렸다. 누군가 말하길, 죽음보다 더 지루한 것이 기다림이라고 했던가?

지루한 침묵을 깨뜨린 사람은 황제 자신이었다.

"거기 맨 앞에 앉아 있는 젊은 즙포 놈의 이름이 뭐라고?"

황제가 궁녀들과 침상 위에 벌러덩 드러누운 채 이쪽은 쳐다보지도 않고 물었다.

여린이 머리를 더욱 깊숙이 조아리며 답했다.

"신 사하현 현청의 즙포 여린이라고 하옵니다."

"여린… 여린… 뭔 사내놈의 이름이 그래?"

황제는 애꿎은 이름 타박이었다.

"그러니까 네 말은 황사 당상학이 짐을 시해하려는 모반을 꾸미고 있고, 그것을 사전에 인지하고 모반을 막기 위해 동도들과 함께 숨어 있었다, 이 말이지?"

"그렇습니다."

"거짓말 아냐?"

"신이 어찌 지엄한 황상께 거짓을 아뢰겠습니까?"

"병부시랑은 어떻게 생각해?"

황제의 부름에 제법 강단있게 생긴 장년의 병부시랑이 앞으로 나섰다.

"물론 신은 황사를 믿습니다. 하지만 모반이란, 일단 고변이 있으면 내사를 해보는 것이 원칙인지라……."

"조사해 볼 필요는 있다?"

"그런 줄 아옵니다."

"귀찮다. 비켜라."

황제가 가볍게 손을 내젓자 궁녀들이 썰물처럼 물러났다. 고개를 처박고 있던 곽기풍의 눈이 저절로 돌아가 바로 옆을 스쳐 방을 빠져나가는 궁녀의 희멀건 엉덩짝을 훔쳐보았다. 재빨리 고개를 팍 숙이는 곽기풍의 입가에 음흉한 미소가 걸렸다.

'우와~ 정말 살결이 백옥 같구나.'

"짐의 옷을 다오."

황제가 양팔을 벌리자 늙수그레한 환관 몇이 달려와 능숙한 동작으로 구룡포를 입혀주었다.

상 위에 놓인 술잔을 잡으며 황제가 여린을 향해 재차 물었다.

"여린이라고 했던가? 너는 황사란 말의 뜻이 무엇인지 아느냐?"

"황제의 스승이라 알고 있습니다."

"어떤 사람의 황제의 스승이 될 것 같으냐?"

"예?"

"어떤 사람에게 황제의 스승이 될 자격이 있을 것 같으냐고 물었어!"

와창!

황제가 여린의 발치에 술잔을 내동댕이치며 버럭 소리쳤다. 여린의 눈에 산산조각 나 흩어진 술잔의 파편이 들어왔다. 여린은 그만 목이 꽉 막혀 대답할 수가 없었다. 황제의 급작스런 분노가 그를 당황하게 만들었다. 여린은 문득 북소소의 얼굴을 떠올렸다. 그녀의 얼굴을 떠올리자 왠지 마음이 편안해졌다.

'어차피 덤으로 얻은 삶이 아닌가? 이 자리에서 황제의 칼에 죽는다 해도 아쉬울 것은 없다.'

평정을 되찾은 여린이 차분한 음성으로 말했다.

"평소 학문과 덕이 높고, 황상께 스스럼없이 조언할 수 있을 정도로 신임을 받는 인물이어야 할 것 같습니다."

"대답은 잘하는군. 네 말이 옳다. 황사는 짐에게 가장 신임받는 사람만이 될 수 있다. 그리고 당상학은 누구보다 그 역할을 훌륭히 수행해 주었다. 그런 그를 일개 줍포 따위의 말을 믿고 의심해야 한다고 보느냐?"

"……."

여린은 잠시 할 말을 잃었다. 황제의 말이 너무도 지당했기 때문이다.

"끌어다가 모조리 참수하라."

황제의 추상같은 명령이 떨어지자 여린이 흠칫 고갤 쳐들며 소리쳤다.

"나머지 사람들은 살려주십시오! 모두 제가 꾸민 일입니다! 다른 이

들은 저를 따른 죄밖에 없나이다!"

그러나 황제는 단호했다.

"병부시랑은 무얼 하고 있느냐? 감히 황제의 스승을 모함한 저 겁없는 것들의 목을 잘라 저자에 효수하지 않고서!"

"황명을 받들겠나이다."

병부시랑이 눈짓을 하자 시위 태감들이 득달같이 달려들어 여린 등의 팔을 양옆에서 붙잡고 억지로 끌어내기 시작했다.

"폐하! 폐하! 이들은 죄가 없습니다! 죽이려거든 저만 죽이십시오!"

방문 밖으로 끌려나가며 여린은 필사적으로 소리쳤다.

"잠깐."

이때 황제가 스윽 손을 쳐들었다. 그러자 시위 태감들이 여린과 일행들을 풀어주었다. 여린이 다시 방 한복판으로 기어와 머리를 조아렸다. 그런 여린을 내려다보며 황제가 피식 웃었다.

"너만 죽이고 다른 놈들을 살려달라?"

"그렇습니다."

"억울하지 않냐?"

"전혀 그렇지가 않습니다. 이들은 오직 저를 믿고 따른 죄밖에 없습니다."

"그래도 사람의 마음이 그런 게 아닌데. 왜 물귀신처럼 줄줄이 달고 들어가고픈 게 사람의 심리잖니?"

"아닙니다."

"좋다. 짐이 너를 갸륵히 여겨 소원대로 네놈의 목만 자르고, 나머지는 옥에 처넣도록 하겠다."

"불가하옵니다!"

순간 하우영이 분연히 떨치고 일어섰다. 등 뒤에 멘 커다란 혈부자루를 움켜잡고 머리털을 사자의 갈기처럼 빳빳이 곤두세운 하우영의 기세는 그야말로 역발산 항우를 연상시켰다. 벽 쪽에 빙 둘러서 있던 시위 태감들이 긴장하여 일제히 검병을 움켜잡은 것도 어쩌면 당연한 반응이었다.

"호오, 어째서 불가하지?"

"저희를 이끄는 것은 여 즙포님이 맞으나 저희 역시 자발적으로 따른 것도 사실입니다. 죽이시려거든 모두 죽이시고, 살리시려거든 모두 살리십시오."

하우영의 쳐다보는 황제의 미간이 좁혀졌다.

"감히 짐에게 명령을 하는 것이냐?"

"명령이 아니라… 부탁입니다."

하우영이 어금니를 사려물며 나직이 내뱉었다. 하지만 두 눈에선 진한 살광이 일렁거리고 있었는데, 여린에게 해코지를 하면 황제라도 그냥 두지 않겠다는 섬뜩한 결의가 엿보였다.

황제가 히쭉 웃으며 물었다.

"내가 네 말대로 하지 않고 여 즙포를 죽인다면 어쩔 테냐?"

하우영이 가슴을 쭉 펴며 당당하게 대답했다.

"황제 폐하를 모시고 먼 길을 떠날까 합니다. 저승으로 가는 길 말입니다."

"감히!"

"무엄하도다!"

시위 태감들이 당장 검을 뽑아 들고 달려나오려 했다.

"그냥 두어라. 기개가 가상하지 않느냐?"

황제가 손을 휘휘 내저으며 만류했다. 한동안 장난스런 웃음을 머금은 채 여린과 일행들의 면면을 살피던 황제의 시선이 아래턱을 달달 떨고 있는 곽기풍에게 멈추었다.

"너는 이름이 무엇이냐?"

"저, 저 말씀입니까?"

"그래, 바로 너!"

"초, 총관 곽기풍이라 하옵니다."

"너는 어떠냐?"

"예?"

"이놈은 같은 말을 여러 번 반복하게 하는 나쁜 습관이 있군. 너도 여린이 죽으면 함께 죽을 각오가 돼 있느냔 말이다."

곽기풍이 불안하게 눈알을 굴렸다. 물론 자신은 어떻게든 살고 싶었다. 다른 놈은 다 죽여도 저만은 살려주십시오. 곽기풍의 마음은 이렇게 소리치고 있었다. 순간 그의 뇌리로 덧없이 죽어간 아내와 아이들의 얼굴이 스치고 지나갔고, 여린 등과 헤맸던 운남의 찜통 같은 무더위가 스치고 지나갔다. 지금에 와서 새로운 가족이 된 이들을 버리고 살아남은들 또 무엇하랴? 곽기풍의 눈에도 불끈 힘이 들어갔다.

"옙! 소생도 하 포두와 같은 생각입니다! 죽이려거든 같이 죽이십시오!"

곽기풍의 대답이 의외였는지 황제는 약간 실망스런 표정을 지었다.

"이상하군. 곽 총관, 너만은 제발 살려달라며 짐의 바짓단을 붙잡고 늘어질 줄 알았는데."

곽기풍은 고갤 갸웃했다. 황제가 마치 예전부터 자신을 알고 있는 듯 말하고 있지 않은가. 그러고 보니 황제는 상관흘의 이름도 알고 있었다고 했다. 일 년 열두 달 북경의 구중궁궐 안에서 수만의 금군들과 시위 태감들에게 둘러싸여 생활하는 황제가 어찌 서북면 변방의 현청 현감과 총관을 알 수 있단 말인가?

새록새록 피어나는 의심으로 두려움도 잊은 채 황제의 얼굴을 유심히 관찰하던 곽기풍이 단말마의 외침을 내질렀다.

"노, 노인장은 며칠 전 곡성의 객잔에서 무전취식을 했던 거지……?!"

곽기풍은 무엄하게도 황제의 얼굴을 손가락으로 가리키고 있었다. 바로 옆에서 상관흘이 찢어질 듯 부릅뜬 눈으로 곽기풍을 잡아먹을 듯 노려보고 있었다. 곽기풍의 말을 들은 여린도 순간 떠오르는 생각이 있었다. 방금 전 언뜻 일견한 황제의 얼굴은 왠지 낯설지가 않았던 것이다. 다시 한 번 자세히 살펴보니 객잔에서 자신에게 오리구이와 죽엽청을 얻어먹고, 웬 창백한 사내들에 의해 납치당할 뻔한 걸 구해준 그 노인이 분명했다.

'이름이 정덕이라고 했던가?'

여기까지 생각하던 여린이 저도 모르게 후욱 숨을 들이마셨다. 당금 황제의 연호가 정덕제였다. 결국 황제는 자신의 연호를 이름이라고 가르쳐 주었던 것이다. 왜 그 생각을 못했을까? 여린이 뒤늦은 후회를 해보았지만 상거지 차림 노인의 이름이 황제의 연호와 같은 정덕이라고 한들 그를 황제라고 의심하는 건 결코 쉬운 일이 아니었다.

"우히히히! 너희들, 이제야 짐을 알아보는구나."

황제가 양팔을 활짝 벌리며 장난스럽게 웃었다. 방금 전까지 여린을 죽이겠다고 설쳐 대던 추상같은 위엄은 온데간데없었다.

"우헤헤! 여린, 네 녀석이 나를 못 알아보는 것 같아 잠시 장난을 쳐 본 것이다. 어떠냐? 많이 놀랐지?"

한동안 멍한 눈으로 황제를 올려다보던 여린이 이내 표정을 침착하게 가라앉히며 정중히 머릴 조아렸다.

"예, 폐하. 크게 놀랐습니다."

"우헤헤헤! 그럴 줄 알았다. 내가 사람을 속여먹는 데는 타고난 재주가 있거든."

무엇이 그리 좋은지 황제는 손바닥으로 무릎을 내려치며 마구 웃어 젖혔다. 긴장하고 있던 병부시랑의 입에서 낮은 한숨이 새어 나오고, 시위 태감들의 손이 검병에서 천천히 떨어졌다.

"이리 가까이 오너라."

황제가 손짓으로 여린을 불렀다. 무릎걸음으로 다가온 여린에게 황제가 직접 술잔을 건넸다.

"받아."

황제가 직접 술을 따라 주려는 듯 술 주전자를 들자 좌우편에 그림자처럼 서 있던 두 명의 늙은 환관이 달려왔다.

"폐하께서 어찌 직접?"

"소인들이 대신하겠습니다!"

"아아, 괜찮아. 여기 여 즙포와는 오랜 친구와도 같은 사이다."

쪼르르…….

잔이 그득히 찰 때까지 황제는 천천히 술을 따랐다.

"한 잔 쭉 마셔라."

"황은이 망극하옵니다."

감사를 표한 후 여린이 단숨에 술잔을 비웠다.

"자, 짐에게도 한 잔 따라봐라."

이번에는 황제가 빈 술잔을 내밀었다. 여린이 흠칫하며 황제의 얼굴을 한 번 쳐다보고는 조심스럽게 술을 따랐다. 정말 오랜 지기라도 만난 듯 만면에 미소를 머금은 채 천천히 술잔을 기울이는 황제의 얼굴을 병부시랑이 황당한 눈으로 쳐다보았다. 사실 황제와 마주 앉아 술잔을 주고받을 수 있는 사람은 조정 고관대작들 중에서도 다섯 손가락을 넘지 않았다. 황제와의 대작은 그 자체로 대단한 권력이었고, 은전이었다. 병부시랑이 눈을 가늘게 뜨고 여린의 얼굴을 응시했다. 저 젊은 즙포가 어쩌면 향후 조정에서 중대한 변수로 떠오를지도 모를 일이었다.

술잔을 내려놓으며 황제가 히쭉 웃었다.

"어떠냐? 나와 인연을 맺어두면 좋은 일이 많이 생길 거라고 했지? 솔직히 말해봐라. 그때는 내 말을 믿지 않았지?"

"그랬던 것 같습니다."

여린이 빙긋 웃으며 대답했다.

"우헤헤! 내 그럴 줄 알았지. 하긴 거지 중에서도 상거지로 보이는 짐의 말을 어찌 믿을 수 있었겠느냐?"

황제가 다시 무릎을 치며 어린아이처럼 즐거워했다.

잠시 뜸을 들였다가 여린이 조심스럽게 입을 열었다.

"폐하, 신의 말을 믿어주신다면 지금 당장이라도 당상학의 모반에 대한 대책을 세우심이……."

"참, 저놈은 어떻게 처리한다?"

여린의 말을 끊으며 황제가 손가락으로 불쑥 곽기풍을 겨누었다.

"윽!"

곽기풍이 저도 모르게 목을 자라처럼 움츠렸다. 그러잖아도 황제의 정체를 알고부터 계속 오금이 저려오던 곽기풍이었다. 황제에게 이놈 저놈 욕을 해대고 저주를 퍼부었으니 어찌 오금이 저리지 않겠는가. 하지만 그건 어디까지나 황제의 정체를 모르고 한 짓이고, 또 여린에게 호감을 갖고 있으니 황제 자신이 공언했던 대로 자신의 목을 베지는 않을 것이라고 애써 자위하고 있었다.

그러나 곽기풍을 지그시 노려보는 황제의 얼굴에선 이미 웃음기가 싹 가시고, 핏발 선 황제의 두 눈엔 다시 광인의 분노가 떠올라 있었다.

여린도 숨을 죽이고 황제의 안색을 살피는 중이었다. 상관흘의 진단대로 황제는 변덕이 심한 인물 같았다. 그것이 주변의 충성심을 끌어내기 위한 의도적인 행동인지 아니면 세상 사람들이 수군거리듯 광중에 걸려서 그런 것인지는 알 수 없지만, 여린은 천성적으로 황제처럼 제멋대로의 기분에 따라 움직이는 사람을 좋아하지 않았다. 그런 사람들 대부분은 주변 사람들을 지치게 만들기 때문이다.

황제가 눈알을 기분 나쁘게 번들거리며 으스스하게 내뱉었다.

"곽기풍… 곽기풍… 분명 곽기풍이었어. 그렇지? 네 이름이 곽기풍 맞지?"

"미천한 소관의 이름을 기억해 주시니 삼생의 영광이옵니다, 폐하!"

쿵쿵!

곽기풍이 방바닥에 이마를 짓찧으며 짐짓 감격에 겨운 목소리로 길게 읍했다. 그러나 되돌아온 황제의 목소리는 매우 싸늘했다.

"그러니까 그때 내가 짐에게 뭐라고 쌍욕을 지껄였더라? 옘병할 늙은이? 맞아, 분명 옘병할 늙은이라고 했어? 기억나지?"

"저, 전혀 기억나지 않사옵니다."

곽기풍이 방바닥에 이마를 처박은 채 곰처럼 커다란 덩치를 와들와들 떨었다. 황제가 피식 웃었다. 벌레를 가지고 노는 어린아이처럼 잔인한 눈빛이었다.

"에잉, 그럴 리가 있나? 짐이 이 두 귀로 똑똑히 들었는데. 그래서 짐이 너는 물론 네놈의 구족까지 참수하겠다고 약속하지 않았느냐?"

"어이쿠~ 살려주십시오, 폐하!"

곽기풍이 번쩍 고갤 쳐들며 눈물을 펑펑 쏟았다.

"제가 잠시 미쳤었나 봅니다! 하지만 그 거지 노인이 폐하인 줄 알았다면 어찌 그런 망발을 입에 담았겠나이까?"

"더 이상의 변명은 필요없다. 이 자리에서 당장 목을 베어라."

황제가 손을 번쩍 쳐들자 시위 태감 한 명이 검을 뽑아 들며 곽기풍 쪽으로 똑바로 걸어나왔다.

"으아악! 여 줍포님! 여 줍포님! 나 좀 살려주시오, 여 줍포님!"

시위 태감이 자신의 목을 노리고 칼을 쳐들자 곽기풍이 후다닥 기어나와 여린의 다리를 붙잡고 늘어졌다.

여린이 황제에게 사정했다.

"곽 총관의 죄를 용서해 주십시오, 폐하. 소관의 얼굴을 보아서라도……"

"너는 짐과 네가 특별한 사이라도 되는 양 말을 하는구나? 우리가 특별한 사이냐?"

"......."

황제의 싸늘한 목소리에 여린은 말문이 막혔다. 여린이 보기에 황제는 아마도 모반에 대한 정확한 상황 파악을 원하는 듯했다. 여린이 거짓말을 할 수도 있다고 생각하고, 일단 혼을 쏙 빼놓은 후 진실을 가려내려는 게 분명했다. 어쩔 수 없는 불쾌감으로 여린의 미간이 찌푸려졌다.

"왜 대답을 하지 않느냐?"

"폐하와 전 아주 특별한 사이가 분명합니다."

여린은 이제 더 이상 고개를 조아리지도 않고 황제의 얼굴을 똑바로 응시하며 대답했다.

"어째서냐?"

"폐하께서는 소관에게 오리구이와 죽엽청을 얻어드셨잖습니까?"

"동정이란 너 자신을 위해 베푸는 것이라고 말한 사람이 누구지?"

"물론 동정을 베푸는 건 베푸는 사람을 위한 것입니다. 하지만 받는 사람의 입장은 또 다릅니다. 받는 사람 입장에선 받는 자신을 위한 것이겠지요."

"말장난이다."

"말장난을 하고 있는 건 폐하십니다."

"네 이놈!"

꽝!

격분한 황제가 술상을 내려쳤다. 동시에 여린 등으로부터 약간 떨어져 있던 시위 태감들이 다시 여린의 주변으로 모여들었다. 그러나 여린은 조금도 주눅 들지 않고 황제의 얼굴을 똑바로 쳐다보았다.

"폐하는 분명 당상학이 모반을 꾀하고 있다는 소관의 말을 칠 할 이상 믿고 계십니다. 하지만 저에 대한 의심 때문에 계속 공포 분위기를 조성하며 저를 시험하고 계십니다. 이쯤에서 멈추어주십시오. 저와 제동도들은 이미 더 이상 잃을 것이 없는 사람들입니다. 죽음을 두려워하지 않은 자들에게 죽음을 담보로 협박을 하시는 건 말장난에 불과합니다."

황제가 한동안 눈을 치뜨고 여린의 얼굴을 노려보았다. 그의 입에서 당장 참수하라는 명령이 떨어질 것만 같아 곽기풍과 하우영과 장숙과 반철심과 막여청은 식은땀이 비 오듯 흘렀다. 다만 소사청만이 눈알을 예리하게 굴리며 사방에 포진해 있는 시위 태감들의 숫자를 가늠하고 있었다. 여차하면 튀어나가 황제의 목줄기를 움켜잡고 인질로 삼아버릴 작정이었던 것이다.

"큭……!"

황제의 입술이 이상하게 비틀리는가 싶더니 낮은 실소가 흘러나왔다.

"우헤헤헤! 대단하구나! 정말 대단한 녀석이야! 어떻게 너 같은 녀석이 시골 현청의 줍포로 머물러 있는지 모르겠구나. 대장군을 시켜도 시원치 않거늘."

"이제 제 말을 믿으십니까?"

"믿는다."

"그럼 당상학을 잡아들여야죠."

"그게 그렇게 쉬운 문제가 아니다."

난감한 표정으로 뒤통수를 긁적이는 황제를 올려다보며 여린이 고갤 갸웃했다.

"쉬운 문제가 아니라면……?"

술잔을 홀짝이며 황제가 병부시랑에게 시선을 던졌다.

"너무 떠들었더니 목이 칼칼하구만. 병부시랑이 대신 설명해 주라."

"태감부가 동태감부와 서태감부로 나뉜다는 건 알고 있소?"

병부시랑의 질문에 여린이 고갤 끄덕했다.

"압니다."

"그럼 현재 황상께서 머무시는 이곳을 우리 동태감부에서 맡고 있다는 것도 아시겠구려. 황상의 주변에 머물러 있는 동태감부 시위 태감의 숫자는 모두 합쳐 봐야 이백. 그리고 황사가 지휘하는 서태감부 시위태감의 숫자가 모두 오백이오. 머릿수만도 배가 넘는 데다가 그 개개인의 무공 또한 곱절은 차이가 나오."

"하지만 현청 근처에 주둔 중인 일만의 금군이 있지 않습니까? 그들이 합세한다면……?"

병부시랑이 고갤 설레설레 흔들었다.

"어림호위군의 총사령 유호충은 당상학이 키운 장수요. 그를 믿을 수는 없소. 오히려 그들 역시 잠재적인 모반 세력으로 분류해야 할 거요."

"무공 수위가 곱절은 높은 오백의 시위 태감들과 일만의 어림호위군이 모두 모반 세력이라면 싸움은 해보나마나겠군요."

여린이 정말적인 표정으로 내뱉었다.

"그뿐이 아니지."

황제가 술잔을 내려놓으며 히쭉 웃었다.

"현청 본관 안을 지키고 있는 이백의 동태감부 시위들 중 절반 이상이 당상학 쪽 환관 놈들이야. 막상 일이 벌어지면 짐을 향해 칼을 겨눌 게다."

"······!"

여린은 더 이상 할 말이 없었다. 세력 대 세력으론 도저히 승산이 없었다. 그리고 그 세력 간의 싸움을 단번에 역전시킬 수 있는 강호의 고수들을 살펴봐도 여린 쪽보다는 당상학과 염화수 쪽이 훨씬 강한 게 사실이었다.

한동안 고민에 빠져 있던 여린이 흠칫 고개 쳐들며 황제를 향해 물었다.

"황상께서는 왜 갑자기 당상학이 아니라 병부시랑께서 지휘하는 동태감부에 호위를 맡기셨습니까? 이는 황상께서도 당상학을 의심하고 계셨다는 증거 아닌지요? 그렇다면 무언가 안배를 해두셨을 것으로 생각됩니다만."

"헤헤헤! 그냥 한번 그렇게 해본 거야. 이놈이고 저놈이고 모두가 모반을 꾸미는 것 같아서 내가 널 의심하고 있으니 조심해라, 하는 경고를 주기 위해서 가끔씩 해보는 장난이라고. 이번엔 재수없게 당상학이 걸려든 거지. 물론 그 망할 놈의 영감탱이가 진짜 모반을 꾸밀 줄은 꿈에도 몰랐지만 말야."

"후우······."

여린의 입에서 절로 한숨이 새어 나왔다. 이제 정말 방법이 없는 것이다. 딱 한 가지 방법이 있다면, 당상학이 황제가 자신의 모반을 절대 눈치 채지 못하게 한 후 밤을 틈타 인근의 성으로 달아나 지원군을 요청하는 것인데, 그전에 당상학에게 발각되어 십중팔구 모조리 도륙을 당할 게 분명했다.

"아······!"

한동안 고민에 고민을 거듭하던 여린의 입에서 짧은 탄성이 새어 나왔다. 딱 한 사람이 있었다. 이곳 사천성에서 황제의 어림호위군과 맞먹을 정도의 군세를 동원하여 황제를 지켜줄 수 있는 사람이 딱 한 명 있었다.

"그게 누구냐?"

여린의 말에 황제가 눈을 반짝이며 물었다.

"오늘 밤 황제 폐하를 죽이러 올 살수입니다."

"뭣이? 네가 미쳤구나?"

황제가 불쾌한 듯 인상을 화악 구겼다. 자신을 죽이러 올 살수가 자신의 목숨을 유일하게 구해줄 수 있는 조력자라는 말도 안 되는 소릴 해대니 화가 날 만도 했다. 여린이 의미심장하게 웃었다.

"그의 이름을 듣는다면 황상께서도 수긍하실 겁니다."

"그 살수 놈의 이름이 무엇인데?"

"철기련입니다."

"억!"

"어억!"

황제보다 먼저 경호성을 터뜨린 사람은 곽기풍과 하우영과 장숙 등이었다.

곽기풍이 여린의 뒤통수에 대고 볼멘소리를 내뱉었다.

"제정신이오? 그놈은 우리의 원수요."

여린이 일행들을 돌아보며 설득조로 말했다.

"어찌 보면 그도 피해자요. 그도 미친 복수의 불길에 아비를 잃었고, 하나뿐인 여동생은 실성했소. 사사로운 감정은 잠시 접어둡시다."

"하지만……."

곽기풍이 어금니를 질끈 깨물며 두 주먹을 부르르 떨었다. 아무리 여린이라지만 자신의 아내와 아이들을 쳐죽인 철기방의 주인과 손을 잡을 수는 없는 노릇이었다.

꾸우욱!

그렇게는 못하겠다고 소리를 내지르려는데 옆쪽에 앉아 있던 장숙이 그의 손을 지그시 움켜쥐었다. 곽기풍이 돌아보자 장숙이 억지 웃음을 지으며 고개를 가로저었다. 곽기풍이 고갤 돌려 다른 동도들의 면면을 살폈다. 하우영도, 반철심도, 막여청도 비슷한 표정을 짓고 있었다. 모두 철기방에 의해 소중한 사람들을 잃은 장본인들이었다. 그런데 그들 모두 여린의 한마디에 철기방의 주인 철기련을 용서해 주자고 말하고 있는 것이다.

"이런 빌어먹을 인간들! 인심도 후하구나! 네놈들은 여 줍포가 죽으라고 하면 그 자리에서 혀를 콱 깨물고 뒈져 버릴 놈들이구나!"

왠지 눈물이 나올 것만 같아 하우영이 주먹으로 제 무릎을 팡팡 두드리며 고개를 팍 숙였다.

무언가 심각한 감정의 교류를 나누는 여린과 일행들을 조용히 지켜보던 황제가 나직이 물었다.

"철기련이라면 죽은 철기방 방주 철태산의 아들이지?"

"맞습니다. 그가 신임 방주가 되었습니다."

"그가 당상학의 사주를 받아 짐을 시해하러 온다고?"

"그렇게 알고 있습니다. 당상학은 아마도 그를 차도살인지계의 도구로 이용한 후 자신의 손으로 철기련을 처단해 혐의를 벗으려는 것 같습니다. 철기방과 황실의 갈등은 이미 세상이 다 알고 있는 공지의 사실. 철기련만큼 폐하를 시해할 살수로 적당한 인물도 드물지요."

"그건 알 것 같다. 그런데 그가 나를 구원할 적임자란 건 또 무슨 소리냐?"

"지금 사천 땅엔 밖에 있는 어림호위군을 대적할 군사가 없습니다. 성청에 오천의 위군이 있지만 농한기인지라 태반이 귀농했고, 실제로 주둔 중인 숫자는 채 이천이 되지 않는다고 들었습니다. 그러나 철기련에겐 잘 훈련된 이만의 정예 무사들이 있습니다. 그들이라면 어림호위군과 대적이 가능합니다."

"으음, 꽤 괜찮은 생각이로군. 하지만 짐을 죽이러 온 놈이 갑자기 마음을 바꿔 짐을 호위하려 들까?"

여린이 엷게 웃으며 대답했다.

"저는 그를 압니다. 폐하께서 그와 철기방의 완전 사면을 약속하시면 기꺼이 칼을 돌릴 것입니다."

"고작 사면령만으로? 모반이 성공한다면 개국공신이 되어 대대손손 부와 작위를 보장받을 텐데?"

"그는 세속적인 남자가 아닙니다. 그가 원하는 것은 따로 있습니다."

"철가 놈이 원하는 게 뭐길래?"

"일상입니다."

"일상?"

"예. 아주 평화롭고, 그래서 때때로 지겹기까지 한 일상 말입니다. 그리고 그건 소관도 마찬가집니다."

여린이 황제를 향해 가볍게 머리를 숙이며 말했다. 한동안 무슨 말인지 통 모르겠다는 듯 턱을 쓰다듬으며 여린을 내려다보던 황제가 눈을 반짝했다.

"좋다. 짐은 여린, 너를 믿겠다."

"감사합니다."

"그럼 이제 슬슬 작업을 시작해야지."

"작업이라면 어떤……?"

마치 재미난 장난감을 찾은 어린애처럼 신이 난 표정으로 황제가 말했다.

"아마도 당상학은 철기련이 나타난 이후에나 움직일 것이다. 그전에 우린 동태감부의 시위 태감 놈들 중 모반에 참여한 놈들을 솎아내서 죽이고, 대신들 중에서도 당상학의 사람이라고 의심되는 놈들을 불러들여 차례로 도륙을 내야 한다. 일이 벌어지기 전에 우리가 먼저 움직여 적의 머릿수를 최대한 줄여놓자는 말이다."

"무슨 말씀인지는 알겠습니다만……."

여린이 말끝을 흐렸다. 사람을 때려죽이는 일을 즐거운 유희처럼 말하는 황제의 태도가 마음에 들지 않았다. 잔인하게 번들거리는 황제의 눈은 자신이 알고 있는 누군가를 닮아 있었다. 황제의 눈빛이 당상학과 닮아 있다고 생각하는 순간 여린의 가슴으로 섬뜩한 한기가 스치고 지나갔다.

황제를 향해 고개를 조아리며 여린이 낮고 단호하게 말했다.

"저는 즙포 사신으로서 목숨을 바쳐 폐하를 보위할 것입니다. 그전에 한 가지 약속을 해주셨으면 합니다."

"무슨 약속?"

"만약 철기련이 역모를 제압하는 데 도움을 준다면 그를 자유롭게 놓아주십시오. 약속해 주실 수 있으실런지요?"

"네가 지금 짐과 거래를 하자는 것이냐?"

황제의 표정이 불쾌하게 일그러졌지만 여린은 물러서지 않았다.

"그렇게 생각하셔도 무방합니다. 하지만 소관은 폐하의 약속을 꼭 받아야만겠습니다."

한동안 번질거리는 눈으로 여린을 쏘아보던 황제가 마지못해 고갤 끄덕였다.

"좋다. 황실의 명예를 걸고 약속한다."

"감사합니다, 폐하."

"자, 그럼 이제 사냥을 시작해야지."

짝짝!

황제가 다시 신이 나서 손뼉을 마주쳤다. 마치 오랜만에 사냥이라도 나가는 사람 같았다.

동태감부의 시위부장 가진량은 황상의 다급한 부름을 받고 헐레벌떡 현청 본관의 복도를 달려오고 있었다. 황상께서 긴한 용무가 있다며 자신을 직접 부르시다니. 가진량은 마음이 조급했다.

"검을 맡기시오."

황제의 처소 앞을 지키고 있던 시위 태감 둘이 가진량의 무장 해제를 요구했다. 가진량은 약간 이상한 기분을 느꼈다. 물론 황상을 알현할 때는 지위고하를 막론하고 무장을 해제하는 것이 상례였다. 하지만 천하에서 그런 제약을 받지 않는 기관이 오직 한 군데 있었으니, 바로 검을 들고 황제의 신변을 지켜야 하는 태감부의 환관들이었다. 그런데 오늘은 갑자기 검을 내놓으란다. 가진량은 검이 꽂힌 검집을 잡은 채 한동안 유심히 시위 태감들의 안색을 살폈다. 자신과 지위가 같은 시위부장들로, 같은 동태감부에서 근무하다 보니 꽤나 낯이 익은 자들이었다.

"안에 무슨 일이 있는가?"

가진량이 넌지시 묻자 시위부장 하나가 대수롭지 않게 대답했다.

"황상께옵서 태감부를 격려하는 차원에서 시위부장들에게 어주를 한 잔씩 내리고 계시오. 잘 아시겠지만 황상께서 어주를 내리시면 눈을 마주치지 말고 양손으로 공손히 받도록 하시오. 술잔은 깨끗이 비운 후 비운 술잔은 옷소매로 입술이 닿은 부분을 닦은 후 황상의 왼편 상 위에 놓는 것도 잊지 마시오."

비교적 자세한 설명이 가진량을 안심시켰다. 황상이 먼 순행을 나갈 때면 자신들에 어주를 내리는 경우가 종종 있다는 기억도 가진량의 의심을 지우는 데 일조를 했다.

"옛수."

가진량이 시위부장에게 검을 건네곤 방문을 밀고 들어갔다.

막 방 안으로 들어가는 그의 귓가에 문밖을 지키는 시위부장 둘이 입을 모아 외치는 소리가 들렸다.

"시위부장 가진량 입실이오!"

푸욱!

"어헉!"

예리한 칼날이 뱃가죽을 꿰뚫는 소리와 함께 가진량은 찢어져라 입을 벌려야만 했다. 아랫배에서 생살을 불로 지지는 듯한 통증이 느껴졌다. 천천히 고개를 숙이자 자신의 아랫배 깊숙이 박힌 시커먼 검신이 보였다.

"끄어어……."

가래 끓는 소릴 내뱉으며 간신히 고갤 쳐들자 자신의 아랫배에 검을 찔러넣고 있는 계집아이처럼 곱상하게 생긴 청년이 보였다. 싸구려 단의 차림의 청년은 무척이나 애석한 표정을 짓고 있었는데, 그 표정이 가식이 아니라는 건 이어진 그의 목소리에서 알 수 있었다.

"참으로 미안하게 생각하오. 당신이 역도인지 아닌지 확인조차 해보지 않고 이렇듯 즉결처분을 내릴 수밖에 없어서 말이오. 부디 편안히 가시오."

"……."

대답할 힘조차 없는 가진량이 맥빠진 눈으로 주변을 둘러보았다. 넓은 방 저쪽 끝에 술상을 차려놓고, 그 너머 태사의에 좌정한 채 술잔을 들고 히쭉히쭉 웃고 있는 황제가 보였다. 황제 옆쪽으로 병부시랑과 살기등등한 이십여 명의 동태감부 시위 태감들이 시립해 있었다. 그리고 그들 앞쪽으로 방금 자신의 아랫배에 검을 꽂은 청년과 기다란 쇠봉을 양손으로 움켜쥔 현청 총관쯤으로 보이는 배불뚝이 장년인과 거대한 혈부를 꼬나 쥔 외팔이 거인과 낭창낭창한 연검을 늘어뜨린 키만 훌쩍 큰 포두와 현청의 병참수로 보이는 사내와 장창을 꼬나 쥔 포사, 그리고 마지막으로 꼭 염쟁이처럼 생긴 영감이 버티고 서 있는 게 보였다. 그들의 발밑에는 서른 명 정도의 시위 태감들의 시체가 나뒹굴고 있었다. 죽은 자들은 모두 낯이 익었다. 자신과 함께 황제가 아니라 당상학에게 충성을 맹세한 환관들이었다.

"병신처럼… 검을 내놓으라고 할 때부터 알아봤어야 하는 건데……."

쿠웅!

억울한 듯 중얼거리며 뒤쪽으로 천천히 넘어가던 가진량이 방바닥에 뒤통수를 꿍렬히 처박으며 절명했다.

"후우~"

흑일을 털어 핏물을 털어내며 여린은 이 훌륭한 보검을 만들어준 장인에게 왠지 미안한 생각이 들었다. 그는 분명 자신이 이 검으로 강호를 누비며 숱한 고수들과 정정당당한 대결을 펼칠 것이라 기대했지, 이런 식의 암살자 같은 행동은 결코 기대하지 않았으리라.

"더 죽여야 합니까?"

여린이 약간은 피곤한 표정으로 황제를 돌아보았다. 이미 많이 취했는 데도 황제는 계속 술잔을 기울이며 피식 웃었다.

"이제 다 되었다. 그런데 이미 술시가 지나가는데, 철기련은 왜 나타나지 않지? 너 혹시 짐에게 거짓말을 한 건 아니냐?"

"……."

여린은 대답하지 않았다. 이제 황제의 의심에는 진저리가 났기 때문이다. 대신 여린은 미안한 감정이 가득 담긴 눈으로 동도들의 면면을 살폈다. 그들 역시 자신들의 애병에 원치 않는 피를 묻히고 있었다.

'이 일이 끝나면 저들과 어울려 밤새 술동이를 비울 것이다.'

여린은 어서 이 잔혹한 살육제가 끝나고 평범한 일상으로 돌아갈 수 있게 되길 기원할 뿐이었다.

드르륵!

"나타났습니다!"

이때 미닫이문이 거칠게 열리며 밖에 있던 시위부장 하나가 다급히 소리쳤다.

"누가?"

"철기방주 철기련이 이쪽으로 오고 있습니다."

황제의 물음에 시위부장이 황급히 대답했다. 황제의 얼굴에 악귀 같은 웃음이 번졌다.

"우히히! 여린의 말이 사실이었군. 당상학, 이놈. 짐이 그처럼 어여삐 여겼거늘, 감히 모반을 획책해? 짐이 네놈의 창자를 끄집어내어 잘근잘근 씹고 말 테니 두고 보아라."

황제의 두 눈에서 뿌려지는 살기가 너무도 강렬해서 여린은 정말 당상학의 내장을 씹는 황제의 모습을 상상할 수밖에 없었다.

"악!"

"크윽!"

잠시 후 바깥쪽에서 처절한 비명이 들려왔다. 문밖을 지키고 있던 두 시위부장이 철기련에게 죽임을 당한 것 같았다. 조용히 문이 열리고 철기련이 들어왔다.

"네가 왜 여기에……?"

황제의 처소에서 여린을 발견한 철기련이 황당하게 눈을 치떴다.

"어쩌다 보니 그렇게 되었소."

여린이 철기련의 얼굴을 지그시 바라보며 진정이 담긴 목소리로 설득했다.

"이쯤에서 살의를 거두고 나와 함께 황상의 편에 섭시다. 그것만이 우리 모두가 평안했던 과거로 돌아갈 수 있는 길이오."

"거절이다."

"……!"

여린이 움찔했다. 가능성은 반반이라고 생각했지만 철기련이 이토록 간단히 자신의 제안을 거부하리라곤 미처 생각하지 못했기 때문이다. 놀란 사람은 여린뿐이 아닌 것 같았다. 등 뒤에서 황제의 발작적인 고함이 들려왔다.

"이게 어찌 된 일이냐? 네 말 한마디면 철가 놈이 그간의 죄를 뉘우치고 짐의 편에 설 것이라고 장담하지 않았어?"

철기련이 조용히 눈을 들어 경박스럽게 방방 뛰고 있는 황제를 보았다. 그의 입가에 비릿한 조소가 걸렸다.

"저런 황제를 위해서? 나는 차라리 황제가 없어지는 게 낫다고 생각하는 사람이다."

"죽여! 저 불악무도한 놈을 당장 죽여라!"

촤아아앗!

황제의 추상같은 명령이 떨어지자 벽 쪽에 붙어 사태를 관망하고 있던 이십여 명의 시위태감이 일제히 검을 뽑으며 날아들었다.

"안 돼!"

여린이 제지하려고 했지만 때는 이미 늦었다.

팡팡팡팡팡!

시위 태감들의 검이 목전으로 날아들자 철기련이 재빨리 양손 주먹을 내질렀다.

깡! 깡! 깡! 깡! 까앙! 까아앙!

순식간에 철기련의 주변으로 수십 개의 권영이 그려지는가 싶더니, 권영들에 의해 검날이 무참히 부러졌다.

"악!"

"크악!"

"커헉!"

"으허허헉!"

검날을 부러뜨린 권영이 노도처럼 뻗쳐 나가 시위 태감들을 피곤죽으로 만들어 버렸다. 스무 명의 환관이 순식간에 시체가 되어 처박혔다.

"어어……."

광증을 보이던 황제도 비로소 공포를 느꼈는지 술상 앞에 털썩 주저앉아 버렸다.

"내 선친의 목을 요구하셨지요, 폐하? 이제 당신이 목을 내놓을 차례인 것 같소!"

철기련이 비로소 허리춤 장검을 뽑아 들며 황제를 향해 쇄도했다.

"나를 밟지 않고는 한 발짝도 나가지 못한다!"

제일 먼저 철기련의 앞을 막아선 사람은 하우영이었다. 하우영의 거대한 혈부가 철기련의 정수리를 노리고 떨어졌다.

"훙!"

카앙!

철기련이 가벼운 코웃음과 함께 검을 슬쩍 쳐올려 너무도 쉽게 혈부를 떨쳐 버렸다. 충격을 받은 하우영이 뒤쪽으로 서너 걸음을 쿵쿵 물러섰다.

"나의 흑거가 마침내 제대로 된 상대를 만났구나! 더럽게 반갑다, 철가야!"

하우영을 뒤이어 철기련의 옆얼굴을 노리고 철봉을 폭풍처럼 휘두르며 달려든 사람은 곽기풍이었다.

"훙!"

카아앙!

철기련이 다시 코웃음을 치는 것과 동시에 곽기풍의 철봉도 힘없이 팅겨 나갔다.

"으윽!"

철봉 끝자락을 잡은 곽기풍의 손아귀가 찢어져 핏물이 터져 나왔
다.

삐이이이—

"흑비라는 물건이오! 막아내기가 녹록치 않을 테니 조심하시길!"

멈칫하는 철기련의 미간을 노리고 반철심의 암기 흑비가 날아들었
다. 이번에도 철기련은 흑비를 팅겨냈지만 흑비는 다른 병기들처럼
힘으로 제압할 수 있는 암기가 아니었다. 철기련의 머리 위로 팅겨 올
랐던 흑비가 길게 포물선을 그리며 그의 뒤통수를 노리고 되쏘아졌
다.

"귀찮구나!"

철기련이 다시 흑비를 팅겨냈지만 흑비는 또다시 돌아왔다. 철기련
은 더 이상 전진하고 못하고 연이어 돌아오는 흑비를 팅겨내기에 여념
이 없었다.

"요사한 물건이군!"

따앙!

철기련이 재차 검을 휘둘러 자신의 관자놀이를 노리고 쏘아오는 흑
비를 팅겨냈다. 흑비가 아직 되돌아오지 않고 있을 때 그는 재빨리 왼
주먹을 내질렀다. 미처 궤도를 수정하지 못한 흑비는 두 번째 충격이
가해지자 엉뚱하게 천장으로 날아가 박혀 버렸다.

"초랑이를 살려내라, 나쁜 놈!"

장창을 곧추세우고 달려나가려는 막여청을 여린이 뒤쪽으로 잡아당
기며 자신이 뛰쳐 나갔다.

쉬쉬쉬쉬쉭!

여린이 구천십팔식의 신법에 따라 철기련의 앞으로 바싹 다가들며 검을 찔렀다. 한 걸음도 안 되는 거리에서 여린의 검봉을 뚫고 예리한 검광 십여 가닥이 터져 나와 철기련의 얼굴로 날아갔다.

"네 검법은 이미 훤히 꿰뚫고 있다!"

따다다다당!

표정이 더욱 엄중해진 철기련이 현란하게 검을 휘둘러 여린의 검광을 막아냈다. 여린과 철기련이 서로를 향해 내쏜 수십 가닥의 검광이 맹렬히 부딪쳐 시퍼런 불꽃이 되어 흩어졌다. 두 사람의 기세가 하도 삼엄한지라 주변에 있던 사람들은 똑바로 서 있지도 못하고 벽 쪽으로 휘청휘청 밀려났다.

"황제를 지키겠다고? 차라리 개를 지키겠다고 해라!"

분노의 일갈과 함께 철기련이 길게 찔러오는 검봉에 반딧불 같은 신광이 맺혔다. 그 신광이 엿가락처럼 죽 늘어나는가 싶더니 신광은 어느새 검강이 되어 날았다.

"검강?"

무공을 아는 병부시랑의 입에서 놀란 외침이 터져 나왔다. 이제 막 일류의 수준에 발을 들여놓은 그로서는 검강을 견식한다는 사실 자체가 믿어지지 않았던 것이다.

쑤아아앙!

"억!"

한줄기로 뻗쳐 오던 검강이 갑자기 세 가닥으로 갈라지며 여린의 얼굴, 가슴, 다리를 노리고 날아가는 걸 보고 병부시랑은 더욱 놀라 경호성을 내질렀다. 여린은 뒤쪽으로 정신없이 뒷걸음질을 치며 검을 마구 휘둘러 검강들을 튕겨냈지만, 튕겨진 검강들은 이내 호선을 그리며 다시 여린을 압박했다. 검강이 살아서 춤을 추고 있었다. 황제가 앉아 있는 술상 앞까지 밀려난 여린이 더 이상 물러설 수 없다고 판단한 듯 양발로 힘차게 방바닥을 밟으며 혼신을 다해 검을 휘둘렀다.

쾅! 쾅! 콰앙!

검강을 쳐냈는데 마치 폭약을 터뜨린 듯한 엄청난 폭음이 울려 퍼졌다.

"으흑!"

마지막 순간에 완전히 튕겨내지 못한 검강이 옆구리를 지지자 여린의 입에서 고통스런 신음이 새어 나왔다.

"장숙이 갑니다, 여 줍포님!"

여린의 위기를 목격한 장숙이 철기련의 측면에서 날아들었다. 그의 검끝에서 포달랍궁이 자랑하는 구주환상검이 화려하게 펼쳐졌다. 하지만 철기련이 손을 몇 번 휘젓자 포달랍궁의 자랑은 너무도 쉽게 흩어졌다.

"황제와 함께 묻어주마!"

싸늘하게 씹어뱉으며 철기련이 여린의 심장을 노리고 세 가닥 검광을 더욱 강하게 찔러갔다.

"네놈이 하늘 높은 줄 모르고 설쳐 대는구나!"

콰아앗!

재빨리 여린의 앞을 막아서며 부천암골장을 폭출하는 사람은 바로 소사청이었다.

콰쾅!

역시 소사청은 달랐다. 부천암골장과 충돌한 검강들이 먼지처럼 흩어졌다. 소사청이 내친김에 열 손가락을 한꺼번에 튕기자 열 가닥의 지풍이 놀란 철기련의 얼굴을 노리고 쏘아졌다. 철기련이 검을 풍차처럼 휘두르자 희미한 검막이 생겨났고, 그 검막에 부딪친 지풍들이 불을 보고 날아든 나방처럼 부서졌다.

"당상학이 직접 온다면 모를까, 너 따위 애송이로는 턱도 없다!"

천장에 닿을 듯 도약한 소사청이 다시 양 손바닥을 내지르자 이전보다 두 배는 강맹한 부천암골장이 쏟아졌다. 문득 저항을 포기한 듯 철기련이 양손으로 거머쥔 검을 비스듬히 늘어뜨렸다. 찰나의 순간 검을 대각으로 크게 쳐올리자 초승달 모양의 검강이 뻗쳐 나왔다.

서거억—!

무언가 베어지는 소리가 기분 나쁘게 울려 퍼졌다. 철기련의 단 한 번의 칼질에 부천암골장이 조각났고, 검강은 연이어 소사청의 앞섶까지 길게 베어버리고 말았다. 술상에 등을 처박으려는 소사청을 여린이 가까스로 부축했다.

"괜찮으십니까?"

"괜찮다. 내가 저놈을 육젓으로 만들어주마."

"잠시 쉬십시오. 저희들이 맡겠습니다."

이를 바득바득 갈아붙이며 나서려는 소사청을 제지하고 여린이 튀어나갔다.

캉! 카앙! 카아앙!

미친 듯이 검을 휘둘러 철기련을 몰아붙이는 여린의 뒷등을 바라보며 소사청이 통탄했다.

"어이구~ 창피해! 어이구~ 창피해! 저런 어린놈의 칼질에 피나 흘리고. 나도 이제 죽을 나이가 됐나 보다."

여린은 철기련에게 거리를 허용하지 않으며 사납게 몰아붙이고 있었다. 철기련의 검강이 일단 발동되면 자신의 힘으론 막아내기 힘들다는 판단이 섰고, 그렇다면 아예 검강을 만들어낼 틈을 주지 말자는 생각이었다. 여린의 이러한 작정이 성공을 거두었는지 철기련의 공세는 눈에 띄게 약해졌다. 기회를 노리고 있던 곽기풍, 하우영, 장숙, 반철심이 여린을 돕기 위해 가세했다.

곽기풍은 흑거를 강하게 휘둘렀고, 하우영은 혈부를 흩날렸고, 장숙은 그 대부분이 허상인 이십여 개의 검영을 그려냈고, 반철심은 흑비를 날렸다. 아무리 천하무적의 철기련이라 해도 이 모두의 공격을 완벽하게 막아내기는 힘들었다.

파아앗!

나머지 사람들의 공격을 잘 막아낸 철기련이었지만 마지막 반철심이 날린 흑비만은 막을 수가 없었다. 흑비가 옆얼굴을 길게 베며 지나가자 핏물이 주르륵 흘렀다.

철기련은 잠시 혼란스러웠다. 그가 알기로 현청의 총관 곽기풍과 병참수 반철심은 무공이 전무하다시피 한 인물들이었다. 그러나 지금 두 사람은 초일류 급의 무공을 선보이고 있었다. 게다가 그들은 시간이 지날수록 완벽한 협공을 구사하기 시작했다. 여린의 현란한 검광을 막아냈는가 싶으면 삼절봉으로 분리된 곽기풍의 철봉이 꾸불꾸불 날아들었고, 강맹한 위력을 지닌 삼절봉을 간신히 튕겨냈다 싶은 순간 긴 철조의 울음소리와 함께 흑비가 빈틈을 파고들었다. 거기에 하우영의 무시무시한 혈부와 장숙의 변화무쌍한 검초까지. 철기련은 자신도 모르게 어느새 수세로 몰리고 있었다.

"크흑!"

상황을 역전시키려고 무리하게 검강을 발출하던 철기련이 움찔했다. 여린의 검봉이 어느새 자신의 가슴팍을 가볍게 찌르고 있었기 때문이다. 재빨리 뒷걸음질을 쳐 치명상은 피했지만 상처가 벌어지며 피가 흐르는 것까지 막을 순 없었다.

"이놈들이……!"

철기련은 당황했다. 그리고 그 당혹감은 이내 분노로 바뀌었다.

"죽여 버릴 테다!"

양손으로 움켜쥔 검을 쭉 크게 쳐올리는 순간 초승달 모양의 백색 검광 십여 개가 만들어졌다. 여린과 곽기풍, 그리고 반철심이 선두에 나서 철기련의 검강에 정면으로 부딪쳤다.

흑일과 흑거, 그리고 흑비가 검은 섬광을 흩뿌리며 날아가 검광을 들이받았다. 연이어 하우영과 장숙이 혈부와 검을 휘둘러 검강을 두드렸고, 마지막으로 소사청이 시커먼 암천부골장을 내쏘아 검강을 지져 댔다.

콰콰콰콰콰쾅!

"으아앗! 황제 살려!"

엄청난 폭발음과 함께 검강들이 사방 벽과 천장을 뚫고 처박히자 겁을 집어먹은 황제가 머리통을 감싸 안고 넙죽 엎드렸다. 흙먼지가 우수수 떨어지는 가운데 황제는 한동안 죽은 듯이 엎드려 있었다. 얼마 후 힐끗 고갤 쳐들고 보자 흙먼지가 서서히 걷히는 사이로 병기를 늘어뜨린 채 대치 중인 철기련과 여린을 비롯한 일행들이 보였다. 황제가 보기에 양쪽 다 상세가 심각한 것 같았다. 하나같이 낯빛이 창백했는데, 그중에서도 여린과 철기련은 입가로 핏물을 줄줄 흘리는 것으로 보아 가볍지 않은 내상을 입은 것이 분명했다. 어쨌든 황제가 판단하기에 지금은 여린 쪽이 유리한 상황이었다. 똑같은 내상을 입었어도 이쪽은 여린을 제외하고도 곽기풍이나 하우영이나 반철심이 아직은 건재해 보였다.

발딱 일어선 황제가 손가락으로 철기련을 가리키며 기세롭게 소리쳤다.

"죽여라! 저 역도 놈을 당장 쳐죽여!"

"흐흐흐……! 이거 미안해서 어쩌나?"

"으악!"

그때 박살난 문을 통해 방 안으로 들어서는 사람을 발견하고 황제는 순식간에 절망했다. 염화수와 청해일을 거느리고 당상학이 뒷짐을 진 채 방 안으로 걸어 들어오고 있었다. 바깥쪽에서 철기련이 황제를 죽였다는 신호를 기다리던 그는 본관 벽과 지붕을 뚫고 나오는 검강을 보고는 안쪽에서의 상황이 심각함을 깨닫고 직접 나서기로 한 것이다.

"이런, 이런, 반가운 얼굴들이 여기 다 모여 있군. 역시 기다리지 않고 들어와 보길 잘했어."

철기련의 옆에 서서 당상학이 히쭉 웃었다. 번들거리는 눈으로 자신의 얼굴을 직시하는 당상학을 마주하며 여린이 낮은 한숨을 내쉬었다. 당상학이 합류한 이상 승산은 전무했다. 여린의 얼굴이 절망적으로 일그러졌다.

"옛 스승을 보자마자 벌레 씹은 표정을 짓다니. 버릇이 없어졌구나, 여린."

"당신은 이제 나의 스승이 아니오. 콜록콜록⋯⋯."

여린이 가슴을 쭉 펴고 당당하게 말했지만 말미에 가쁜 기침이 터져 나오는 것을 막지 못했다.

"맞아. 너와 난 사제 놀음을 그만두기로 했었지. 하긴 너 같은 병신을 제자로 두고 있다는 것 자체가 내게는 큰 수치이다. 자네는 어떤가? 늘 손해보는 짓만 하고 다니는 병신 같은 제자가 마음에 드나?"

당상학의 시선이 문득 여린의 뒤쪽에 약간 떨어져 있는 소사청에게로 향했다.

소사청이 씨익 웃으며 대답했다.

"물론이다. 여린처럼 괜찮은 아이가 어떻게 너 같은 도둑놈과 어울렸는지 신기할 따름이다."

"여전히 주둥이는 살았군. 하지만 자네도 속으론 피멍이 좀 든 듯하이."

당상학의 비릿한 조소를 날렸다. 당상학의 눈은 정확했다. 철기련과의 마지막 충돌에서 소사청도 만만찮은 내상을 입었다. 한마디 내뱉을 때마다 목구멍으로 치솟는 피 맛이 불쾌했다.

소사청이 보기에도 상황은 절망적이었다. 당상학은커녕 그의 새로운 제자인 철기련 한 사람을 막아내는 데도 여린과 자신을 비롯해 이 많은 사람들이 감당하기 힘든 타격을 입었다. 이 상황에서 염화수와 청해일까지 합류했다. 이길래야 이길 수 없는 싸움이란 바로 이런 상황을 두고 하는 말일 것이라고 소사청은 생각했다.

소사청이 마지막 기대를 걸고 소풍 나온 어린 계집마냥 홀로 콧노래를 흥얼거리는 염화수를 향해 말했다.

"또 뵙게 되는구려, 묘후."

"넌 누구지?"

염화수는 소사청을 못 알아보는 듯했다.

"당신과 함께 천하를 풍미했던 백골염왕 소사청이라오. 천하 사대비문 중 일문인 시문의 수장을 맡고 있소만."

염화수의 눈이 표독스럽게 변했다.

"그러고 보니 기억이 나는군. 영감이 그 옛날 내게 독수를 써서 나를 이 모양으로 만들었잖아. 나는 지금도 시시각각 어려진다. 엉망이 돼버린 내 인생을 어떻게 책임질 테냐, 냄새 나는 영감탱이야?"

소사청이 손가락으로 당상학을 가리키며 절절한 목소리로 말했다.

"다시 한 번 말하지만 흉수는 당상학이오. 저 능구렁이 같은 놈이 묘후를 그렇게 만들었소. 잘 생각해 보시오, 묘후. 분명 기억이 날 거요."

"으음……."

소사청의 표정이 하도 진지한지라 염화수는 고갤 갸웃할 수밖에 없었다. 소사청의 말대로 옛 기억을 떠올리려 미간을 찌푸리던 그녀는 곧 만사가 귀찮다는 표정으로 고갤 횈획 가로저었다.

염화수가 청해일을 횈액 돌아보며 물었다.

"저 늙은이의 말이 사실이야, 거짓이야? 대답해 봐, 해일."

순간 여린과 소사청 등 좌중의 시선이 일제히 청해일에게로 쏠렸다. 전에 만났을 때도 염화수는 청해일에게 의견을 묻곤 했지만 이렇게 절대적으로 의존한다는 느낌은 아니었다. 아마도 그사이 염화수는 청해일을 완전히 믿게 된 것 같았다. 청해일의 안색을 살피던 여린이 순간적으로 멈칫했다. 청해일이 망설이고 있다는 느낌을 받았기 때문이다.

청해일이 망설인다는 것은 무슨 뜻인가? 청해일이 당상학을 배신하거나 혹은 더 이상 협력하고 싶지 않다는 속내를 숨기고 있다는 뜻일 것이다.

'만약 당상학과 염화수가 대립한다면······?'

짧은 순간 한가닥 희망이 여린의 뇌리를 스쳤다. 그렇다면 불리한 싸움은 전혀 다른 양상으로 흘러갈 수도 있을 것이다. 그러나 희망은 희망일 뿐, 당상학의 사나운 눈초리를 느낀 청해일이 흠칫 상념에서 깨어나며 정신없이 고갤 저었다.

"새빨간 거짓입니다, 묘후! 소사청은 묘후를 속이고 있습니다!"

"흥! 그럴 줄 알았어."

염화수가 소사청을 표독스럽게 노려보았다.

"허허허! 당신과 나는 이렇게 끝을 맺을 수밖에 없는 사이인가 보오. 하긴 그렇게 정해진 운명이라면 받아들일 수밖에 없겠지."

소사청이 허허롭게 웃었다. 그런 소사청을 무시하고 당상학의 시선이 여린에게로 쏠렸다.

"이제 너와의 질긴 악연도 끝을 맺어야겠지? 그전에 한 가지만 묻자. 왜 갑자기 황제의 충견이 된 것이냐?"

"제가 줍포이기 때문입니다."

여린의 너무도 당연한 듯한 대답에 당상학이 잠시 멍한 표정이 되었다. 경멸이 가득 배인 조소를 머금으며 당상학이 퍼런 불길 같은 기세가 맺힌 오른손을 천천히 쳐들었다.

"하긴 넌 원래 그런 놈이지. 복수에 눈이 뒤집혀 잠시 능력 이상의 힘을 발휘했으나 제 한계를 뛰어넘을 수 없는 물건이야. 이제 그만 죽어라. 내 손으로 키웠으니 마지막도 내 손으로··· 어억!"

여린을 향해 마지막 살수를 펼치려던 당상학의 입에서 갑자기 고통에 찬 비명이 새어 나왔다. 믿을 수 없다는 눈으로 당상학이 자신의 아랫배를 내려다보았다. 누군가의 검이 그의 아랫배에 깊숙이 박혀 있었다. 그 누군가는 놀랍게도 철기련이었다. 놀란 사람은 당상학뿐만이 아니었다. 곽기풍도, 하우영도, 장숙도, 반철심도, 막여청도, 청해일도, 염화수까지 마른하늘에 날벼락을 맞은 사람 같은 표정을 하고 당상학의 아랫배에 검을 쑤셔 박고 있는 철기련을 쳐다보았다.

오히려 여린은 별로 놀라지 않은 표정이었다.

"왜… 네가 왜 나를……?"

"그는 처음부터 우릴 해칠 생각이 없었소."

당상학의 질문에 대한 대답은 여린에게서 나왔다. 여린이 지극히 덤덤한 눈으로 당상학을 바라보며 설명을 덧붙였다.

"난 처음 그와 칼을 맞대보고 그가 자신의 가진 공력의 팔 할밖에는 사용하지 않고 있다는 사실을 알았소. 팔 할의 힘만으로도 우리 모두를 위기로 몰아넣을 순 있었지만 모두를 죽일 정도는 아니었소. 그래서 난 그가 당신을 끌어들이고, 당신이 완전히 안심하도록 만들기 위해 일부러 우리와 싸우는 척한다는 걸 알게 됐소."

"사실이냐?"

당상학이 철기련에게 확인을 요구했고, 철기련은 순순히 고개를 끄덕였다.

"사실이오."

"왜냐? 나는 네게 내 비전 중 하나인 월영검법을 전수했고, 제자로도 받아들였다. 그런데 왜 황제가 아니라 내게 살수를 휘둘러?"

"이유는 간단하오. 나는 황제와 당신, 둘 다 믿을 수 없었소. 하지만 당신을 좀 더 믿을 수 없었소. 나도 물읍시다. 내가 황제를 시해하고 나면 당신은 날 어찌할 작정이었소."

"그야……."

당상학이 말끝을 흐리자 철기련이 피식 웃었다.

"당신은 날 황제를 시해한 살수로 몰아 처단했겠지. 또한 철기방을 위험천만한 역도의 집단으로 몰아 철저히 궤멸시켰을 거요. 그 와중에 황제의 측근들을 철기방이나 영왕과 내통한 역도로 몰아 주살하고, 스스로 천자의 위에 오르려는 속셈이 아니었소?"

"흐흐흐! 제법이로구나. 네가 그토록 머리가 잘 돌아가는지는 미처 몰랐다. 그렇지만 네가 모르는 사실이 하나 있다."

"그게 무엇이오?"

"이따위 어설픈 칼질로는 나를 어쩌지 못한다는 것이다."

쑤우욱!

철기련이 흠칫 내려다보자 어느새 당상학의 복부에 박혀 있던 자신의 검이 저항할 수 없는 힘에 밀려 천천히 뽑혀져 나오는 게 보였다.

"이런 빌어먹을!"

"발버둥쳐도 소용없다. 나라고 왜 네가 알고 있는 사실을 몰랐겠느냐? 네놈이 의도적으로 바깥까지 소동을 퍼뜨려 나를 끌어들일 때부터 네가 변심했을지도 모른다는 생각을 했다. 너나 여린이나 아무리 날뛰어봤자 결국 내 손바닥 위에서 놀고 있었던 것이다."

철기련이 어금니를 사려물며 양손으로 잡은 검을 밀어 넣기 위해 애썼지만 당상학의 힘을 당해낼 순 없었다.

"너도 여린과 같이 죽어라, 이놈!"

퍼억!

"우웩!"

당상학의 손바닥이 가슴 깊숙이 작렬하자 철기련이 피를 한 말이나 토하며 부웅 튕겨 나갔다.

"으하하하! 내 눈에는 처음부터 너나 여린이나 똑같은 멍청이로 보였다! 보이지 않는 실에 묶여 춤추는 허수아비로 보였단 말이다!"

당상학이 철기련을 뒤쫓으며 검을 뽑아 내찌르자 한줄기 섬뜩한 검강이 그의 가슴을 노리고 날아들었다.

"조심하시오!"

따카앙!

여린이 황급히 철기련의 앞을 가로막으며 검강을 튕겨냈다.

"그래, 그래! 기왕이면 한꺼번에 덤벼주는 것이 좋다!"

휘이이잉!

살짝 튕겨 나갔던 검강이 두 개로 불어나 더욱 빠른 속도로 여린의 면전으로 날아들었다. 여린이 어금니를 질끈 사려물며 흑일을 휘둘러 다시 두 개의 검강을 튕겨냈다. 천장을 향해 튕겨 올랐던 검강이 이번에 네 개로 불어나 여린을 압박했다.

"뭣들 하고 있습니까? 모두 힘을 합쳐 당상학을 막아요!"

캉캉캉캉!

미친 듯 흑일을 휘둘러 검강들을 막아내며 여린이 다급히 소리쳤다.

삐이이이—

여린의 외침에 가장 먼저 반응한 사람은 반철심이었다. 반철심이 오른손 검지와 중지 사이에 끼우고 있던 흑비를 날리자 예리한 파공음을 울리며 당상학의 얼굴을 노리고 날아들었다.

"흥! 이따위 장난감으로 본좌를 어쩔 수 있을 것 같으냐?"

카앙!

당상학이 가볍게 검을 흔들자 흑비가 속절없이 튕겨 나갔다. 반철심의 뒤를 이어 당상학을 향해 쇄도한 사람은 곽기풍이었다.

"으랏차차! 만기박사님 나가신다!"

촤르르륵!

곽기풍이 천하제일의 장인 육태손으로부터 동전 세 문을 주고 산 흑거가 삼절봉으로 분리되며 세 배의 위력으로 당상학의 가슴을 노리고 날아갔다.

땅! 따앙! 따아앙!

"으윽!"

평소 곽기풍의 무공 수위를 너무도 잘 알고 있는 당상학이 가벼운 마음으로 삼절봉을 연달아 쳐내다가 휘청했다. 삼절봉은 사실 다루기가 까다로운 병기였다. 기다란 철봉이 세 가닥으로 나뉘어서 날아온다는 측면에서 보면 단순한 구조였지만 그 휘어지는 각도가 각각 달라서 잘못 쳐냈다간 쳐낸 사람의 손이나 팔에 상처를 입기 십상이었다. 곽기풍의 흑거도 꼭 그랬는데, 마지막 마디가 정확히 철기련에게 찔렸던 당상학의 아랫배를 때린 것이다. 대비는 하고 있었다지만 상처는 어쨌든 상처였다. 상처 부분에 체내의 공력을 분산시켜 은밀히 치료 중이던 당상학은 곪힌 상처에 식초를 뿌린 것처럼 순간적으로 흠칫 놀랐다. 그리고 그 짧은 순간 아주 미세한 틈이 생겼다. 그 틈을 노리고 하우영과 장숙과 소사청까지 한꺼번에 덮쳐들었다.

"내 도끼가 영감의 피 맛을 보고 싶다는군!"

쾌애애액!

하우영이 폭갈성을 내지르며 당상학의 정수리를 노리고 혈부를 무지막지하게 찍었다. 당상학이 재빨리 검을 세워 혈부를 막아내는 순간 장숙이 단숨에 십여 가닥의 검광을 당상학의 아랫배를 노리고 찔렀다. 당상학이 재빨리 회수한 검을 흔들어 검광을 튕겨낼 때 소사청이 은밀히 오른손 검지를 튕겨 한줄기 흑빛 지풍을 쏘았다.

지지직!

"크흡!"

지풍이 아랫배를 지지는 순간 다시 당상학의 입술을 비집고 신음이 흘러나왔다.

"이놈들! 모조리 귀신으로 만들어주마!"

격분한 당상학이 검신을 수직으로 세우고 신형을 한 바퀴 휘돌리자 대여섯 가닥의 검강이 마치 기다란 채찍처럼 뿜어졌다. 하우영과 장숙과 소사청이 자신들의 얼굴을 노리고 한사코 따라붙는 검강을 튕겨내며 빠르게 물러섰다.

하우영은 마치 눈이라도 달린 듯 빈틈을 노리고 쫓아오는 검강을 가까스로 튕겨내며 이를 갈아붙였다. 딱 한 수가 모자랐던 것이다. 그는 당상학이 분명 휘청이는 걸 보았다. 난공불락처럼 작은 허점조차 보이지 않던 당상학이 처음으로 빈틈을 보여 단 한 수의 확실한 공격이면 치명상을 입힐 수도 있었는데, 이 망할 놈의 검강을 도무지 뿌리칠 수가 없었던 것이다. 어쩌면 처음이자 마지막일지도 모를 기회를 놓치는 것을 하우영이 분하게 생각할 때, 갑자기 뒤쪽에서 우렁찬 기합 소리가 들려왔다.

"나는 사하현 현청의 문지기 막여청 포사님이시다! 나의 창을 받아랏!"

흠칫 돌아보는 하우영의 눈에 막 기다란 장창을 힘차게 흩뿌리고 있는 막여청의 모습이 들어왔다. 하우영은 저도 모르게 실소를 머금었다. 여린이나 철기련이라면 모를까 막여청의 창에 당할 당상학이 아니었다.

퍼억!

"어엇!"

하지만 세상을 살다 보면 때때로 도저히 불가능해 보이는 일이 현실로 나타나는 경우도 종종 있는 법이다. 막여청이 날린 창이 당상학의 왼쪽 어깻죽지에 박히는 것을 목격하고 하우영은 저도 모르게 경호성을 내질렀다.

당상학 역시 하우영과 같은 생각을 하고 있었던 것이다. 이 놀라운 고수는 자신에게 약간의 허점이 생겼음을 직감하고 자신을 공격하고 있는 무리들 중 가장 위험한 상대인 여린과 철기련 쪽에만 온통 신경을 집중하고 있었지, 그 와중에 웬 거지발싸개 같은 포사 놈이 달려나와 창을 날릴 줄은 꿈에도 몰랐다. 결국 그 눈먼 창에 큰 상처를 입고 말았던 것이다.

"으워어억!"

창대를 부러뜨린 당상학이 짐승 같은 비명을 내지르며 정신없이 물러섰다. 이 천우신조의 기회를 살리기 위해 여린과 철기련이 동시에 검을 찌르며 날아왔다.

츄우웅!

쉬이잇!

두 가닥의 예리한 검광이 당상학의 좌우편에서 날아들었다.

캉캉캉캉!

당상학이 검을 마구 휘두르며 검광을 튕겨냈지만 기세는 눈에 띄게 약해져 있었다. 여린의 눈이 번쩍 빛났다. 어쩌면 자신의 옛 스승인 이 괴물 같은 노고수를 죽일 수 있을지도 모른다는 희망에 여린도 어쩔 수 없이 흥분하고 있었다.

"철 당주가 좌측을 노리시오! 내가 우측을 노리겠소!"

여린이 크게 소리치며 당상학의 우측 옆구리를 노리고 검을 찔렀다. 철기련도 여린의 부름에 화답하며 당상학의 좌측 얼굴을 노리고 검을 휘둘렀다. 한때 철천지원수가 되어 대립하던 두 사람은 어느새 완벽한 합격을 이루고 있었다. 두 청년 고수가 만들어내는 합격은 눈이 부실 정도로 완벽해서 당상학은 이제 곧 허리와 목이 댕강 잘려 나갈 것만 같았다. 그러나 당상학은 역시 당상학이었다. 그가 마치 힘이 빠져 버린 듯 아래쪽으로 비스듬히 늘어뜨렸던 검을 대각으로 가볍게 쳐올리자 철기련과 똑같은 초승달 모양의 검강이 뻗쳐 나와 두 가닥의 검광을 가볍게 동강내 버렸다.

"으윽!"

하지만 두 사람의 공력을 고스란히 받아낸 당상학도 충격을 받은 듯 신형이 크게 휘청였다.

당상학이 그때까지 방문 앞에 서서 구경만 하고 있던 염화수를 돌아보며 다급히 외쳤다.

"도와주시오, 묘후! 내가 죽는 걸 지켜보고만 보고 있을 셈이오?"

그러나 그녀는 전혀 급하지 않은 얼굴로 청해일을 돌아보았다.

"어떡하지?"

그녀는 이제 밥을 먹거나 잠을 잘 때도 청해일에게 물어보았다. 잠시 망설이는 듯하던 청해일이 고갤 끄덕였다.

"도와줍시다. 어차피 그러기로 한 거 아닙니까?"

스르릉!

그러면서 청해일도 협봉검을 뽑았다. 철기련에게 받아내야 할 채무가 생각난 것이다.

"알았어."

시원하게 대답하며 염화수가 새끼손가락을 질끈 깨물었다. 그녀가 핏물이 방울방울 떨어지는 손가락을 들어 허공중에 '사(蛇)' 자를 그리자, 단숨에 수백 마리 독사들이 나타나 아가리를 쫙 벌리고 한창 당상학을 몰아붙이던 여린과 철기련을 노리고 날아갔다.

퍽! 퍽퍽! 퍼어억!

두 사람이 빠르게 검을 휘둘러 독사들의 허리를 잘랐지만 사나운 뱀들은 끝도 없이 몰려들었다.

"으아아아! 너희들을 살려두면 내 성이 당가가 아니다!"

두 사람이 뱀 떼에 파묻혀 고전하는 사이 기력을 회복한 당상학이 무서운 노호성과 함께 수십 가닥의 검강을 한꺼번에 폭출하였다. 여린과 철기련은 뱀 떼에 이어 검강까지 자신들을 향해 몰아닥치자 정신을 차릴 수가 없었다. 두 사람은 간신히 자신의 몸을 보호하며 뒷걸음질치기에 바빴다. 이때 하우영과 곽기풍과 반철심과 소사청 등이 도와주러 오지 않았다면 틀림없이 검강이나 뱀에 의해 목숨을 잃었을 것이다.

"오랜만이구나, 철기련. 네놈에 의해 사문이 불타고, 사부님이 돌아가시던 때가 어제의 일처럼 생생하다."

간신히 몸을 추스른 철기련의 앞에 또 한 명의 적이 나타났다. 청해일이 독 오른 살모사 같은 검봉을 꼿꼿이 세운 채 달려들었던 것이다. 철기련은 침착하게 자신의 사방을 노리고 날아드는 협봉검을 막아냈다. 그는 예전의 청해일만을 생각하고 재빨리 청성의 도사 놈을 죽이고 다시 당상학에게 달려갈 생각이었다. 그러나 염화수의 공력을 나눠받은 청해일은 예전의 청해일이 아니었다.

촤악!

"끄흑!"

협봉검이 옆구리를 깊숙이 훑고 지나면서 철기련은 정신이 번쩍 들었다.

"네 목을 잘라 사부님의 영전에 바칠 것이다!"

흠칫 고갤 쳐들자 천장 가득히 검광을 그려내며 쏟아져 내리는 청해일의 모습이 닥쳐들었다.

깡깡깡깡깡!

철기련이 허리를 눕힐 듯 젖히며 검을 풍차처럼 휘둘러 협봉검을 막아냈지만 몇 가닥의 검광이 상반신에 크고 작은 상처를 남기는 것까지막을 순 없었다. 청해일을 상대하느라 철기련이 빠지고, 당상학에 이어 또 한 명의 절대고수 염화수가 끼어들자 싸움의 양상은 다시 급변하여 여린 등은 크나큰 곤경에 빠졌다. 그리고 이번 곤경은 도저히 극복할 길이 없을 것처럼 보였다.

"또 시작이군."

암울하게 중얼거리는 여린의 눈에 다시 피 묻은 손가락을 움직여 허공중에 '검(劍)' 자를 그리는 염화수의 모습이 들어왔다.

쐐애애애애액—!

단숨에 수백 개의 검광이 나타나 여린 등의 머리 위로 쏟아졌다. 여린과 하우영과 곽기풍과 장숙 등이 미친 듯 병기를 휘둘러 검광들을 막아냈지만 점점 힘이 떨어지고 있었다. 염화수가 계속 허공중에 똑같은 글씨를 연달아 적었고, 그때마다 검광의 숫자가 늘어났다.

"으아악! 황제 살려! 황제 죽는다, 이놈들아!"

갑작스런 비명 소리에 여린이 흠칫 고갤 돌렸다. 순간 술상을 박살내며 황제를 향해 똑바로 검을 찔러가는 당상학의 모습이 닥쳐들었다. 여린 등이 염화수를 상대하느라 여념이 없는 사이 당상학은 황제의 목숨을 노리고 있었던 것이다. 여린은 시위를 떠난 화살처럼 신형을 날렸다. 염화수가 만들어낸 검광 몇 가닥이 등에 꽂혔지만 이를 악물고 계속 달렸다.

"끈질긴 놈!"

카앙!

당상학이 홰액 신형을 돌려세우며 여린의 검을 막았다.

캉캉캉캉!

두 사람이 사색이 된 황제를 앞에 두고 단숨에 십여 합을 주고받았다. 시퍼런 불꽃이 사방으로 비산할 정도의 격한 칼부림이었지만 여전히 여린은 당상학을 넘을 수 없었다.

퍼억!

"아악!"

당상학의 검이 어깻죽지에 처박히자 여린이 고통에 찬 비명을 내질렀다. 당상학이 고통으로 일그러진 여린의 얼굴을 들여다보며 비릿하게 웃었다.

"어때, 아프지? 많이 아프지, 응? 이 사부가 영영 아프지 않게 해줄 테니 조금만 참아라."

"으아앗!"

여린이 마지막 힘을 쥐어짜 당상학의 옆얼굴을 노리고 흑일을 휘둘렀다.

콰아악!

"안 되지, 안 돼. 사부를 향해 검을 휘두르는 패륜을 저질러선 곤란하지."

놀랍게도 당상학은 흑일의 검은 칼날을 맨손으로 잡아냈다.

"목 없는 귀신으로 만들어 구천을 떠돌게 해주마!"

당상학이 여린의 어깨에 박혀 있던 검을 뽑아 여린의 목을 날려 버리려는 듯 크게 휘둘렀다. 살벌한 칼바람 소리를 들으며 여린이 눈을 흡떴다. 부릅뜬 그의 눈으로 살아온 날들이 주마등처럼 스치고 지나가며 여러 사람들의 얼굴이 보였다. 때론 서로를 고통스럽게 만들며 부대꼈지만 지금의 그들은 모두 웃는 얼굴들이었다. 곽기풍, 하우영, 장숙, 반철심, 막여청, 소사청 등… 그리 나쁘지 않은 삶이었다고 생각할 때 저 멀리서 누군가의 성난 외침이 들려왔다.

"정신 차려, 멍청아! 이렇게 죽으려고 그런 패악을 떨었단 말이냐?"

후웅!

그 소리에 놀란 여린이 반사적으로 고갤 젖히자 당상학의 검끝이 아슬아슬하게 콧잔등을 스치고 지나갔다.

까아앙!

고함을 지른 사람은 철기련이었다. 바람처럼 달려든 철기련이 검을 휘둘러 당상학을 밀쳐 냈다.

"옳지! 너희 둘은 같이 죽는 게 여러모로 어울린다!"

당상학이 잔인하게 웃으며 검을 마구 흔들었다. 순식간에 그의 검이 대여섯 개로 불어나는가 싶더니, 예닐곱 개의 검강이 폭출되었다. 철기련이 피가 배어 나오도록 어금니를 깨물며 검을 휘둘렀지만 당상학과의 거리가 너무도 가까웠다. 검강이 철기련의 전신을 스치며 너덧 개의 깊은 상흔을 남겼다.

"끄흐흡!"

간신히 신음을 삼키며 철기련이 양손으로 검병을 힘차게 움켜쥐고 검봉을 쭉 뻗었다. 초승달 모양의 검강이 당상학의 가슴을 양단 내버릴 듯 덮쳐들었다.

"으하하하! 마지막 한 수라는 게 고작 내가 전수해 준 월영검법이냐? 너는 설마 내가 최후의 절기까지 전수해 줬다고 믿는 것이냐?"

당상학의 비웃음에 철기련은 전적으로 동의했다. 그 자신도 당상학이 전수해 준 월영검법밖에 펼칠 수 없는 자신의 처지가 한심스러웠다. 하지만 철기련에겐 월영검법을 능가할 만한 검식이 존재하지 않았다.

당상학도 한줄기 검강을 내쏘았다. 두 가닥 검강이 서로를 노리고 날아가다가 사납게 격돌했다.

쾅!

맹렬한 폭발이 일어나며 자욱한 경기가 사방으로 비산했다. 폭발의 여파 속에서 철기련의 검강은 사그라들었지만 당상학의 검강은 끄떡도 없었다.

쉬이잇!

자신의 가슴을 노리고 날아드는 검강을 향해 양손으로 잡은 검을 휘두르며 철기련이 절규했다.

"사부님! 이 제자가 죽는 걸 지켜만 보실 셈입니까?"

퍼억!

"끄아악!"

검강이 철기련의 왼팔을 날려 버렸다.

쿠아앙!

"크하하하! 내 제자를 핍박하는 겁 없는 놈이 누구냐? 당장 나와서 목을 늘어뜨려라!"

이때 천장을 뚫고 떨어져 내리는 인영 하나가 있었다. 바로 철기련의 사부, 무적권왕 동태두였다.

팡팡팡팡팡!

"사부가 왔으니 안심하거라, 제자야!"

동태두가 양 주먹을 폭풍처럼 내질러 철기련을 뒤쫓던 당상학의 가슴을 향해 수십 가닥의 권영을 날렸다.

"오랜만이다, 동태두! 아직 죽지 않고 살아 있었구나!"

당상학이 검봉으로 권영 하나하나를 깨부수며 돌진했다. 검강과 권영이 부딪칠 때마다 경기의 파편이 어지럽게 날리며 방 전체가 무너질 듯 요동쳤다.

기억을 깡그리 잃고 광증에 빠져 있던 동태두는 어느 정도 정신을 찾은 듯했다. 하지만 오랜 세월 쇠사슬에 묶여 어둑한 지하 동부에 갇혀 있던 그는 고련에 고련을 거듭하여 입신의 반열에 오른 당상학의 상대가 될 수 없었다. 만리태권과 천리소권이 그의 주먹을 통해 연달아 펼쳐졌지만 당상학을 막기에는 턱없이 부족했다. 동태가 산발한 머리카락을 흩날리고 땀을 뻘뻘 흘리며 계속 권영을 폭출했다. 당상학은 그러나 그 권영들을 하나하나 파헤치며 동태두의 가슴을 노리고 다가

들었다.

"어디 오랜만에 나도 한번 어울려 보자!"

이때 염화수와의 싸움에서 발을 뺀 소사청이 갑자기 동태두와 합류했다. 소사청이 오른손에 움켜쥔 방울을 빠르게 흔들자 방문을 박차고 세 명의 강시가 뛰어들었다. 양손을 하나로 모아 쭉 내찌르며 강시들이 당상학의 뒷등을 향해 덮쳐들었다.

"귀찮구나!"

당상학이 검을 좌우로 흔들어 강시들을 가볍게 밀어냈다. 소사청도 강시들이 당상학의 상대가 아님을 잘 알고 있었다. 그가 원하는 건 잠시의 여유였다.

소사청이 옆쪽의 동태두를 돌아보며 히쭉 웃었다.

"날 알아보겠는가, 무적권왕?"

"모른다!"

"상관없다. 지금 당장 전력을 다해 천리소권을 펼쳐라. 그 다음엔 내가 알아서 당가 놈을 요절내마."

"천리소권!"

동태두가 말 잘 듣는 아이처럼 천리소권을 펼쳤다. 열 개 정도의 권영이 점점 작아지며 막 강시들을 떨쳐 낸 당상학의 가슴으로 쇄도했다.

까아앙!

"약하구나! 너무 약하다, 동태두!"

당상학이 약간은 짜증스럽게 어린애처럼 작은 권영을 쳐냈다. 하지만 그 작은 주먹에 실린 내력은 실로 엄청난 것이어서 이미 지쳐 있던 당상학은 약간 휘청일 수밖에 없었다.

"수라지(修羅指)!"

소사청은 노린 것은 이 짧은 빈틈이었다. 소사청이 오른손 엄지와 중지를 튕기자 한줄기 검은 지풍이 당상학의 목젖을 노리고 쏘아졌다. 당상학이 재빨리 검면을 세워 지풍을 막아내려는데 지풍이 깜쪽같이 사라졌다.

"이, 이런!"

당황한 당상학의 좌측 편에서 사라졌던 지풍이 갑자기 되살아나 길게 호선을 그리며 날아들었다.

퍼억!

낮은 타격음과 함께 당상학의 얼굴이 홱 돌아갔다.

"당가 놈이 맞았다! 이 기회를 놓치지 마라!"

자신의 공격이 성공했다고 확신한 소사청이 동태두와 함께 덮쳐들었다.

"크흐흐! 어서 오너라!"

순간 당상학이 홰액 정면을 응시하며 비릿하게 웃었다. 소사청이 뒤늦게 속은 것을 알았지만 이미 내친걸음이었다.

"우와악! 같이 죽자, 개잡놈아!"

소사청과 동태두의 양손에서 필생의 공력이 실린 장력과 권영이 쏟아졌다.

콰아아앙!

세 사람의 절대고수가 혼신을 다해 맞붙는 순간 경기의 폭풍이 터져 나오며 방 한쪽 벽이 와그르르 무너져 내렸다.

"윽!"

잘린 팔에서 피를 철철 흘리고 있는 철기련을 부축하고 있던 여린이 자욱하게 밀려드는 흙먼지에 밀려 주르륵 물러섰다. 여린이 팔을 내리고 눈을 크게 뜨고 바라보자 자욱한 먼지 사이로 세 노고수의 신형이 흐릿하게 보이기 시작했다.

"이런……."

여린의 입술을 헤집고 낮은 탄식이 흘러나왔다. 소사청과 동태두는 가슴이 길게 베인 채 검을 크게 휘두른 자세를 유지하고 있는 당상학 앞에 굳은 듯 서 있었다. 한동안 핏물을 꿀럭꿀럭 게워내며 당상학의 얼굴을 노려보던 소사청과 동태두가 힘없이 무너졌다.

"흐흐흐! 천하에 누가 있어 본좌를 막을 수 있단 말이냐? 안 그렇소, 황상?"

당상학이 득의롭게 웃으며 황제를 향해 다가갔다. 피 묻은 검봉 끝에서 이빨을 딱딱딱 맞부딪치며 떨고 있는 황제의 모습이 한없이 초라해 보였다. 그는 이미 중원의 주인다운 면모를 잃고 있었다. 하늘 아래 가장 강한 당상학이란 괴물 앞에서 황제도 한낱 늙은이에 불과했다.

"사, 살려주게. 짐이 자네에게 섭섭하게 대한 것이 대체 무엇인가? 제발 살려주게, 응?"

"미안하지만 그리는 못하겠소. 이제 그만 번뇌 많은 자리에서 내려와 편안히 눈을 감으시오, 황상."

당상학이 황제의 목을 노리고 천천히 검을 처들었다. 그런 당상학의 뒷등을 노려보는 여린의 가슴 저 밑바닥에서 알 수 없는 오기 같은 것이 꿈틀거렸다. 당상학 같은 인물이 황제가 된다면 천하는 피로 물들리라. 자신처럼 죄 없는 사람들이 피에 굶주린 야차가 되어 복수에 복수를 부르는 미친 광란을 거듭하게 될 것이다. 그것만은 막고 싶다고 여린은 생각했다. 그걸 막을 수 없다면 자신도 더 이상 평화로운 지방 현청의 즙포 사신으로 돌아갈 수 없을 것이다.

"멈춰라, 더러운 역적 놈아!"

악에 받친 절규를 내지르며 여린이 당상학의 뒷등을 향해 검을 찌르며 달려갔다.

"오냐, 너부터 죽여주마!"

꽈아악!

당상학은 너무도 쉽게 여린의 검을 튕겨내더니 오른손으로 그의 목줄기를 단단히 움켜잡아 버렸다.

"으하하하! 아무도 날 막을 수 없다! 본좌는 이미 신의 영역에 들어섰다! 사람의 힘으론 천하의 그 누구도 본좌를 막을 수 없다는 걸 왜 모르느냐, 어리석은 것들아!"

당상학이 얼굴이 이미 흑빛으로 변한 여린의 목을 마구 흔들며 광오하게 웃어젖혔다. 아무도 그의 말을 부정할 수 없을 것 같았다. 그는 정말 신처럼 강했다.

"으아아! 내가 너를 죽여주마!"

이번엔 철기련이 하나밖에 남지 않은 손에 쥔 검을 휘두르며 달려들었다.

퍼어억!

하지만 당상학의 발길질 한 번에 힘없이 나동그라지고 말았다.

"끄으으……."

어떻게든 일어서려고 버둥거리는 철기련의 눈에 협봉검을 핑글핑글 휘둘리며 다가오는 청해일이 보였다. 청해일의 두 눈이 잔혹하게 번들거리고 있었다.

"네 목은 내 몫이라고 했잖아."

"허억… 허억… 허억……."

협봉검의 뾰족한 끝이 미간을 겨누는 데도 철기련은 주저앉아 가쁜 숨만 몰아쉬었다.

왼손으로 여린의 목줄기를 움켜잡은 당상학이 와들와들 떨고 있는 황제를 향해 돌아서서 검을 한껏 쳐들었다. 평생을 꿈꿔왔던 꿈의 실현을 목전에 둔 당상학의 입에서 다시 광오한 목소리가 터져 나왔다.

"똑똑히 봐두거라, 사랑하는 제자 여린아! 네가 그토록 지키려고 했던 병신 같은 황제의 죽음을 똑똑히 지켜보란 말이다! 이제 나는 새로운 천자가 되어 중원의 풀 한 포기까지 나를 향해 머리를 조아리도록 만들 것이다! 사대비문의 수장들을 모조리 도륙 내고, 염화수는 태후로 봉하여 곁에 둘 것이다! 밤이면 밤마다 그녀의 알몸을 짓이겨 지난 백년간 쌓여왔던 욕망을 모조리 풀어내고야 말 것이다! 천하가 다 내 것이고, 그녀 또한 나만의 것이 될 것이다!"

막 철기련을 끝장내려던 청해일이 당상학의 목소리를 듣고 멈칫했다.

'밤이면 밤마다 알몸을 짓이기겠다고? 저 어린것을?'

청해일이 힐끗 고갤 돌려 더 이상 저항할 힘도 없는지 피범벅이 되어 주저앉아 있는 하우영과 곽기풍과 반철심과 장숙 사이에 약간은 나른한 표정으로 서 있는 염화수를 보았다. 방금 전까지 사투를 벌였다고는 믿어지지 않는 얼굴로 염화수는 졸음이라도 오는 듯 손바닥으로 입을 가린 채 연신 하품을 하고 있었다. 영락없이 열두세 살 먹은 어린 계집아이의 천진한 모습이었다. 청해일은 문득 알몸이 되어 당상학에게 짓이겨지는 그녀의 모습을 상상해 보았다. 물론 태후로 봉해준다곤 했지만 그따위 지위가 염화수에게 무슨 의미가 있을까? 그녀는 아마도 열세 살 계집아이가 짐승 같은 사내에게 영문도 모른 채 강간당하는 기분으로 능욕당할 것이다. 청해일은 당상학과 같은 사내의 마음가짐을 잘 알고 있었다. 그 자신도 그랬지만 당상학처럼 이기적인 사내는 상대의 마음 따위 전혀 고려하지 않는다. 염화수는 아마도 태후라는 이름의 창녀가 되어 밤이면 밤마다 고통스럽게 가랑이를 벌려줘야 할 것이다.

청해일의 눈에서 시퍼런 불꽃이 뿜어졌다.

'안 되지… 안 돼… 그것만은 절대로 안 되지…….'

오한이라도 든 사람처럼 사지를 부들부들 떨며 청해일이 고개를 천천히 가로저었다.

"왜 그래, 해일아?"

염화수도 뭔가 이상한 낌새를 느꼈는지 청해일을 보며 물었다.

청해일이 갑자기 버럭 소리쳤다.

"당상학을 죽여요!"

"뭐?"

"죽여요! 당상학을 죽이라고요! 그가 저를 죽이려고 합니다!"

청해일이 막 황제의 목을 자르려고 하는 당상학의 뒷등을 겨누며 미친 듯이 소리쳤다.

쉬이이잇!

동시에 염화수의 신형이 허공을 갈랐다. 단숨에 당상학의 면전으로 날아드는 염화수가 환문이 자랑하는 혈지환영의 수법으로 허공 한복판에 '창(槍)' 자를 그렸다.

쉬쉬쉬쉬쉬쉭!

수십 개의 창광이 당상학의 등짝을 노리고 날아갔다.

"무슨 짓이냐, 미친 연놈들아! 너희들도 죽고 싶으냐?"

황제의 목을 베는 것을 포기한 당상학이 왼손에 쥐고 있던 여린을 던져 버리며 황망히 돌아섰다.

쾅쾅쾅쾅!

당상학이 검을 어지럽게 휘두를 때마다 창광이 폭발하며 흩어졌다. 그래도 포기하지 않고 염화수가 허공에 '도(刀)' 자를 연달아 세 개나 그렸다. 숱한 칼날들이 예광을 흩뿌리며 당상학의 머리 위로 쏟아졌다.

"으아아! 멈추어라, 묘후! 너만은 죽이고 싶지 않다!"

허리를 눕힐 듯 젖힌 당상학이 검을 바람개비처럼 휘둘러 칼날들을 튕겨냈다. 하지만 염화수는 멈추지 않았다. 그녀에겐 이제 청해일의 말은 반드시 지켜야만 될 금언이요, 맹세였다.

"죽일 테야!"

열 손가락에서 열 가닥 지풍을 내쏘며 염화수가 당상학의 얼굴 위로 뛰어내렸다.

"으아아! 묘후!"

카카칵!

"까약!"

당상학이 혼신의 힘으로 검을 쳐올려 지풍들을 뱀과 동시에 염화수의 한쪽 어깨까지 깊이 베어버렸다. 하지만 염화수는 천하와 함께 그가 세상에서 가장 갖고 싶어 하는 두 가지 중 하나였다. 당연히 손속에 사정을 둘 수밖에 없었고, 덕분에 약간의 여유를 찾은 그녀의 갈고리 같은 손이 가슴을 후비고 들어왔다.

"끄헉!"

당상학은 깊은 구멍이 뚫린 자신의 가슴을 감싸 쥐며 대여섯 걸음이나 물러섰다. 가슴을 감싸 쥔 손가락 사이로 검붉은 핏물이 줄줄 흘렀다.

"이제 그만 죽는 게 어떠냐, 미친 늙은이야!"

청해일이 협봉검을 곧추세우고 당상학의 심장을 노리고 달려들었다.

"이놈!"

"크학!"

그러나 당상학은 아직도 힘이 남아 있었고, 청해일은 당상학이 휘두른 검에 얻어맞고 방문 앞까지 나뒹굴고 말았다.

"같이 가십시다, 사부!"

하지만 공격은 청해일에서 끝난 것이 아니었다. 어느새 한 줌의 기력을 회복한 여린이 흑일을 똑바로 겨눈 채 당상학을 향해 쇄도했다. 당상학도 마지막을 예감하고 있었다. 염화수의 지독한 손속이 심장을 제대로 후벼팠던 것이다. 진기를 끌어올려 심장이 터져 버리려는 걸 가까스로 막고는 있었지만 얼마 버티지 못할 것이 분명했다. 당상학의 두 눈이 시뻘겋게 충혈되고, 비단 관복이 찢어질 듯 펄럭이며 흉포한 기세가 회오리처럼 뿜어졌다.

"천하가 바로 눈앞에 있었거늘… 천하가 바로 내 눈앞에 있었거늘… 다 덤벼라. 너희들 모두 저승길 동무로 삼아야겠다."

마지막에 타오르는 불꽃이 더 뜨거운 법이다. 당상학과 같은 절대고수가 양패구상을 각오했다면, 십중팔구 그가 노린 상대는 목숨을 잃게 되어 있었다. 여린도 그걸 알았지만 피할 수는 없었다. 그랬다간 분노를 분출시킬 출구를 찾지 못한 당상학의 검이 황제의 목을 베어버릴 것이었기 때문이다.

'죽어도 좋다!'

여린은 한 사람의 줌포로서 죽기 위해 마지막 기력을 검끝에 모으며 당상학의 가슴팍으로 파고들었다.

콰아악!

이때 뒤쪽에서 날아든 손 하나가 여린의 어깨를 강하게 붙잡아 뒤쪽으로 화악 밀쳐 냈다.

"철기련!"

뒤쪽으로 밀려나는 자신을 스쳐 짓쳐 나가는 인영을 알아본 여린이 단말마의 외침을 내질렀다.

퍼어어억!

미처 말릴 새도 없이 철기련과 당상학이 어깨를 맞붙이며 격돌했다. 두 사람의 검날이 상대방의 등을 뚫고 나와 있었다. 당상학의 얼굴은 고통과 후회와 아쉬움으로 일그러져 있었지만 철기련의 얼굴은 의외로 담담했다.

당상학의 얼굴을 들여다보며 철기련이 피식 웃었다.

"당신이 한 가지 간과한 사실이 있소."

"그… 그게 무엇이냐……?"

"나, 철기련이 누군가의 꼭두각시가 될 남자는 아니라는 것… 최소한 그 정도의 자존심은 가지고 살아갈 남자라는 것… 그걸 몰랐던 게 당신의 실수요."

먼저 고개를 떨군 건 철기련이었다. 황제마저 두려워했던 역도의 무리 철기방의 방주는 그렇게 황제를 위해 죽었다.

"큭큭큭, 큭큭큭큭! 그렇군. 그러고 보니 나는 꽤 많은 것들을 착각하고 있었구나. 여린이란 놈에 대해… 그리고 철기련이란 놈에 대해… 너희들의 젊음을 내가 과소평가했다."

그리고 마침내 영원히 죽지 않을 것 같던 당상학도 고개를 떨구었다.

어깨를 맞댄 채 고개를 떨구고 절명한 두 사람의 모습은 마치 다정한 조손 간처럼 보이기도 했다. 하나같이 핏물을 뒤집어쓴 좌중이 묵직한 침묵에 잠겨 그런 두 사람을 지켜보고 있었다.

"이런 감당 못할 빚을 남겨주고 떠나면 나는 대체 어찌 살란 말이냐, 철기련?"

여린만이 굵은 눈물방울을 떨구며 나직이 중얼거릴 뿐이었다.

第二十二章

여린, 평온을 언다

여린, 평온을 얻다

우리의 가슴을 짓누르는 후회나 자책,
원죄 의식 같은 것들을 잠시 신에게 맡겨두는 겁니다

날이 밝으면서 지방의 이름 없는 현청을 피로 물들였던 혈사도 막을 내렸다. 당상학의 잔당들은 수괴가 죽은 것을 알고 의외로 순식간에 무너졌다.

서태감부의 시위 태감들 대부분이 스스로 목숨을 끊었고, 어림호위군의 총사령 유호충은 수하 장수들에게 붙잡혀 황제가 보는 앞에서 사지가 끊겨 죽었다. 유호충에 대한 징벌은 현청의 시비정 앞 광장에서 시행되었는데, 유호충의 두 팔과 두 다리에 묶인 밧줄을 안장에 묶은 말 네 필을 사방으로 몰아 그의 사지가 몸통에서 분리되도록 만드는 잔혹한 형벌이었다. 황제는 처절한 비명을 토해내는 유호충 앞으로 달려 내려와 불에 지진 인두로 그의 콧잔등을 지지며 농락하였는데, 황제가 떠난 후 며칠이 지나도록 여린과 곽기풍 등은 그날의 끔찍한 비명 소리가 귓전을 떠나지 않아 입맛이 썼다.

황제는 여린에게 당상학이 맡았던 황사의 직위와 함께 금룡수호어린창천상장표리대장군(金龍守護魚鱗蒼天上狀表裏大將軍)이라는 한 호흡에 다 읽어내리기도 힘든 호화찬란한 관직을 하사하며 한사코 황궁으로 함께 가자고 졸랐지만 여린은 극구 사양했다. 사천성 성주 자리도, 수십만 관의 황금도 거절한 여린은 자신을 그냥 사하현의 즙포로 살게 해주는 것이 황제가 베풀 수 있는 최대한의 호의라는 말로 황제를 설득하여 간신히 돌려보냈다.

그래도 못내 아쉬웠던 듯 황제는 사하현 내에 있는 여린의 집무실 안에 '천자지우성처소(天子之友聖處所)'라는 자신이 직접 적은 편액을 걸어놓고 떠났는데, 황제의 벗이 머무는 신성한 처소라는 뜻으로 자신이 살아 있는 동안은 물론 자신이 죽은 이후에 다음 황위를 물려받는 황제도 여린이 어떠한 중죄를 저지르더라도 절대 처벌할 수 없다고 못을 단단히 박아두었다. 또한 그는 지위 고하를 막론하고 조정의 녹을 먹는 관리는 사하현 백 리 안을 지날 때는 반드시 말이나 가마에서 내리도록 했는데, 여린에 대한 존경과 흠모의 마음을 표하기 위해서라고 했다.

상관흘은 이제 중원 십삼성의 성주나 조정의 승상 대부라도 감히 우리 현청을 업수이 여기지 못하게 되었다며 어깨를 으쓱거리고 돌아다녔지만, 여린의 눈에는 모두 부질없는 겉치레로 보였다. 선대 황제로부터 '붕우금침어령'이란 편액을 하사받은 철기방의 운명이 어떠했는지 잘 알고 있는 여린으로선 너무도 당연한 반응이었다.

황제가 돌아간 후 여린이 제일 먼저 찾은 곳은 뇌옥이었다. 거기엔 광증에 시달리며 시름시름 앓으면서도 딸의 시신을 한시도 품에서 떼어놓지 않고 있는 북궁연이 갇혀 있었다. 북궁연은 여린의 청에 의해 사천성 성주로 복직된 상태였다. 하지만 그는 권력을 되찾은 걸 기뻐

할 처지가 못 되었다. 머리카락이 다 빠지고 생이빨이 뽑힐 정도의 지독한 열병에 시달렸고, 혼수상태에서 가끔씩 벌떡벌떡 일어나 자신을 치료하는 종복들이나 의원들의 귀를 물어뜯기 일쑤였다. 결국 누구도 그의 치료를 맡지 않으려는 지경까지 이르자 여린이 직접 북궁연의 치료를 자청하고 나섰다.

십 주야를 한숨도 자지 않고 여린은 북궁연을 간호했다. 뼈만 남은 몸뚱이를 물수건으로 닦아주며 여린은 여러 번 목 놓아 울었다. 딸을 잃은 아비의 아픔이 고스란히 전해졌기 때문이고, 북소소에 대한 연정이 새록새록 되살아났기 때문이다.

"소소는 잘 묻어주었느냐?"

정확히 열흘 만에 정신을 차린 북궁연이 자신의 다리를 정성껏 주무르고 있던 여린에게 던진 첫마디였다. 여린은 유심히 북궁연의 눈을 들여다보았다. 혼탁했던 눈이 정기를 되찾고 있었다. 여린이 그를 향해 빙그레 웃어 보였다.

"성주 대인께서 깨어나지 않으셨는데 어찌 저 혼자 소소를 보낼 수 있겠습니까? 장례 준비를 마치고 기다리고 있었습니다."

"고맙구나……."

북궁연이 고개를 푹 떨구며 닭똥 같은 눈물을 흘렸다. 여린도 따라 울었다. 그날 밤 두 사람은 술잔을 놓고 마주 앉아 그 옛날의 다정했던 숙질 간으로 돌아가 참 많은 이야기를 나누었다.

날이 밝자 북소소의 장례식이 현감 상관홀의 주관으로 엄숙하게 거행되었다. 북소소에게는 여린이 손수 지은 비단 화의가 입혀졌고, 오동나무를 깎아 만든 튼튼한 관 속에 누운 그녀의 양손에는 여린이 눈물로 적어내린 장문의 편지가 놓였다. 여린은 편지를 통해 북소소에 대한 자신의 사모의 마음과 이승에서 못다 이룬 사랑을 저승에서 재회하여 이루자는 언약의 말들을 적었다. 그래서일까? 생이 다한 후에도 오랫동안 평온을 찾지 못했던 그녀의 얼굴엔 희미한 미소가 어린 것처럼 보였다.

장례가 끝나고 사흘을 더 머물던 북궁연이 성청으로 돌아갔다.

"나도 이제 진짜 관리가 되어볼 생각이네. 소소가 소원했던 대로 마른 땅이 아니라 지린 땅을 먼저 살피고, 누리는 자들보다 헐벗은 자들을 찾아다니며 그들을 위해 무엇을 해줄 수 있는지 고민하면서 살겠네. 가끔 찾아와 내가 잘하고 있는 보아주겠는가, 여 즙포? 자네도 알다시피 내가 기억력이 워낙 나쁜 위인인지라 언제 또 엉뚱한 짓을 벌일지 모르거든."

말 위에 오른 북궁연이 상관흘, 곽기풍, 하우영, 장숙, 막여청 등과 함께 배웅하는 여린을 내려다보며 환하게 웃었다. 여린이 크게 고갤 끄덕였다.

"계절이 바뀔 때마다 찾아뵙겠습니다. 그때는 좋은 술과 안주를 내주셔야 합니다."

"여부가 있겠는가."

대서문로를 지나 멀어지는 북궁연의 뒷모습을 바라보며 여린은 또 하나의 큰 짐을 부려놓은 듯한 홀가분함을 느꼈다.

다음날, 여린은 용마를 재촉하여 철기방으로 달려갔다. 철기방은 온통 비통함에 젖어 있었다. 여린이 들어서자 마축지 등이 자욱한 살기를 내뿜으며 다가왔지만 구일기가 막았다. 여린은 자신이 찾아온 이유를 설명하자 구일기는 아무 말 없이 여린을 소요정으로 안내했다.

소요정의 연못가에는 실성한 철려화가 멍하니 주저앉아 있었다. 한

시도 그녀의 곁을 떠나지 않는 시녀 숙향이 여린을 알아보고 반색했다.

"소군님이 돌아가신 이후 일체의 곡기를 끊으시고 저렇듯 멍하니 연못만 바라보고 계시답니다. 혼몽한 상태에서도 아가씨 자신이 이제 천애고아가 되었다는 걸 느끼시는 모양입니다."

철려화의 상태를 설명하며 숙향이 눈물을 비쳤다.

여린이 조용히 철려화의 옆으로 다가가 앉았다. 철려화는 못 본 사이 많이 수척해져 있었다.

미어지는 가슴을 간신히 진정시키며 여린이 그녀를 향해 나직이 물었다.

"무얼 보고 있어?"

철려화가 스윽 여린을 돌아보았다. 한때 목숨보다 사랑했던 남자가 왔는 데도 그녀의 눈에는 초점이 살아나지 않았다.

철려화가 약간 신경질적인 목소리로 내뱉었다.

"그것도 몰라, 멍청아. 연못을 구경하고 있잖아."

"연못 속에 무엇이 있길래?"

"연못 속에는 용궁이 있지. 그것도 몰라? 너 정말 바보구나."

"용궁 안에는 누가 살고 있는데?"

"……."

철려화가 잠시 말을 끊었다. 그녀의 입가에 어리는 희미한 미소를 여린은 본 것도 같았다.

"연못 속에는 엄마가 있어. 그리고 아빠도 있지. 엄마와 아빠가 아주 사이좋게 마주 앉아 차를 마시고 계셔. 그리고 저쪽 방에 오빠도 있네. 오빠는 아까부터 나쁜 놈을 혼내주고 있어. 아주아주 무섭게……."

"누가 나쁜 놈인데?"

"여린."

"……!"

철려화의 입에서 뜻밖에도 자신의 이름이 나오자 여린이 흠칫 놀랐다. 여린의 목소리가 가늘게 떨렸다.

"여린이 누구지?"

"아주 나쁜 놈이야. 아주아주… 그런데 이상하게 마음이 아파. 흑흑~ 그 나쁜 놈을 오빠가 혼내주는 게 마음이 아파. 그만 혼냈으면 좋겠어. 여린이 아프면 나도 아프거든."

철려화가 무릎 사이에 얼굴을 묻고 훌쩍훌쩍 흐느끼기 시작했다.

'아아… 내가 대체 무슨 짓을 하고 돌아다녔단 말인가……?'

속으로 탄식하며 여린이 철려화의 어깨를 살며시 끌어안았다. 한동안 여린의 가슴에 얼굴을 묻고 엉엉 울던 그녀가 눈물 젖은 얼굴을 들었다.

"넌 왜 울어?"

"려화가 아프니까 나도 아프네. 이상하다, 그지?"

"넌 좋은 놈이구나."

"내가?"

"응. 너한테 안겨 있으니까 왠지 마음이 푸근해졌어. 그건 네가 좋은 놈이란 증거야."

한동안 철려화의 눈을 조용히 들여다보던 여린이 빙그레 웃으며 물었다.

"나랑 함께 갈래?"

"어디로?"

"우리 집으로. 거기서 나랑 같이 살자."

"하지만 아빠와 엄마는 어떡하고? 오빠도 내가 떠나면 섭섭해할 텐데?"

"집 마당에 연못을 파면 돼. 그럼 또 용궁을 들여다볼 수 있지 않겠니?"

"맞다! 그러면 되겠구나!"

철려화가 손뼉을 마주치며 좋아라 했다. 여린은 숙향을 시켜 철려화의 짐을 간단히 꾸리도록 했다. 철려화와 함께 철기방의 장로원을 찾은 여린은 그녀를 데리고 떠날 수 있도록 해달라고 간청했다. 한동안 격론을 벌인 끝에 장로들은 어렵게 허락했다.

아직도 감정이 삭혀지지 않은 듯 범처럼 눈을 치뜨고 있는 독보광과 조충 등을 배경으로 구일기가 인자하게 웃으며 말했다.

"소공녀를 잘 보살펴 드리게. 그럼 우리도 자네에 대한 모든 원한을 잊겠네."

"걱정 마십시오. 제 생이 다하는 날까지 려화를 아내처럼 보살피며 살겠습니다."

"그럼 되었네. 소군께서도 저승에서나마 감사해하실 것일세."

"그럼 편안히들 계십시오. 인연이 닿으면 또 뵙도록 하겠습니다."

용마 위에 철려화를 태우고 여린이 돌아섰다. 철려화의 옷가지 몇 벌이 든 보퉁이를 끌어안은 시녀 숙향만이 용마를 뒤따랐다.

"아무래도 수상하단 말입니다."

사합원의 마당 한복판에서 땀을 뻘뻘 흘리며 연못을 파고 있는 여린의 옆에 쪼그리고 앉아 곰방대를 뻑뻑 빨아대며 곽기풍은 아까부터 수상하단 소릴 반복하고 있었다.

"뭐가 그리 수상합니까?"

가슴 높이의 널찍한 구덩이 속에서 여린이 잠시 삽질을 멈추고 곽기풍을 올려다보았다.

여린은 원래 철려화를 데리고 따로 집을 얻어 나갈 생각이었다. 그런데 곽기풍이 이 휑한 집에 혼자 어떻게 사느냐며 한사코 붙잡는 바람에 눌러앉게 되었다. 곽기풍은 별채 두 칸을 선뜻 여린의 신접살림 집으로 내주었다. 그리고 여린은 오늘 모처럼 시간을 내어 철려화가 노래를 부르는 연못을 파주고 있는 중이었다.

곽기풍이 수상쩍다고 말하는 사람은 바로 소사청이었다. 여린과는 달리 곽기풍이 한사코 나가달라며 눈총도 주고, 윽박도 지르고 했지만 소사청은 소 엉덩짝에 붙은 거머리처럼 끝까지 들러붙었다. 덕분에 휑하다던 곽기풍의 사합원은 소사청은 물론 세 명의 강시까지 식구로 받아들이는 바람에 식전이면 뒷간을 가기 위해 길게 줄을 서야 할 만큼 복닥거렸다. 게다가 틈만 나면 상관흘과 하우영과 장숙과 반철심과 막여청 등이 수시로 들려 술판을 벌이는 바람에 객잔을 방불케 했다.

여린이 모처럼 관심을 보이자 곽기풍이 신이 나서 떠벌렸다.

"소 영감이 새벽 댓바람부터 어딜 나가더니, 소복 한 벌을 사 왔지 뭡니까?"

"소복이오?"

여린도 고갤 갸웃했다.

"그렇다니까요. 내가 웬 소복이냐고 물으니까 히쭉거리면서 말하길, 자기가 죽으면 절대로 땅에 묻지 말고 화장한 후 뼛가루는 장강에 뿌려달라나 뭐라나? 시집와 삼 년 내리 엄초 시하에서 주눅든 여편네처럼 기가 팍 죽어 말하는 폼이 낼모레 저승길 떠날 노친네로 보였다니까요."

이마의 땀을 닦으며 곰곰이 생각하던 여린이 이내 대수롭지 않게 말했다.

"원래 연세가 높은 어른들은 그런 말씀을 자주 하지 않습니까? 수의를 손수 준비하는 것도 종종 있는 일이지요."

"그런 분위기가 아니었다니까요. 꼭 내일 죽을 사람처럼 보였다니까요."

곽기풍이 답답한 듯 주먹으로 가슴을 쿵쿵 두드렸다.

"알겠습니다. 조금 있다 들어오시면 제가 얘기를 한번 나눠보지요."

대충 얼버무린 여린이 다시 땅을 파내기 시작했다. 곽기풍이 똥 누고 밑 안 닦은 듯 찜찜한 얼굴로 앉아 있다가 마지못해 자리를 털고 일어섰다. 괜히 짜증이 치민 곽기풍이 바로 옆에 멍하니 서 있는 세 명의 강시를 향해 고함을 내질렀다.

"아, 이놈들아! 매일 멀거니 서 있지만 말고 산에 가서 나무라도 한 짐씩 해와! 강시면 강시답게 처먹지나 말든지! 산 사람처럼 꼬박꼬박 삼시 세 끼 챙겨 먹으면서 돈 한 푼 안 벌어오면 어쩌자는 거야? 난 뭐 흙 파서 밥상 차리는 줄 아니?"

여린이 그런 곽기풍을 향해 한 번 빙긋 웃어주고는 고개를 돌려 별채 툇마루에 털썩 주저앉아 숙향과 공깃돌 놀이를 하고 있는 철려화를 보았다. 철려화의 얼굴은 많이 밝아져 있었다.

얼마 전 집으로 찾아와 밤늦도록 술을 마시고 돌아간 청해일이 열두어 살 먹은 마누라를 끼고 사는 기분이 어떠냐고 짓궂게 묻는 곽기풍을 향해 이런 말을 했던 기억이 났다.

"마음을 주고받는 데 나이가 무슨 상관이오? 그녀에겐 그녀의 세계가 있고, 내겐 나의 세계가 있소. 중요한 건 그녀의 세계 속에 내가 있다는 것이고, 나의 세계 속에도 그녀가 있다는 것이오. 우리는 서로의 세계를 이해하고 있기에 세월의 간극 따윈 전혀 문제 될 게 없소."

여린은 청해일이 참 많이 성장했다는 느낌을 받았다. 그는 청성파의 현판을 내걸고 곡성 어딘가에서 도장을 열었다고 했다. 지금은 코흘리개 아이들 몇을 모아 가르치고 있지만 언젠가 지금의 터에 대청성파의 기치를 높이 걸겠다고 호언했다. 자신이 안 되면 자신의 아들이, 그 아들이 안 되면 또 그의 아들이… 이렇게 가다 보면 언젠가는 청성이 중원 최고의 방파가 될 거라며 그는 참 호탕하게 웃었다.
'언제고 한번 들러봐야겠어.'
그의 호방한 웃음이 다시 보고 싶어져 여린은 속으로 다짐을 하였다.
"어딜 그렇게 싸돌아다니다 이제 오는 거요?"
이때 대문 안으로 들어서는 소사청을 발견하고 곽기풍이 퉁명스럽게 쏘아붙였다. 소사청은 아무 말도 않고 여린을 향해 똑바로 걸어왔다.
"어딜 다녀오십니까?"
"……."
평소에도 창백한 소사청의 얼굴이 오늘따라 더욱 창백해 보였다. 그는 가타부타 말없이 여린의 얼굴을 한동안 지그시 쳐다보았다. 여린이 고갤 갸웃했다. 방금 전 곽기풍으로부터 들은 말 때문인지 소사청의 행동이 이상하게 느껴지기 시작했다.

여린이 살갑게 웃으며 말했다.

"제가 요즘 여러모로 사부님께 신경을 못 써드린 것 같군요. 려화를 데려온 지 얼마 되지 않아서 그랬습니다. 려화가 낯선 집으로 와 아직 적응을 못했고, 또한……."

"오늘 밤 자정에 장강변 구당협에 있는 관운정으로 나와라. 네게 긴히 할 말이 있다."

소사청이 여린의 말을 싹둑 자르며 차갑게 내뱉었다. 여린은 잠시 멍한 표정이 되었다.

"무슨 일로……?"

"사부가 제자에게 볼일이 있는데 일일이 보고를 해야 하느냐?"

"그런 뜻이 아닙니다."

"그럼 되었다. 늦지 말고 나오너라."

제 할 말만 다하고 소사청이 홱 돌아서서 대문 밖으로 나가 버렸다. 막 대문 밖으로 나서던 소사청이 멈칫하며 여린을 돌아보았다.

"참, 올 때 흑일인가 하는 네 검도 갖고 오너라. 오늘 밤에 쓸 일이 있을 게다."

그 말을 끝으로 소사청이 사라졌다.

"……."

여린은 그저 멍한 표정으로 소사청이 사라진 대문을 바라보고 있을 수밖에 없었다. 곽기풍이 쪼르르 달려왔다.

"내가 뭐랬어요? 이상하다고 했잖아요."

여린이 수긍하듯 고갤 끄덕였다.

"확실히 이상하긴 이상하군요."

여린은 잠시 자신이 소사청에게 뭔가 섭섭하게 대한 일이 없는지 고민해 보았다. 아무리 생각해도 떠오르는 일이 없었다.

'오늘 밤 자정에 관운정으로 가보면 무슨 일인지 알 수 있겠지.'

찜찜한 마음을 억누르며 여린이 묵묵히 땅을 팠다.

"뭔가 사단이 난 거야. 큰 사단이……."

곽기풍의 불길한 푸념이 여린의 귓가를 어지럽혔다.

자정 무렵, 여린은 소사청의 당부대로 애검 흑일을 차고 구당협으로 나갔다. 계절이 가을로 바뀌면서 더욱 그윽해진 달빛이 기암절벽들 사이를 형형색색으로 물들인 단풍과 그 사이를 굽이쳐 흐르는 강물을 아름답게 비추었다.

소사청은 강이 한눈에 내려다보이는 관운정에 가부좌를 틀고 앉아 있었다. 두 눈을 지그시 감은 소사청의 얼굴이 왠지 비장해 보였다. 여린이 소사청의 앞에 무릎을 꿇고 머리를 조아렸다.

"제자 여린이 왔습니다, 사부님."

"……."

소사청은 대답이 없었다. 애잔한 풀벌레 소리를 들으며 여린은 한동안 묵묵히 소사청의 말을 기다렸다. 잠시 후 소사청이 천천히 눈을 떴다.

"여린아."

"예."

"우리의 약속, 기억하니?"

"약속이라면 어떤……?"

"모든 일이 마무리되고 나면 내 부탁 한 가지를 들어주겠다고 하지 않았어. 잊어버렸니?"

"잊을 리가 있습니까? 똑똑히 기억합니다."

소사청이 풀썩 마른 먼지 같은 웃음을 웃었다.

"다행이구나. 지금 그 부탁이란 걸 하려고 하는데, 괜찮겠니?"

"물론입니다."

"……."

여기서 소사청은 또 말을 멈추었다. 바위처럼 굳은 소사청의 얼굴을 들여다보며 여린은 어쩌면 소사청이 정말 자신의 목숨을 내놓으라고 할지도 모른다는 생각을 했다. 이유 같은 건 상관없었다. 달라면 주는 수밖에 없다고 여린은 생각했다. 철려화의 얼굴이 눈에 밟히기는 했지만 남은 친구들이 잘 보살펴 줄 것이다.

여린이 빙그레 웃으며 말했다.

"부담 갖지 말고 말씀하십시오. 목숨을 내놓으라 하셔도 따를 것입니다."

"맞다. 이건 한 사람의 목숨과 관련된 부탁이다."

"……!"

여린이 흠칫했다. 역시 자신의 추측이 옳았던 것이다. 여린이 다시 빙긋 웃으며 머리를 조아렸다.

"이유는 묻지 않겠습니다. 하지만 사부님이 원하신다니 제자는 기꺼이 목을 바치렵니다."

"뭔가 착각하고 있구나. 네 목숨이 아니라 내 목숨을 거둬달라는 부탁이다."

"예?"

여린이 눈을 부릅떴다.

"무슨 말씀이십니까? 제자가 어찌 스승의 목숨을 취할 수 있습니까?"

여린이 황망히 고갤 가로젓자 소사청의 눈매가 사나워졌다.

"그렇게 말할 줄 알았다. 하지만 우린 분명 맹세를 했어. 맹세는 지키라고 있는 것이다."

"차라리 제자의 목숨을 달라고 하십시오. 그럼 드리겠습니다. 하지만 사부님의 목숨을 거두라는 분부만은 따를 수가 없습니다."

"네 이놈! 불과 달포 전에 네 주둥이로 내뱉은 맹세를 헌신짝처럼 저버리겠다는 것이냐? 너는 분명 나의 부탁이 네 성정과 가치관에 부합하지 않아도 무조건 들어주겠다고 했어!"

"그래도 불가합니다! 차라리 제 목숨을 가져가십시오!"

"누가 네놈 따위의 목숨이 필요하다고 했어?"

뻐억!

우당탕!

소사청이 가슴을 걷어차자 여린이 정자 밖으로 나동그라졌다.

"이놈! 이 천하의 사기꾼 놈! 맹세를 지키란 말이다! 나와의 맹세를 지켜!"

퍽퍽퍽퍽!

구르듯 정자를 달려 내려온 소사청이 땅바닥에 엎드린 여린을 마구 짓밟았다. 한동안 미친 듯 제자를 짓이기던 소사청이 얼굴이 피범벅이 된 여린의 멱살을 잡아 일으켰다.

"자, 어쩔 테냐? 나와의 맹세를 지킬 테냐, 아님 오늘 밤 내 손에 맞아 죽을 테냐?"

"죽이십시오."

"오, 오냐. 네놈이 끝까지 고집을 부리겠다면 나도 널 살려둘 생각이 없다."

퍼어억!

"우웩!"

소사청이 어금니를 갈아붙이며 갈고리 같은 오른손을 가슴 깊숙이 쑤셔 박자 여린이 왈칵 핏덩이를 토해냈다.

펙펙! 펙펙펙! 퍼억! 퍼어억!

그때부터 소사청의 무지막지한 폭행이 시작되었다. 공력이 잔뜩 실린 소사청의 주먹과 발이 여린의 온몸으로 쏟아졌다. 피가 튀고 뼈가 부러지는 지독한 폭행이 한 식경이나 계속되었다.

"이래도냐?"

"저, 절 죽이십시오."

그래도 여린은 고집을 꺾지 않았다. 이글거리는 눈으로 여린의 얼굴을 죽일 듯 노려보던 소사청이 피투성이가 된 여린을 휙 집어 던지고는 그 자리에 털썩 주저앉아 목 놓아 울기 시작했다.

"어이구~ 지지리 복도 없지. 나란 인간은 왜 이리 재수가 없냐?"

설움이 복받치는 듯 소사청이 주먹으로 땅바닥을 팡팡 두드리며 어린애처럼 울부짖었다.

"어렵게 구한 제자 놈은 성정이 모질지 못해 저승 갈 날짜 받아놓은 늙은이의 목 하나 따지 못하겠다고 버티는구나! 누구를 탓하랴? 애초 그런 놈인 줄 알고 들인 것을! 이제 죽지도, 살지도 못하는 딱한 처지가 되었으니 남은 여생을 어찌 숨을 쉬며 살아갈꼬? 으허허헝~"

피곤죽이 되어 널브러져 있던 여린이 네 발로 엉금엉금 기어와 소사청 앞에 무릎을 꿇었다. 그는 스승이 왜 군이 자신의 손에 의해 죽임을 당하고 싶어하는지, 또 왜 저리 섧게 우는지 궁금했다. 하지만 묻지 않았다. 누구에게나 말 못할 사연이란 게 있는 법이고, 대부분의 경우 그걸 묻는 건 실례가 된다.

"흑… 흑흑… 흐윽……."

한참을 울던 소사청이 손등으로 붉게 충혈된 눈두덩을 문지르며 간신히 울음을 그쳤다.

소사청이 한숨 섞인 음성으로 내뱉었다.

"너, 내가 한때 자타귀란 별명으로 불렸다는 거 알지?"

"압니다. 스스로 매를 청한다 하여 붙여진 이름이지요."

"그래, 나는 너를 만나기 수십 년 전부터 스스로 꼬투리를 만들어 매를 자청하며 돌아다녔다. 왜 그랬을까?"

"모릅니다."

"지금부터 내가 하는 말을 똑똑히 들거라. 백여 년 전 당상학의 배신으로 강호를 일통하겠다는 청운의 꿈을 접고 사랑하는 여인마저 잃은 후, 나는 천하의 악당이 되어 천하를 떠돌았다. 그땐 참 지독한 짓을 많이 저지르고 다녔지……."

소사청이 여린에게 고백한 과거는 대충 이랬다. 젊은 시절 그는 친구라 믿었던 당상학의 간계에 속아 모든 걸 잃어버린 자신에게 너무도 화가 났다. 소사청은 그 울분을 세상을 향해 토해냈다. 단지 눈이 마주쳤다는 이유만으로 행인을 때려죽이고, 아무 방파나 찾아 들어가 비무를 청한 후 비무 상대는 물론 제자들과 식솔들까지 모조리 때려죽였다. 아무 여자나 마음에 들면 겁탈했고, 반항이라도 했다간 목을 비틀어 버렸다. 그의 손에서 피가 마를 날이 없었고, 강호인들은 그의 이름만 들어도 사지를 벌벌 떨었다.

그렇게 십 년을 떠돌던 어느 날, 겨울비가 주룩주룩 내리는 밤에 깊은 산중의 다 허물어져 가는 관제묘 안에서 우연히 젊은 처자 하나를 만났다. 처자는 오래전에 자신의 어미를 겁탈하여 자신을 낳도록 만든 아비를 찾아 중원을 떠도는 중이라고 했다. 겁탈당할 당시 이미 가정을 꾸린 유부녀였던 어미는 자기를 낳자마자 목을 매버렸고, 천애고아로 떠돌던 그녀는 삶에 지친 몸을 의탁할 길이 없자 아비를 찾아 나선 것이다.

한동안 처자의 넋두리를 듣고 있던 소사청은 문득 음심을 느꼈다. 아직 열예닐곱 살밖에 안 된 처자였지만 모닥불 너머로 보이는 자태가 제법 미색이었던 것이다. 흉포한 성격답게 소사청은 망설임없이 처자를 겁탈했다. 밤새도록 처자를 유린한 소사청은 오랜만에 괜찮은 계집을 품었다는 포만감에 자신의 이름을 알려주고 떠나려 했다. 그때까지 겁에 질려 와들와들 떨고 있던 처자가 소사청의 이름 석 자를 듣고는 갑자기 성난 암고양이처럼 양손의 손톱을 세우고 달려들었다.

처자와 드잡이질하던 소사청은 얼결에 살수를 펼치고 말았단다. 그런데 마지막 숨을 몰아쉬던 처자의 입에서 놀라운 고백이 흘러나왔다. 처자는 어머니로부터 들은 친아비의 이름이 바로 소사청이라고 했다. 원망과 저주 속에 죽어가면서 처자, 아니, 소사청의 딸은 친딸을 겁탈하고 죽인 아비를 저주하고 또 저주했다고 한다.

그날 이후 소사청은 자타귀가 되었다. 단 하루도 누군가에게 매를 맞지 않고는 자신을 용서할 수 없게 된 것이다. 그를 지금껏 지탱해 준 건 당상학에 대한 지독한 원한이었다. 결국 자신의 모든 불행은 당상학으로부터 시작되었고, 죽을 때 죽더라도 그 사갈 같은 원수 놈만은 반드시 죽이겠다는 오기로 소사청은 백 년을 버텼다. 그리고 복수가 끝났다. 이제 자신이 죽을 차례였지만 그냥 죽는 것으론 성이 차지 않았다. 세상에서 가장 고통스럽게 죽는 방법을 고심하고 또 고심하던 소사청은 자신이 가장 믿는 제자의 손에 죽는 것이 그중 가장 고통스러울 것 같다는 결론에 도달했다. 그리고 이제 여린의 손에 의해 백 년도 넘게 자신을 괴롭혀 온 고통으로부터 영영 해방되길 기원하였다.

소사청의 긴 고백이 끝났다. 그의 눈에선 참회와 회한의 눈물이 줄줄 흘러내리고 있었다. 갑자기 폭삭 늙어버린 듯한 스승 앞에 마주 앉아 여린도 같이 울었다. 슬픔은 전염된다고 했던가? 소사청이 가여워서 울던 여린은 나중에는 자기 자신이 가여워서 또 울었다.

자신이 울음을 그쳤는 데도 계속 우는 여린을 황당한 듯 바라보며 소사청이 볼멘 소리를 내뱉었다.

"이놈아, 왜 네가 울어?"

"모르겠습니다. 그냥 눈물이 막 납니다."

"그렇다고 나보다 네가 더 울면 어떡해? 일어나라. 그만 집에 가자. 곽가, 그놈이 우리들끼리만 색주가에 다녀온 줄 알고 또 쌍심지를 돋울라."

교교한 달빛 아래 소사청과 여린이 나란히 손을 잡고 우수수 몸을 흔드는 키 큰 갈대 숲 사이를 걸어나왔다.

"사부님."

"왜?"

"사부님."

"왜?"

"사부님."

"아, 왜 자꾸 불러, 인마?"

"그냥 잠시 맡겨두면 어떨까요?"

"누구에게 뭘 맡겨?"

"우리의 가슴을 짓누르는 후회나 자책, 원죄 의식 같은 것들을 잠시 신에게 맡겨두는 겁니다. 그렇게 모든 걸 잊고 살다가 어느 날 생이 다한 후 하늘에 오르면 신에게 맡겨두었던 그것들을 돌려달라고 하는 겁니다. 그걸 한꺼번에 끌어안고 산다면 그곳이 곧 지옥도가 아니겠습니까? 결국 이승에서 못다 한 죗값을 후생에서 치르는 셈이지요."

"외상으로 해두자, 이 말이냐?"

"맞습니다. 외상!"

"에라잇, 이놈아! 외상할 게 따로 있지 죗값을 외상으로 치르는 놈이 어디 있어?"

"왜 안 됩니까? 밥값도 외상, 술값도 외상, 심지어 계집 값도 외상이 되는데요."

"그럼 오늘 밤 만화루에 가서 외상으로 죽엽청 한잔 빨까나?"

"좋지요."

"서두르자. 곽가, 그놈이 또 냄새를 맡고 쫓아올지 모른다."

도란도란 대화를 주고받으며 걸어가는 여린과 소사청의 뒷모습이 꼭 다정한 조손처럼 보였다.

『법왕전기』終